아라포 현자의 이세계 생활일기

1

Kotobuki Yasukiyo

코토부키 야스키요

≫이리스

≫벨라돈나

≫델사시스

세레스티나 ≫

≫ 츠베이트

≫ 루세리스

≫ 제로스

≫ 크레스톤

Characters

대, 대체 뭐냐고요,

이 숲이으으으으으으으으으으으으으으으으으으으으으으으으으으으?!

고블린들이 이상하리만큼 불어났다.
사토시는 몰랐지만, 이 광대한 숲은 미개척의 땅,
파프란 대산림 지대라고
불리며 두려움을 사고 있었다.

아리포 현자의 이세계생활일기

1

코토부키 야스키요 지음

JohnDee 일러스트

김장준 옮김

Contents

프롤로그 아저씨, 죽다

VRRPG【소드 앤 소서리스Ⅶ】.

최신 게임기【드림 웍스】발매 후 인기를 끌고 있는 체감형 RPG다.

게임 자체는 지금까지 일곱 번째 버전 업을 거쳤으며, 열광적인 플레이어는 지금도 꾸준히 늘어나는 추세였다. 전자 기기를 통해 뇌 시냅스에 감각을 동기화함으로써 현장감은 타사 게임기를 압도했고, 가상이면서도 현실적인 세계에 오감까지 더해지자 이 세계에 빠져드는 사람은 더욱 늘어났다.

기기 가격이 다소 비쌌지만, 수많은 플레이어가 현장감 넘치는 스릴을 찾아 그 광대한 모험의 세계에 흠뻑 빠져들었다.

그런 플레이어 중 한 명인 오사코 사토시도【제로스 멀린】이라는 닉네임으로 광대한 디지털 세계에서 동료와 함께 모험을 만끽하고 있었다.

사토시의 아바타는 관리하지 않아 앞머리가 눈을 가리고 지저분하게 수염이 자라서 궁상맞다고밖에는 표현할 길이 없는 중년 남성이었다. 장비도 최상급이면서 일부러 눈에 띄지 않게 수수한 디자인으로 통일했다.

꾀죄죄한 회색 로브가 수상함을 한층 강조하며 키도 몸집도 평균인 마도사. 그가 다섯 손가락에 꼽히는 톱 플레이어 중 한 명이라고 누가 생각하겠는가.

하지만 그는 분명 이 세계 최강급 플레이어인【섬멸자】였다.

이 게임은 기본적으로 스킬과 개인 레벨에 따라서 전투 대미지가 달라진다.

그리고 주목해야 할 요소는 장비나 아이템은 물론이거니와 마법도 제작 가능하다는 점이다. 디지털 세계의 마법은 기본적으로 56음의 문자와 열 개의 숫자를 나타내는 기호를 나열해 다양한 효과를 만들어 낸다.

【스펠 서킷】(잠재의식 영역 내에 새기는 마법진의 총칭)이라고 불리는 이 술식은 초기 상태 마법을 플레이어가 직접 개조하면 위력과 효과가 달라지는데, 정교하고 복잡할수록 위력이 높아지며 마력 소비율이 낮아지는 이상한 상태가 된다. 위력과 마력 소비량이 비례하지 않는다는 말이다.

아무리 계산해도 공격력이 0이 되어야 하는데 어마어마한 위력을 발휘하는 사태가 빈번히 발생해 플레이어가 모두 그 원인을 조사하게 됐다.

이 현상이 발매 초기 혼란을 불러와 한때 버그 망겜이라 불린 것은 유명한 일화였다.

어쨌든 그 후, 플레이어의 피나는 연구로 일종의 숨겨진 요소 같은 비공개 설정이 있다는 사실이 판명됐다. 조사 결과에 따르면 아바타가 보유한 마력을 마중물로 삼아 필드의 마력을 사용해 마법의 위력을 높인다는 것이었다.

조건에 맞는 효율적인 운용이 가능한 마법 술식이라면 그것이 아무리 조잡하고 엉성해도 마법은 완성된 것으로 간주되는 듯했다.

귀찮게도 필드의 마력은 수치로 표시되지 않기 때문에 마중물로 쓸 마력이 얼마나 필요한지 주먹구구식으로 조사해야 했다.

발매 당시의 소란은 아무런 힌트도 없이 마법을 마음대로 개조한 사람들이 있었기 때문에 일어난 단순한 우연의 산물이었다.

이런 비공개 설정은 플레이어가 필드나 던전에서 힌트를 얻고 조사해야 했다. 도전하느냐 마느냐는 본인의 선택이었다.

게임으로서는 무지막지한 자유도였지만, 이 시스템에 빠진 사람은 현실에서 그에 필요한 지식을 가진 사람뿐이었다. 대다수 플레이어는 기존 마법을 그대로 사용했다. 마법 제작은 대단히 손이 많이 가는 작업이라서 거기에 연연하기보다 차라리 자유롭게 모험을 즐기는 게 건설적이라고 생각한 것이었다.

하지만 개량한 마법은 스킬 쿨타임이나 영창 시간을 아예 없앨수도 있기 때문에 다른 플레이어들은 그 성능 차이로 인한 불만이 쌓여 갔다.

그러나 마법 제작에 단단히 빠진 사토시는 남이 뭐라고 하건 전혀 개의치 않았다.

사토시가 속한 파티는 게임을 즐기는 방법을 개인의 자유에 맡겼고, 자신들이 제작한 마법을 【마법 스크롤】로 만들어 팔지는 않았다. 그 때문에 강력한 마법을 공표하지 않는다는 이유로 인터넷에서 비난받는 일이 많았다. 그래도 사토시 파티는 그런 원성을 무시하고 상상을 뛰어넘는 열의로 쉽사리 상식을 뒤집어 놓곤 했다. 그들은 타인의 시선에는 관심조차 주지 않고 다양한 마법을 자유롭게 개발하는 데 힘썼다.

그 때문일까? 이 게임이 발매되고 7년이란 세월이 흐르도록 플레이어 랭킹의 최상위권은 언제나 사토시 파티가 독점해 왔다. 폐인도 이런 폐인이 없었다.

그들이 만드는 마법도 이상하리만큼 복잡해져 공략을 목표로 한 다른 플레이어들은 이 이해하기 힘든 시스템에 난색을 표했지만, 사실 마법 제작에 관한 지식은 필드나 거점인 마을 등을 탐색하면 쉽게 얻을 수 있었다.

그래서 사토시 파티는 주장했다. 『남의 노력에 의존하지 마라!』라고…….

한때는 일류 기업 프로그램 기술자로 이름을 떨쳤던 사토시는 모종의 이유로 정리해고를 통보받고 현재는 시골에서 고독한 삶을 보내는 중이었다.

매일 밭을 돌본 후 게임에 빠지는 생활— 어찌 보면 은둔형 외톨이에 가까운 상태였다.

이 가공의 세계에서 그는 【대현자】이자 모든 이가 부러워해 마지않는 실력자였다. 그 사실이 그를 더욱 이 세계에 붙잡아 놓고 있었다.

마흔 살이면서도 독신인 데다 가족이라고 부를 수 있는 사람이라고는 누나밖에 없는 사토시에게 이 전자 세계는 자기 자신을 표출할 수 있는 안식의 땅이었다.

꾸미면 인기가 있을 법도 하건만, 이렇게 게으른 생활을 보내느라 이미 혼기는 놓친 지 오래였다.

어쨌거나 그런 경력을 가진 사토시의 기술이 강력한 마법을 만드는 데 일부 사용되었고, 다른 멤버들도 비슷한 기술을 가진 탓에 더욱 흉악한 마법을 만드는 결과로 이어지는 감이 없잖아 있었다. 사토시 파티는 이 세계에서 실로 오만하고 어리석은 연구자였다.

반쯤 재미로 고위력 저코스트 마법들을 만들어 수많은 고난도 퀘스트를 공략한 그는, 현재 동료와 함께 스토리 모드의 최종 보스로 추정되는 사신(邪神)과 싸우는 중이었다.

얼마나 오랫동안 싸웠는지 모르겠다. 단 한 가지 명확한 사실은 사신을 완전히 해치우기 직전이라는 것이었다.

3단 변신을 마친 사신의 무시무시한 모습은 그들 다섯 명에 의해 참담한 몰골로 변해 있었다.

마도사이면서도 독자적으로 개조한 다양한 무기를 장비한 그들은 흉악할 정도로 강력한 화력과 폭력으로 사신을 시종일관 압도했다.

『끈질기네. 그만 좀 죽지.』

『최종 보스니까 쉽게는 안 죽을 거야!』

『아~, 공격이 오는군요? 마법 방어를 전개할까…….』

사신의 강력한 마법 공격이 필드를 찢어 버릴 기세로 사토시 파티에게 날아들었다.

그 공격을 다중으로 전개한 마법 방벽으로 버티고 틈이 생긴 순간을 노려 저마다 무기를 잡고 일제 공격에 나섰다.

사신의 팔이 잘려 나가고 굉음과 함께 바닥에 떨어졌다.

모두 마법 계열 직업인데도 이런 전투가 가능한 주된 이유는 마법과 장비를 공동 제작한 성과였다. 그들은 개인적 취향이 다분히 포함된 최강 장비와 마법, 아이템을 아낌없이 투입해서 마음 내키는 대로 몬스터에게 실험을 반복해 왔다.

사신 퇴치도 몇 번이나 도전했었다. 하지만 모두 완패했고 이번에도 복수전이었다.

『그럼…… 슬슬 마무리 지을까? 이제 아르바이트 가야 해.』

『좋아! 빨리 죽여 버려.』

『보조는 우리가 해줄게. 고맙게 생각해.』

『어떤 레어 아이템이 나올지 기대되는구만♪』

『그럼 마지막은 멋지게 포메이션을 짜 볼까? 명색이 최종 보스인데 여기서 뭔가 보여줘야지. 안 그러면 최상위권의 이름이 운다.』

겁 없이 웃는 플레이어들……. 동시에 압도적 위력을 자랑하는 마법의 파상 공격이 사신을 휩쌌다. HP가 순식간에 0에 가까워졌다.

비상식적이고 유쾌한 친구들은 지나치다 싶을 정도로 악랄한 고위력 마법을 사신에게 가차 없이 날려 댔다. 오히려 사신이 불쌍할 지경이었다.

무수한 폭염에 휩싸인 사신은 구슬픈 단말마를 지르며 공중에서 천천히 무너져 내리듯 바닥으로 쓰러졌다.

『끝났군……. 역시 최종 보스야~. 힘들었어.』

『이제 어떻게 할래? 뒤풀이는 패스. 난 지금부터 자러 갈 거니까…….』

『나도 이따가 일하러 가야 하니까 패스. 바로 나갈 거야.』

『나도. 미안, 다음에 따로 시간 낼게.』

『그럼 오늘은 여기서 헤어지자. 나는 아르바이트 갈 테니까 다들

잘 자~♪』

『잘 자~♪』

동료들이 차례차례 로그아웃하는 가운데, 사토시만 홀로 사신의 성에 남아 손에 들어온 아이템을 체크했다.

하지만 그가 이곳에 남은 것이 모든 일이 시작되는 계기가 되었다.

바로 눈앞에서 사신의 시체가 미세하게 움직이는 것을 눈치채지 못한 채, 사토시는 여전히 스테이터스 화면을 보며 상승한 레벨과 누적된 포인트로 다음에는 어떤 스킬을 습득할지 고민하고 있었다. 그런 그의 바로 옆에서 별안간 사신의 시체가 움직였다.

사신은 사악한 기운을 뿜으며 증오가 어린 눈으로 눈앞에 있는 적을 노려보고 있었다.

『용서하지 않겠다……. 나를 멸한 네놈들을 결코 용서하지 않겠다!』

『어?! 말도 안 돼, HP는 0인데…….』

『저주받아라, 가증스러운 여신들……. 나를 봉인한 그 녀석들도 그렇지만, 아무것도 모른 채 나에게 적대한 어리석은 네놈들도 마찬가지다! 너희도 함께 데리고 가겠다!』

『설마, 이벤트가 안 끝났어?! 그럴 리가…….』

사신은 그 분노를 모두 쏟아내듯 저주 담긴 힘을 해방했다.

주변이 심홍색 빛으로 휩싸였다.

그날, 일본의 모든 전력 공급이 멈췄다.

그 난리통에 국민 수십 명이 시체로 발견됐지만, 사인은 끝내 판명되지 않았다.

전력 공급 복구가 시급한 사안으로 대두되고 그들은 그 소란 속에서 잊혀져 갔다.

신문 한쪽에 조그만 기사가 났을 뿐, 시간과 함께 사라지는 존재가 된 것이다.

제1화 아저씨, 이세계로 전생하다

정신을 차리고 보니 그곳은 녹음 짙은 숲 속이었다.

사토시는 주위를 둘러보았다. 왜 자신이 이런 곳에 있는지 전혀 짐작조차 가지 않았다.

계속해서 주위를 돌아봤지만, 어디를 봐도 온통 수풀에 둘러싸여 있었다. 개중에는 난생처음 보는 식물까지 있었다.

"난 분명 방에서 게임을 하고 있었을 텐데⋯⋯. 여긴 대체 어디래?"

—끼아악! 끼아아!

"⋯⋯."

하늘을 나는 현란한 색상의 새를 보고 사토시는 그만 말을 잃었다.

장담컨대 지구에 사는 생물이 아니었다. 혼란은 점점 더 커져만 갔다.

오히려 지구가 아닐 가능성이 크지 않을까? 왜냐하면 이곳은 수풀이 우거진 정글이며 하늘에는 달이 두 개나 떠 있었다. 사토시의 말문이 막힐 만도 했다.

"적어도 일본은 아닌 것 같아. 대체 무슨 일이 벌어진 거지? 이상한 식물도 있질 않나……. 이런 식물은 도감에서도 본 적이 없는데……."

저 앞에서 라플레시아와 벌레잡이통풀을 합친 듯한 식물이 늑대 같은 짐승을 덩굴 같은 것으로 잡아서 거대한 꽃 중앙으로 가져갔다. 그리고 뼈를 부수는 소리를 내며 포식했다.

최소한 지구에 저런 위험천만한 식물은 존재하지 않았다. 세상에 2미터가 넘는 식수(食獸) 식물이 어디 있단 말인가? 꽃 중앙에 가지런히 이빨이 나 있고 소름 끼치게 꾸물대는 저런 식물이라면 더 말할 것도 없었다.

한창 그것을 바라보던 사토시는 허리에 묘한 감각을 느끼고 천천히 눈을 돌렸다. 사실 어렴풋이 알아차리고는 있었으나, 이성이 그것을 자각하길 거부하고 있었다. 하지만 그것을 보고 사토시는 또다시 할 말을 잃었다.

그의 허리에 무기 두 개가 보였다. 장식은 적지만 분명 싸우기 위한 무기였다. 그가 게임에서 자주 봐 온 물건— 물론 검이었다.

흔히 숏 소드라고 불리며 한 손으로 다룰 수 있는 세검(細劍)이었다. 이 검은 게임에서 생산 계열 직업이기도 한 사토시가 직접 벼린 명검이자 레어 소재를 아낌없이 쏟아부은 강력한 무기이며 그가 평소 허리춤에 차고 다니던 물건이었다. 이곳이 게임 속 세계가 아닌가 하는 생각도 들었지만, 일말의 상식이 그것을 부인했다.

황당무계한 생각에도 정도가 있었다. 하지만 그가 입고 있는 옷은 꾀죄죄한 회색 로브였고 이것 또한 그의 아바타가 장비하던 물건이었다. 인정하고 싶지 않아도 현실을 직시할 수밖에 없었다.

겉보기에는 추레한 로브라도 실제로는 베헤모스라는 레이드 몬스터가 드롭하는 소재를 사용해 방어력에 특화한 장비였다. 로브 안에는 같은 계통의 마물을 잡아 만든 레더 아머도 받쳐 입었다.

"하, 하하하…… 이게, 현실일 리가 없지. 게임 세계로 전이? 무슨 흔해 빠진 라이트노벨 설정도 아니고……."

이제는 웃을 수밖에 없었다. 아무리 부정한들 답은 이미 나와 있었다.

그래도 한 줌의 이성이 그것을 부인했다. 꿈이나 환각으로 치부하고픈 마음이 불쑥불쑥 치밀었다.

"스테이터스…… 오, 픈……?"

아니라고 믿고 싶은 마음에 자기도 모르게 입 밖으로 꺼낸 말이었다. 그러나 사토시의 눈앞에는 게임으로 익숙해진 스테이터스 화면이 떠올랐다. 잠시 사토시의 의식이 아득해졌다.

"설마…… 아니지?! 말도 안 돼! 누가 장난을…… 친 것치고는 스케일이 너무 큰데~. 정말로 내 몸에 무슨 일이 일어난 거래?!"

===============================

【제로스 멀린】레벨 1879

HP 87,594,503/87,594,503

MP 17,932,458/17,932,458

【직업】대현자

【직업 스킬】

마도현신(魔道賢神) Max 연금신 Max 야공신(冶工神) Max

약신(藥神) Max 마장구신(魔裝具神) Max

검신(劍神) Max 창신(槍神) Max 권신(拳神) Max

엽신(獵神) Max 암살신 Max

요리 85/100　농경 56/100　낙농 24/100

【신체 스킬】

모든 상태 이상 내성 Max 모든 마도 속성 Max 속성 내성 Max
신체 강화 Max

방어력 강화 Max 마력 강화 Max 마력 조작 Max

마도의 극한 Max

무도의 극치 Max 생산의 극의 Max 감정 Max 영시(靈視) Max
간파 Max

암시 Max 은밀 Max 색적 Max 경계 Max 광물 탐사 Max
식물 탐사 Max

기척 탐지 Max 기척 차단 Max 마력 탐지 Max 제작 보정 Max
해체 보정 Max 강화 개조 보정 Max 자동 번역 Max
자동 해독 Max

자동 필기 Max 마물 사전 Max 소재 사전 Max

한계 돌파 Max 임계 돌파 Max 극한 돌파 Max

【개인 스킬】

멀린의 마도서 Max 아이템 제작 레시피 Max 아공간 창고 Max

================================

"이거…… 인간의 영역을 가뿐히 넘어선 것 같은데? 무섭다, 무
서워~. 완전 초인류잖아……."

이 세계의 표준은 모르겠지만, 아무리 생각해도 정상이라고는

할 수 없었다.

사실 게임상에서 사토시는 몬스터를 학살하고 다녔고, 개발한 마법은 이미 사신과 맞먹는 수준이었다. 다섯 명이 덤볐다고는 하나 사신을 압도한 것을 생각하면 이미 인간의 영역을 초월했다.

사토시는 스테이터스 화면을 조작하며 산송장 같은 얼굴로 화면을 하염없이 쳐다보았다.

"어? 이건…… 메일? 흠, 보낸 사람은…… 불명……. 수상해."

스테이터스 화면 바로 아래에 있는 커맨드 표시란에 메일 수신을 알리는 붉은 문자가 깜빡이고 있었다. 떨리는 손가락으로 그 메일을 열자…….

"어디 보자…… 여신?!"

메일 제목이 『여신이 보내는, 지금 너에게 일어난 일에 관해서♡』였다.

제목을 보고 불길한 예감밖에 들지 않았다. 하트 마크가 신빙성을 처참하게 박살냈다. 무슨 사건에 휘말린 것은 아닐까 현실을 의심했다.

하지만 단서다운 단서가 없어서 싫어도 읽을 수밖에 없었다. 어쩔 수 없이 『열기』 커맨드에 손을 댔다.

『하이~♪ 만나서 반가워, 여신 플레이레스야~. 어서 고개를 숙이지 못하겠느냐~♡』

첫머리를 보기가 무섭게 탈력감과 후회가 몰려왔다.

"지워도 되겠지? 불길한 냄새가 악취처럼 풀풀 나는데……. 100퍼센트 무슨 사고를 쳤다는 패턴이겠지."

살짝— 아니, 상당히 짜증 날 것 같았다.

혼란스러운 정신에 후속타를 날리는 이 상큼 발랄한 분위기는 솔직히 감당하기 어려웠다.

『시간이 없으니까 간단하게 말할게. 지금으로부터 약 2,487년 전에 용사와 함께 사신을 봉인했는데 그 봉인한 장소가 너희 세계 게임 속이었던 거얌~.

이 세계에서 수많은 희생을 치러서 봉인했는데, 부활할 것 같아 서 이세계에 다시 봉인할 수밖에 없었거든~. 막 사신 전쟁이라고 불리기도 했다~? 아하하하♡』

역시 멀쩡한 내용이 아니었다. 신경에 거슬렸지만, 꾹 참고 이어 진 내용을 읽었다.

『불연성 쓰레기를 남의 세계에 마음대로 버리면 어떡하냐고? 맞 는 말이야. 그런데 그때는 이거 말고는 방법이 없었어~. 그래서 있지~, 게임 속이라면 너희라도 해치울 수 있지 않을까 싶었는데 정말 해치워 줬더라구. 고마워, 진짜 짜증 제대로 나는 놈이었거 든~. 그렇게 추한 주제에 여신이라니, 정말 웃기지도 않아!』

"……그게 여신이라고? 그냥 역겨운 내장 덩어리로밖에 안 보였 는데……. 정말로?"

머릿속에 떠오른 것은 온갖 생물의 기분 나쁜 부분을 융합한 듯 기괴한 크립티드(Cryptid)였다. 내장을 모아 뭉쳐서 한 100배 정 도 끔찍하게 만든 것 같은, 뭐가 뭔지 모를 정체불명의 불확정 생 물이었다.

지금 생각해도 『역겹다』는 말밖에 나오지 않았다. 그것이 여신이라고는 도저히 생각할 수 없었다.

『그래도 설마 너희랑 같이 자폭할 줄 내가 어떻게 알았겠어? 솔직히 심장이 철렁했다니까~? 그래서 그때 죽은 수십 명을 이쪽 세계에 전생시키기로 했단 말씀~. 다른 세 여신과 협력해서 말이야☆(반짝) 그것도 게임 데이터를 바탕으로♡』

"설마, 그 수십 명에 나도 포함돼?! 게다가 죽었다니…… 대체 희생자가 몇 명이야? 끔찍한 사건이잖아……."

완전히 산업 폐기물에 오염되어 죽은 피해자였다.

『너는 사신을 해치워줬으니까 특별히 게임 데이터 그대로 전생시켜줬답니다♡ 세계 설정이 이 세계와 크게 다르지 않으니까 참 쉽게 전생했어. 이제 천하무적이잖아? 잘됐네♪ 뭐, 우리가 전생시킨 건 아니지만~.』

"패고 싶다……. 핵폐기물을 플레이어에게 처리시킨 것도 모자라 반성의 기미조차 안 보이는 이 녀석들을 올 때까지 패고 싶다……."

게임을 즐기다가 일방적인 계략에 말려들어 생뚱맞게 인생을 빼앗겼다.

희생자들에게도 저마다 꿈과 미래, 생활이 있었을 것이다. 그런데 시답잖은 이유로 골칫거리를 떠넘겼고 그 결과 사람이 죽었다. 쉬이 납득할 만한 일이 아니었다.

『소유한 소재부터 장비까지 전부 이 세계 물질로 재구축해 줬으니까 열심히 해 봐♡

그래도 소비 아이템은 직접 만들어. 제작법은 너희 머릿속에 인스톨되어 있을 테니까 천천히 확인해 보고~. 나이 설정은 원래 세계 그대로 가져왔으니까 젊어지고 싶으면 아이템을 만들 수밖에 없어. 미안~.

어우~, 너희 세계를 관리하는 신들한테 어찌나 클레임이 들어오는지……. 어쩔 수 없이 전생시킬 수밖에 없었다니까? 일손이 부족해서 도움은 받았지만~ 사자(死者) 소생은 자연의 섭리에 거스르는 일이라서 힘들어. 고생은 너희 세계 신들이 다 했지만 말야~♪ 그런고로 이 세계에서 여생을 즐겨줘♪ 그럼 또 봐~, 바이바이~♡』

"어쩔 수 없었다고……? 대체 얼마나 자기중심적인 여신이야? 그보다 이것들, 뒤처리는 하나도 안 했잖아! 남의 인생을 빼앗아 놓고 즐기긴 뭘 즐겨? 웃기지 마!"

이유는 알았지만, 사태는 전혀 호전되지 않았다. 아직 자신이 어디에 있는지도 모른 채 숲에 덩그러니 서 있을 뿐이었으니까.

무엇보다 이 여신의 불성실한 태도에 분노를 뛰어넘어 살의를 느낄 정도였다.

"……우선 현재 상황은 파악했지만, 문제는『이 근처에 사람이 사는 곳이 있느냐?』야. ……아무리 봐도 원시림 한복판이란 말이지~."

자신이 어디에 있는지조차 모르니까 무턱대고 이동하는 것은 위험했다. 게임 세계와 닮았다면 이 세계에도 마물이 배회할 가능성이 높을 것이다.

어떻게 해야 할지 고민하다가 일단은 높은 곳으로 올라가 주위를 살펴보기로 했다.

"쓸 수 있으면 좋겠는데…… 【어둠 까마귀의 날개】."

【어둠 까마귀의 날개】는 사토시가 게임에서 개발한 비행 마법이었다.

이 마법은 바탕이 된 기존 비행 마법의 비효율성을 고려해 방대한 술식으로 한없이 마력 소비량을 억제하는 데 성공한 수작이었다. 게임 세계 설정으로는 그 세계 사람들은 마력으로 구축한 마법식을 뇌에 보유한 이데아 영역에 보관할 수 있었다.

기본 마법식을 뇌에 보관한 뒤 인스톨하는 형태로 다양한 마법을 구사했다. 또 기억한 마법식을 꺼내서 개량할 수도 있으며, 그러기 위해 필요한 마법진도 존재했다.

메일로 얻은 정보가 맞다면 이 세계에서도 자신이 만든 마법은 쓸 수 있을 것이었다.

머리 위와 발아래, 그리고 좌우로 마법진이 나타났다. 사각형 두 개를 겹친 팔각성 모양의 마법진은 사방에서 서로 공명하며 더욱 복잡한 마법진을 만들었다.

세피로트의 나무를 뒤튼 것 같은 마법진이 몸 전체를 감싸듯이 출현해 척력장을 생성한 후 사토시를 중력의 굴레에서 해방했다.

"오? 오오?! 우와! 날았어, 날았다고!"

마흔 살 아저씨가 아이처럼 들떴다. 그는 자신이 만든 마법이 현실이 되었다는 사실에 기뻐했다. 하지만 곧 목적을 떠올리고 하늘로 올라가 주변을 둘러봤다.

"어디를 둘러봐도 온통 숲……. 마을은 어디야? 나에 대한 악의

밖에 느껴지지 않는데, 기분 탓인가?"

그러나 눈에 보이는 것이라고는 광대하게 펼쳐진 원시림과 웅대하게 솟은 산뿐이었다. 사람이 살 만한 장소가 아니었다.

눈을 크게 뜨고 도시나 마을을 찾아봤지만, 그럴싸한 곳은 전혀 보이지 않았다.

"……아무리 생각해도 이거, 나 고생시키려는 거 아냐?"

사토시는 그렇게 중얼거리며 신경 쓰이는 방향으로 날고 또 날았다.

마치 정처 없는 철새처럼…….

마력이 다하기 전에 조용히 땅으로 내려와 다시 마법을 거는 귀찮은 짓을 몇 번이나 반복하며 하염없이 하늘을 날아다닌 지 수 시간……. 역시 사람이 사는 곳은 찾을 수 없었다.

이렇게 되면 이제는 식량 확보나 야영도 염두에 두어야 했다.

사람은 살아 있는 한 당연히 식사가 필요하며 허기가 지면 굶어 죽기도 한다. 무엇보다 수면도 중요했다. 지금 그는 사실상 조난자였다.

"그걸 알아도 말이지……."

메일에는 소재도 재구축했다고 적혀 있었지만, 인벤토리 항목을 열어 봐도 식량은 눈 씻고 찾아봐도 없었다. 게임에서는 식량도 모으면서 동료들과 함께 많은 모험을 했지만, 이번에는 정말 생사가 걸린 서바이벌을 하게 될 판국이었다.

다행히 조미료는 존재했지만, 요리할 재료가 하나도 없었다.

"사냥할 수밖에 없나……. 이 세계에 먹을 수 있는 동물이 있긴 하려나?"

그렇게 말하면서도 사토시는 인벤토리에서 활을 꺼내고 화살통을 등에 뗐다.

활로 소형 동물을 노릴 생각이었다. 그런데 여기서 큰 문제에 봉착했다.

"생각해 보니 나 혼자 사냥한 경험이 없잖아. 이웃집 야마다 씨랑 자주 가긴 했는데…… 과연 해체할 수 있을까?"

사토시가 살던 곳은 산중에서 세토 내해가 보이는 두메산골이라서 이웃과 부지런히 교류했다. 농작물에 피해를 주는 멧돼지를 사냥해 사냥꾼의 지도하에 해체한 적은 있으나, 그것은 사냥꾼이 옆에서 꼼꼼하게 지시해줘서 가능한 일이었다.

나 홀로 사냥은 이번이 처음이었다. 식량을 확보하지 못하면 그것은 곧 짐승이 들끓는 숲 속에서 굶어 죽는 것으로 이어진다. 이것저것 따질 때가 아니므로 사토시는 온라인 게임을 할 때처럼 스킬을 구사해 기척을 차단하고 사냥감을 찾기로 했다.

스킬이 의외로 쉽게 발동한 점에 놀랐지만, 지금은 우선 식량 확보가 최우선 과제였다.

"찾았다……."

나무 덤불에서 얼굴만 쏙 내밀고 주위를 경계하며 풀을 뜯는 토끼가 있었다.

```
================================
```

【포레스트 래빗】레벨 300

　HP 2,321/2,321 MP 514/514

```
================================
```

　토끼는 경계심이 강해 아주 조그만 소리에도 도망치는 습성이 있었다.

　게다가 똥을 먹는 습성이 있어서 잡아먹기 싫었지만, 필요한 것은 고기지 내장이 아니었다.

　화살을 시위에 걸고 나무 위에서 조준했다. 숨을 죽이고 기다리길 몇 분, 포레스트 래빗이 등을 보인 찰나를 노리고 화살을 쐈다.

　―콰아아아아아아아아아아아아아아아아아아아아아아앙!

　폭음이 울려 퍼지며, 화살이라고는 생각할 수 없는 파괴력이 땅과 함께 토끼를 날려 버렸다.

　"위력이 너무 셌나……. 사용한 화살이 잘못된 건가? 그나저나 토끼 레벨 엄청 높네……."

　아아, 가엾어라. 토끼는 처참한 살점으로 변했다. 사용한 무기의 성능이 너무 강력했던 것이다.

　사토시는 활을 빤히 노려봤다.

```
================================
```

【마개조 활 321호】

　공격력 +100,000

　근력 강화　위력 배가　공격력 증가

　명중률 향상　일격 필살　표적 폭파

===============================

"무익한 살생을 했구나……."

사냥에 쓸 만한 무기가 아니었다. 동료와 함께 반쯤 재미로 만든 활이었는데, 아무리 봐도 이것은 로켓 병기였다. 이토록 실용성이 없을 줄은 몰랐다.

해체를 고민하기 이전에 사냥감이 폭발해 버려서는 의미가 없었다. 이래서는 식량 조달이 불가능했다.

"잠깐, 진정하자……. 전투 스킬 중에 분명 【봐주기】가 있었을 거야. 그걸 이용하면 어떻게든……."

【일격 필살】로 사냥감이 죽고 【폭파】로 산산조각 난다. 그렇다면 스킬 【봐주기】를 써서 토끼를 빈사로 몰아넣고 나이프로 마무리 지으면 된다. 사토시는 그렇게 생각하고 다시 사냥감을 찾았다.

"이번에야말로……."

다시 토끼를 발견했다. 신중하게 화살을 쏘자 이번에는 죽지 않고 빈사 상태에 빠졌다.

아직 살아 있으므로 피를 빼기에는 최적의 상황이었다. 다행히 폭발도 하지 않아 겨우 한숨 돌릴 수 있었다. 문제는 어디서 해체하는가, 였다.

"가능하면 물가가 좋겠지."

이후 토끼를 세 마리 잡아서 물가를 찾아 숲을 어슬렁거렸다. 배가 고팠지만, 지금은 뭘 먹고 있을 때가 아니었다.

피 냄새를 맡고 다른 육식동물이 공격해 오지 말란 보장이 없기 때문이었다.

27

―겍, 끼겍, 끼게겍!

이런 식으로……. 판타지 세계의 감초. 한 마리 발견하면 백 마리는 있다고 생각하라는 조무래기의 대표주자. G로 시작하는 바로 그 몬스터였다.

고블린은 사토시를 확인하자 마치 시대극의 경비병처럼 호각을 불었다. 그러자 숲이 술렁거리더니 숲 안쪽에서 고블린이 솟아나는 것처럼 점점 수가 불어났다.

"고블린?! 이, 이게 웬 날벼락이야!"

사토시는 당황해서 냅다 도망쳤다.

토끼를 사냥한 것까지는 좋았지만 아직 인간과 닮은 몬스터를 상대할 생각은 들지 않았다.

이길 수는 있겠지만, 현대 사회를 살아온 인간에게는 살인에 대한 거부감이 있었다. 그 이전에 사토시는 아직 가혹한 환경에서 살아가겠다는 결의가 부족했다.

그것이 안일한 생각임을 깨닫기에는 아직 조금 시간이 필요했다.

사토시는 자신을 쫓는 고블린 군단에게서 전력을 다해 도망쳤다. 도망치는 속도는 사토시가 빨랐지만, 수가 너무 많았다. 도주 방향에서 고블린이 나타나 진로를 막고, 다른 방향으로 도망치면 또 다른 고블린 군단이 나타났다. 점차 늘어난 고블린의 수는 이제 100마리를 가뿐히 넘겼다.

"대, 대체 뭐냐고요, 이 숲ㅇㅇㅇㅇㅇㅇㅇㅇㅇㅇㅇㅇㅇㅇㅇ은?!"

고블린들이 이상하리만큼 불어났다. 사토시는 몰랐지만, 이 광대한 숲은 이 세계에서 미개척의 땅, 【파프란 대산림 지대】라고 불리며 두려움을 사고 있었다.

수많은 마물이 서식하며, 미발견 생물까지 존재하는 야생의 왕국이었다.

1천을 가볍게 넘는 마물 무리도 많이 존재했고 고블린은 그 시작에 불과했다.

비행 마법으로 도망치는 것도 생각해 봤지만, 주위에서 화살이 수도 없이 날아들어 하늘로 도망갈 겨를이 없었다. 그야말로 몰매에 장사 없는 상황이었다. 그러던 중, 필사적으로 도망치던 사토시 앞에 희미하지만 불빛이 보였다.

빛에 이끌리는 나방처럼 사토시는 본능적으로 그곳을 향해 뛰었다.

그의 눈에 들어온 것은 마을이었다. 아니, 규모로 보면 작은 도시라고 해도 이상하지 않았다.

"사, 살았다…… 허헉?!"

그렇게 생각한 것도 잠시, 그것이 잘못된 생각임을 곧바로 알게 됐다. 왜냐면 그곳에 있던 것은 고블린 대군이었으니까. 그렇다, 그가 향한 곳은 고블린 부락이었다.

사토시는 결과적으로 적진으로 뛰어든 셈이었다. 이제 웃음밖에 나오지 않았다.

"아하…… 아하하하하하…… 으하하하하하하하하하하!"

도망치느라 온 숲을 헤집고 다닌 그의 정신은 이미 위험한 조짐을 보이고 있었다.

―끼객! 쿠게게객!

고블린은 잡식성이라서 뭐든지 먹는다. 가혹한 환경의 야생동물에게는 인간 또한 귀중한 단백질이며, 사냥으로 일용한 양식을 얻는 고블린들에게 사토시는 좋은 식량이었다.

하지만 고블린들은 눈치채지 못하고 있었다.

눈앞에 있는 사토시가 절대 손을 대도 좋은 존재가 아니란 것을…….

"전부…… 날아가아아아아아아아아아아아아아!"

갑자기 휘몰아치는 마력 폭풍— 그 맹렬한 위세가 마물들을 공포에 떨게 했다.

하지만 이미 늦었다. 사토시에게서 금단의 마법이 해방되려 하고 있었다.

"【어둠의 심판】."

방대한 마력으로 구축한 거대한 칠흑빛 구체가 출현했다. 그곳에서 나오는 같은 빛깔의 소형 구체가 여러 고블린들을 사정없이 집어삼켰다.

거대한 검은 구체는 번개를 내리치고 폭풍 같은 회오리를 일으키며 고블린들을 대지째로 깡그리 집어삼킨 뒤, 소멸하면서 대폭발을 일으켰다. 일방적인 파괴와 살육이었다.

게임에서 수차례 사신과 싸우며 그 공격을 과학적으로 해석해서 만든 최악의 마법—

그 유린극은 고블린 부락을 너무나 쉽게 소멸시켰고, 그것으로도 모자란다는 듯이 여파로 광대한 숲에 공터를 만들었다.

초중력 마법 【어둠의 심판】은 쉽게 말하면 임계점을 넘어서기 직전의 블랙홀을 생성해서 난발하는 마법이며, 고블린을 양자 단위로 압축해 범위 파괴 공격의 화약으로 삼는 것이었다.

적의 숫자가 많을수록 위력은 높아지고, 적의 모습이 사라질 때까지 결코 끝나지 않는 공격으로, 실로 악몽과 같은 마법이었다.

그 후, 사토시가 이성을 되찾고 목격한 것은 마치 운석이 떨어진 것 같은 거대한 크레이터 지대였다. 크고 작은 크레이터가 무수히 새겨진 주변 일대는 달 표면이라고 해도 믿을 만한 꼴이었다.

"……내가, 돌이킬 수 없는 잘못을 저질렀어. 이건 그냥 자연 파괴, 그것도 대량 학살이야……. 핵탄두가 이것보단 낫겠다."

살아남기 위해서라고는 하나 그 강력한 마법의 상처 자국은 상상을 초월했다.

환경 파괴 후에 남은 것은 고블린들이 남긴 대량의 마석뿐이었다.

설령 육체를 파괴해도 그 후에 남는 마석은 다이아몬드보다 단단한 마력 결정체였다. 그래서 강력한 섬멸 마법이라도 마석만은 남는 것이었다.

물론 개중에는 부서진 것도 있었지만, 그래도 마석을 흘러넘칠 만큼 얻었다. 그러나 지금은 그게 문제가 아니었다.

"양자 수준으로 찌부러졌는데 어떻게 마석이 남지? 아니, 됐어……. 물가나 찾자."

이 세계에는 아직 자신이 모르는 섭리가 존재했다. 게다가 자신의 힘이 전략 병기만큼 비상식적이며 평온함과는 거리가 먼 것임을 깨달아 버렸다. 사토시는 마치 망령처럼 무겁게 발걸음을 옮겼다.

떨어진 마석을 줍고 이동을 시작한 지 세 시간 후, 터덜터덜 걷고 또 걸은 사토시는 마침내 강에 도착했다. 투명한 물줄기가 강을 이루어 물속을 헤엄치는 물고기까지 보였다.

"해체라~. 어디서부터 손을 대야 하지? 야마다 씨한테 수박 겉핥기식으로 배운 게 전부인데⋯⋯."

사토시는 배고픔을 견디지 못하고 강 바로 옆에서 해체를 시작하려고 자세를 잡았다.

게임에서 쓰던 해체 나이프도 재현되었고, 다행히 사냥 경험이 있어서 해체는 할 수 있었지만 혼자서 하는 작업은 처음이었다. 게다가 주위는 야생의 세계였다. 언제 마물이 습격해 올지 알 수 없었다.

꾸물대다가는 또 마물이 달려들지도 몰랐다.

사토시가 결심을 굳히고 막상 해체하려는데, 눈앞에 놀라운 광경이 펼쳐져 있었다.

"잠깐⋯⋯ 내가 언제 해체했지?! 전혀 기억이 안 나는데⋯⋯."

그랬다. 포레스트 래빗이 어느샌가 깔끔한 고기로 나뉘어 있었다.

게다가 털가죽에는 피 한 방울조차 묻지 않았다. 명백한 이상 사태에 사토시는 당황했다.

"어쩔 수 없지. 한 마리 더 해체⋯⋯ 응?!"

포레스트 래빗을 든 순간, 사토시의 팔은 무의식중에 반응한 것처럼 고기를 먹음직스럽게 해체해 버렸다. 그것도 무섭도록 빠르고 정확하게.

보고 있던 본인도 경악할 정도였다.

"이건 설마…… 직업 스킬과 관계있나?"

사토시의 스킬에는【엽신】과【해체 보정】이 존재했다. 이 스킬은 사냥에 관한 능력을 대폭 상승시키는 것이었다. 온라인 게임에서 직업 스킬은 주로【사(士)】혹은【수습】,【사(師)】,【귀(鬼)】,【제(帝)】,【신(神)】다섯 단계로 나뉘며— 예를 들어 검사(劍士)가 되기 위해서는【검술】스킬을 단련해【검사(劍師)】,【검귀】라는 식으로 단계를 거쳐야만 했다. 직업에 따라서 명칭에 차이는 있었지만, 기본적인 구조는 이러했다.

거기에 개인이 소유한 신체 스킬이 더해지면 기술의 위력이 현격히 상승했다.

직업 스킬도 상위 스킬이 되면 능력 보정도 큰 폭으로 변했다. 사토시의 직업 스킬은 모두【신】. 어지간한 스킬은 이미 최대치였고 그 실력은 달인의 영역을 우습게 뛰어넘는 것이었다.

그야말로 신들린 속도였다. 해체의 정밀도는 타의 추종을 불허할 만큼 능수능란한 장인의 기술이었다.

"이건 이미 인간의 영역이 아니야……. 어디서 은둔 생활이나 하는 게 낫지 않을까? 상식적으로 생각해서 비상식의 결정체인데……."

수많은 경험을 쌓지 않으면 올라가지 않는 스킬이 비정상적으로 높았다. 그만큼 게임에 빠져 살긴 했지만, 그것이 현실이 되면 사정이 달라졌다.

어떤 나라에서 자신의 힘에 눈독을 들이면 귀찮은 일이 벌어질 것은 불 보듯 뻔했다.

"귀찮은 일은 피하고 싶은데…… 가능하면 결혼도 하고 싶고…….
이런 괴물이면 그것도 힘드려나? 후우……."

이 나이가 되도록 독신인 사토시에게는 어느 쪽이든 절실하고
심각한 문제였다.

회춘약도 만들 수 있을 만큼 소재는 넘쳐났지만, 지금 상황에서
는 만들 수 없었다.

게다가 이 세계의 돈이 없는 것도 문제였다.

"뭐, 이 세계 통화 기준이 일본과 비슷한 건 다행이지만……."

뇌 속에 새겨진 지식을 검색하자 통화 표시는 1골이 1엔. 거기서
5골, 10골, 50골, 100골, 500골이란 식으로 올라갔다.

통화는 모두 금화였고 크기로 가치가 달라지는 듯했다. 천만 골
쯤 되면 이미 금괴였다. 그 탓에 연금술사가 금을 연성하고자 혈
안이 되어 있다는 것이 이 세계의 상식 같았다.

지구와는 달리 금이 비교적 저렴하고 얻기 쉬운 환경이었지만,
사토시가 그것을 알게 되는 것은 미래의 일이었다.

숲이 어둠에 잠기고 세계가 야행성 동물의 활동 시간으로 바뀔
무렵, 모닥불 앞에 앉아 토끼 고기를 구우며 홀로 상념에 빠진 아
저씨의 모습은 솔직히 말해 청승맞았다.

그래도 사토시는 어떻게든 고독을 달래 보려고 애썼다.

"라이트노벨 지식을 참고로 하면 이 세계는 목숨의 가치도 낮겠
지. 도적이 나오면 내가 죽일 수 있을까? 하아~, 머리 아픈 문제
뿐이네~. 그래도 각오는 해 놓는 편이 낫겠지……."

게임이나 라이트노벨 등의 설정을 현실로 놓고 생각하면 이 세계도 여러 국가가 난립했을 것이다. 그중에서 자신이 어느 나라에 소속하느냐에 따라서 취급도 달라지겠지.

어느 나라에서는 마도사가 냉대받고, 어느 나라에서는 아인종이 차별 대상이 되며, 어느 나라에서는 군사력 강화를 위해 강제로 군역을 지게 된다. 픽션의 설정일 뿐이었지만, 현시점에서는 그것도 아주 있을 수 없는 이야기는 아니었다.

범죄자를 상대로 주저해서는 앞으로도 살아갈 수 없을 것이다. 때로는 단호한 결단이 요구되는 경우도 있으리라. 조금이라도 위험 부담이 적은 인생을 살기 위해서는 눈에 띄지 않는 게 상책이었다.

"뭐, 지금 생각해도 별수 없지……. 빨리 밥이나 먹자. 언제 마물이 덮칠지 몰라."

사토시는 그렇게 말하며 노릇노릇한 토끼 고기를 입으로 가져갔다.

"맛있네……. 하지만 흰 쌀밥이 그립다."

광대한 산림 지대 한구석에서 아저씨가 홀로 고독하게 고기를 뜯었다.

사냥한 토끼 고기를 묵묵히 먹어치우는 모습은 흡사 원시 시대로 돌아간 듯 비참했다.

하지만 사토시는 식사를 계속했다. 그만큼 배가 고팠으니까. 그후에는 나무 위에서 자기 몸을 밧줄로 묶어 잠을 청했다.

땅에서 자는 것보다는 안전하다고 판단한 결과였지만, 다음 날

아침, 엉덩이가 아파서 이 방법은 관두기로 했다.

　서바이벌 생활 이틀째.

　"솔직히 잠자리는 최악이었어. 엉덩이 아파…….."

　뭔가, 다른 일로 오해받을 듯한 말이었다.

　"오늘도 사냥하면서 스킬을 파악하자. 검은 어떨까? 내 힘을 제대로 다룰 수 없으면 의미가 없지. 최악의 경우 실수로 사람을 죽일지도 몰라."

　지금 가진 무기의 위력은 더할 나위 없었다. 오히려 전투력 과잉일 정도였다.

　허리에 찬 검 두 자루는 겉보기에는 투박하나 흉악한 무기였다. 장비 자체는 수수하기 때문에 눈에 띄지 않겠지만, 동시에 남에게 얕보일 것 같기도 했다.

　사실 사토시의 용모는 누가 봐도 볼품없는 아저씨 마도사였다. 하지만 최강 장비는 아닐지라도 게임에서는 그 놀라운 성능으로 적들을 휩쓸고 다녔다. 그런 비상식적인 힘을 실제로 가진 인간이 있다면 주위 사람들에게 두려움을 살 것이 뻔했다. 선망과 질투의 눈길도 사양하고 싶었지만, 고독하게 살아가는 것도 피하고 싶었다. 쓸쓸한 인생은 무슨 수를 써서라도 막아야 했다.

　그렇다면 가급적 실력을 보이지 않고 상대를 압도하는 수밖에 없었다. 그것도 무난한 수준에서 힘 조절을 해야겠지만, 정작 이 세계의 표준을 모르겠다.

　"결국 이 몸에 익숙해질 수밖에 없나……. 귀찮게……."

10년 가까이 시골에서 슬로 라이프를 보내온 터라 사토시는 자발적 행동을 꺼렸다. 이미 『내가 최강이다아아아아아아!』라고 들뜰 나이가 아닌 것이다.

평범한 가정 정도는 꾸리고 싶다는 소박한 꿈을 위해서라도 그는 자신의 힘을 파악해야만 했다.

"어디 좋은 상대가 없을까……."

그렇게 혼잣말을 중얼거리는데, 사토시의 경계 영역에 어떤 생물의 반응이 들어왔다.

이렇게 움직임으로 반응하는 스킬은 참으로 유용했다.

—부스럭…….

수풀이 쓸리는 소리에 귀를 기울이며 허리춤에 찬 검을 손에 들었다.

모습을 드러낸 것은 돼지 머리를 가진 비만 체형의 마물— 게임으로 익숙한 오크종(種)이었다.

"【미트 오크】…… 이건 먹을 수 있을 거야. 해치울까……."

미트란 이름이 괜히 붙은 것은 아닌지, 맛있는 고기를 먹을 수 있는 마물, 흔히 말하는 식용 마물이었다.

동시에 오크는 판타지 세계의 에로 몬스터로도 유명한데, 그것은 이 세계에서도 마찬가지였다.

오크는 번식력이 강하며, 암컷 오크가 아무리 있어도 모자랄 만큼 성욕이 강했다. 게임에서도 대량 번식해서 대규모 전투로 발전하는 이벤트가 빈번히 있었다.

호전적이며 잡식성이기 때문에 언제나 퇴치 대상이 되는 마물이었지만, 이 미트 오크는 인간형이라기보다는 사족 보행을 하는 돼지와 유사한 모습이었다.

다리가 짧고 양팔이 물건을 잡기보다 땅을 달리기 위한 앞발에 가까운 형태라서, 오크종의 선조라고 하면 납득할 만한 모습이었다. 물론 도구도 있겠지만, 저 두툼한 세 손가락이 정교한 작업에 적합하지 않은 것은 틀림없었다.

딱히 사람처럼 보이지 않아 사토시는 주저하지 않았다.

단숨에 거리를 좁혀 순식간에 양손의 검으로 오크를 베어 죽였다.

"힘을 빼고도 이렇게 쉽게……. 이거 참, 나는 얼마나 괴물이 된 거야?"

오크는 사토시를 알아차리고 있었지만, 알면서도 반격할 틈이 없었다. 사토시의 공격 속도가 그만큼 빨랐다는 의미였다. 꼭 무슨 만화에 나오는 칼잡이 같았다. 점점 더 자신의 힘을 가늠할 수 없었다.

사토시는 빠르게 오크를 해체하고 이동을 개시했다. 그렇게 마물을 발견하고 죽이는 행위가 이어졌고, 거기서 내린 결론은 『너무 강해서 탈이다』라는 것뿐이었다.

"식량은 확보했지만, 역시 고기만 있으면 좀……."

삼시 세끼 고기만 먹자니 물렸다. 영양이 치우치므로 산나물을 찾아봤지만, 어찌 된 영문인지 약초나 씨앗밖에 보이지 않았다. 【블러디 벨라돈나】 같은 것은 맹독 말고는 쓸데도 없었다.

"이 독성이 약효 성분으로 변하지만, 기재가 없으면 소용없지. 마도 연성이라는 수단도 있지만…… 제작한 마법약을 담을 용기가 없어."

성과 없이 불필요한 물건만 점점 늘어났다.

"하다못해…… 하다못해 빵이라도 있었으면~. 아아…… 흰 쌀밥이 그립다……."

서바이벌 생활 이틀째, 사토시는 빨리도 우는소리를 내고 있었다.

본래 회사원에서 귀농한 터라 다소의 불편함은 참을 수 있었지만, 이런 육지의 무인도 같은 곳에서 유랑 서바이벌을 하자니 솔직히 죽을 맛이었다. 현대인에게 원시생활은 무리가 있었다.

걷다보면 나오는 것은 원주민이 아니라 자신을 먹이라고 생각하고 달려드는 흉악한 생물뿐……. 진심으로 차라리 죽는 게 편하지 않을까 싶을 만큼 높은 빈도로 접촉했다.

소재는 불어나는데 어째서 식사 사정은 변하지 않는가. 그런 살벌한 상황에 신물이 났다.

"왜 산나물이나 채소가 안 보이는 거야? 고기만 먹으면 영양이 치우치잖아……."

스킬 【식물 탐사】가 도움이 되지 않아 푸념이 입으로 줄줄 흘렀다.

"신이란 족속은 믿을 수가 없어……. 그놈들은 다 적이야아아아아아아아아아!"

─GYUOOOOOOOOOOOOOOOOOOOOOOOOO!

신을 모독한 죄인지 벌인지, 그것은 하늘에서 찾아왔다.

녹색 비늘에 긴 목을 가진 하늘의 마물. 두 다리에 날카로운 발톱이 났고, 입안에는 예리한 이빨이 자랐다.

"와, 와이번?!"

와이번은 사토시를 집요하게 쫓아왔고, 그를 잡아먹으려고 몇 번이나 치고 빠지기를 반복했다.

역시 하늘의 마물은 익숙하지 않은 몸으로 대처하기에는 무리가 있었고, 계속해서 공격을 피하며 도망칠 수밖에 없었다.

숲 속에 와이번의 브레스가 쏟아지고 폭발음이 울려 퍼졌다.

목숨을 건 술래잡기는 그날 해가 저물 때까지 이어졌다.

 ## 제2화 아저씨, 흔해 빠진 전개와 마주하다

이 세계로 전생한 지 벌써 일주일째.

사토시는 긴 서바이벌 생활 끝에 마침내 인공적으로 닦인 가도로 빠져나올 수 있었다.

파프란 대산림 지대는 가혹한 아귀 지옥이었다.

고블린부터 시작해 오크, 와이번, 트롤, 맨 이터, 키메라 외 기타 등등이 꼬리에 꼬리를 물고 나타나 전투가 일어나는 터라 마음 편할 새가 없었다. 동굴에서 잠을 자려고 했더니 킬러 앤트 소굴이고, 강가에서 한숨 돌리려 했더니 리저드맨이 달려들고, 암석지대에서 자려고 했더니 크레이지 에이프가 엉덩이를 노렸다.

사토시의 정신은 일주일 사이에 심각하게 피폐해졌다.

"해냈다……. 드디어…… 드디어 사람이 사는 곳으로 갈 수 있어……. 길었어…… 흐…… 흐흐흐……."

그 모습은 대단히 초췌해 보였다. 하지만 그의 체력은 아직 팔팔

했으며 마력도 아주 조금밖에 소모하지 않았다.

그저 지금까지 겪은 혹독한 생활을 떠올리고 우울해졌을 뿐이었다. 그러나 그 생활도 가도로 나오면서 끝을 고했다. 사토시는 살벌한 약육강식의 세계에서 벗어났다는 사실에 안도했다.

"어느 쪽으로 가야 마을이 나올까⋯⋯. 방향은 둘, 어느 쪽이 마을과 가까울지⋯⋯ 고민되네."

사토시는 근처에 굴러다니는 나뭇가지를 주워 그것이 쓰러지는 방향으로 가자고 결심했다. 그리고 스물세 번째 만에 왼쪽으로 쓰러져서 오른쪽으로 가기로 했다.

혹독한 서바이벌 생활 때문인지, 성격이 완전히 꼬인 듯했다.

가도는 나무를 베고 땅을 평평하게 다졌을 뿐인 거친 길이었다.

돌로 포장하지도 않아 흙바닥이 그대로 드러났으며 군데군데 잡초가 자라 있었다.

비가 내리면 이곳은 물바다가 될 게 틀림없다고 생각하면서도, 사토시의 발걸음은 깃털처럼 가벼웠다.

그도 그럴 것이 지금부터 갈 곳에는 사람이 있을지도 몰랐다. 그렇다면 적잖게 사람들과 교류도 나눌 수 있을 것이요, 어쩌면 친구도 사귈 수 있을지 모른다.

일주일이란 긴 시간을 야생의 왕국에서 살아온 그는, 지금 사람이 고팠다.

"산적이라도 좋으니까 나와주지 않으려나~?"

솔직히 말하면 사람과 말을 나눌 수 있다면 누구든지 좋았다.

물론 산적을 만나면 피 터지는 싸움이 벌어질 것은 필연이며 일방적인 학살이 벌어질 것 또한 확실했다.

일주일간 목숨 건 서바이벌 생활을 해 온 사토시에게는 이제 살해에 대한 망설임이 없었다. 신변에 위험이 닥치면 인정사정 보지 않고 상대방을 죽일 각오가 되어 있었다.

바꿔 말하면 그 숲은 사람을 이 지경으로 만들 정도로 혹독한 환경이었다.

그건 그렇고, 지금 사토시는 어떤 사실을 깨달았다.

"그러고 보니 며칠 동안 목욕을 안 했지……. 냄새나지 않을까?"

목욕조차 할 수 없는 상황이 이어져 몸에서 냄새가 나지 않을까 신경 쓰였다.

용모도 단정하게 꾸미지 못하는 사토시가 말하니 좀처럼 설득력이 떨어졌지만, 깨달은 것만으로도 대단한 진보였다.

"우선 몸부터 씻을까? 근처에 강이 있으면 좋으련만……. 어쨌든 이 상태로는 사람을 만나지 말자. 이건 내가 봐도 산적이랑 다를 바가 없어."

사토시는 그렇게 중얼거리면서도 길을 따라 계속 걸었다.

운이 좋은 건지 아니면 신의 뜻인지, 강이 있었다. 심지어 인공적으로 만든 다리가 눈에 들어왔다. 폭이 고작해야 7미터 정도밖에 되지 않는 작은 강이었지만, 물이 있는 것만 해도 감지덕지였다.

사토시는 사람 눈에 띄지 않는 곳을 찾기 위해 다리에서 보이지 않는 하류로 이동했다. 그리고 장비를 벗어 던지고 냅다 강으로 뛰어들었다. 오랜만에 목욕— 아니, 멱을 감으니 생각보다 기분이

상쾌했다.

사토시는 일단 몸을 꼼꼼히 씻어 땟국물을 벗겨 냈다. 더불어 옷도 빨아서 바위에 널어놓고, 옷이 마르는 동안 식사 준비도 했다. 지금 딱 하나 불만이 있다면 먹을 것이 여전히 고기뿐이라는 점이었다.

옷이 마를 때까지 사토시는 강가를 바라보았다. 그런 그의 눈앞으로 특이하게 생긴 물고기가 헤엄쳐 지나갔다.

이런 평화로운 날은 오랜만이었다. 그는 기분 전환 겸 느긋하게 시간을 보냈다.

이따금 실실 웃음 짓는 것이 영 기분 나쁘긴 했지만…….

"슬슬 말랐으려나? 축축하면 찝찝한데……."

해가 하늘 꼭대기에 걸렸을 무렵, 사토시는 벗어놓은 옷을 빠르게 입고 익숙한 손놀림으로 장비를 착용했다. 요 일주일 사이 장비 착용에 익숙해져서 자연스럽게 장비를 걸치는 버릇이 생긴 듯했다.

현대인은 착용할 일 없는 장비였지만, 인간은 필요해지면 뭐든 한다는 좋은 예시였다.

가끔 상인의 것으로 보이는 마차가 다리를 건너는 모습이 보여 마을이 있다는 것을 시사했다. 그것을 알게 된 것만으로도 마음은 한결 가벼워졌다. 사토시는 다리를 건너기 위해 강 상류로 돌아가 둑을 오른 후 마차가 지나간 방향으로 걸어 나갔다.

그 옆으로 유난히 호화로운 순백색 마차가 지나가기도 했지만,

그는 권력자에게는 관심이 없으므로 관심도 주지 않았다. 그저 가뿐한 발걸음으로 똑바로 길을 따라 걸을 뿐이었다.

도중부터 강화 마법으로 신체 능력을 강화해 달리길 30분……. 사토시는 전방에 모여 있는 어떤 집단의 기척을 느끼고 경계를 조금 강화했다.

색적 스킬 덕분이었다. 이 스킬은 자신의 의지와 관계없이 자동으로 발동해 적대자를 감지한다. 광대한 숲 속에서 효과를 톡톡히 본 능력이었다.

"뻔하게 생각하면 도적인가? 대뜸 공격하기도 뭣하니까 기척을 지우고 상황이나 볼까? 도적이라면…… 그때는 처리하자."

목숨의 가치가 낮은 세계라고 해도 갑자기 칼을 휘두르고 다짜고짜 마법을 날리는 것은 만행이며 문명인으로서 할 행동이 아니었다. 경우에 따라 다르겠지만, 일단 상황을 살피기 위해 사토시는 기척을 지우고 숲에 숨어 그곳을 엿봤다.

결과부터 말하자면 전방에 있던 것은 지저분한 복장의 남자들이었다. 그들이 모두 무기를 들고 상인들을 둘러싸고 있었다. 불길한 예감은 빗나가지 않는 법이다.

"으음, 100퍼센트 범죄 현장인데……. 뭐, 어디까지나 지금은 정황뿐이니까 확실한 증거가 나오고 나서 개입할지 말지 정하자고."

현시점에서는 둘러싸고 있을 뿐이었다. 어쩌면 탐욕스러운 상인에게 속아서 복수하려는 것일지도 모르지 않는가? 직접적인 개입은 상황을 파악한 뒤에 해도 늦지 않을 것이다.

"과연 이게 복이 될지, 화가 될지……."

어찌 됐건 당분간은 상황을 지켜보기로 결론지었다.

한 마차가 파프란 가도를 달리고 있었다.

차분하게 백색으로 통일되고 소소한 금세공이 들어간 고상한 마차였다.

마부석에서 두 명의 기사가 대기하는 마차 안에는 고풍스러운 옷을 차려입은 두 인물이 앉아 있었다.

한 사람은 이미 나이가 지긋한 노인이었다. 새하얀 로브를 입고 차분하게 자리에 앉아 있는 그는 마도사처럼 보였다. 노인은 이 일대 영지를 다스리는 대공작이자 【솔리스테어 마법 왕국】 왕족의 피가 흐르는 인물이었다. 물론 지금은 은거 중이고 손녀가 귀여워서 어쩔 줄 모르는 단순한 할아버지였지만 말이다.

그의 이름은 【크레스톤 반 솔리스테어 전 공작】.

가독(家督)을 아들에게 물려주긴 했으나, 점차 두 손자의 대립이 심각해져 최근에는 손녀인 【세레스티나】만이 그의 마음을 달래주고 있었다.

손녀 세레스티나는 왠지 수심 가득한 표정으로 앉은 채 펼쳐 놓은 책을 들여다보고 있었다.

그녀는 공작가에서 심하게 박대받고 있었다. 특히 마법사가 권위를 가지는 이 나라에서는 몹시 멸시받는 존재였다. 그 이유는 다름 아닌, 그녀가 마법을 다룰 재능이 거의 없기 때문이었다.

이 세계에서 살아가는 생물이라면 모두 마법을 구사하기 위한 마력이 있게 마련인데, 세레스티나는 그 능력이 현저히 낮았다. 그리고 그녀는 공작부인들의 정식적인 아이가 아니라서 질투에서 오는 박해를 심하게 받아야 했다.

정확하게 말하면 세레스티나는 현재 공작이 저택 사용인에게 손을 대서 태어난 첩의 자식이었다. 그 출신 성분에 마법을 쓸 수 없다는 사실이 보태져 모진 박해는 지금도 이어지는 실정이었다. 주로 공작부인들에게 말이다.

하나뿐인 손녀를 귀여워하는 크레스톤은 자신이 은거하는 별장에서 그녀와 함께 살며 지극정성으로 그녀의 재능을 키워주려고 했지만, 아직까지 아무런 성과를 거두지 못했다.

왕국의 고명한 마도사에게 가정교사를 부탁하기도 해 봤지만, 모두 하나같이 실패하여 재능이 없다는 낙인만 찍히고 말았다. 크레스톤은 손녀가 기뻐하는 모습을 보고 싶어 한 일이었건만, 결과적으로는 그녀를 더욱 궁지로 내몬 셈이었다.

크레스톤이 손녀를 바라보는 얼굴은 다정했고, 더불어 연민의 빛이 어른거렸다.

그리고 세레스티나도 할아버지의 애정을 알고 있기에 부단히 노력했다.

첩의 자식이면서도 차별 없이 애정을 쏟아주는 할아버지에게, 세레스티나는 감사와 존경의 마음을 품고 있었다. 하지만 아무리 애정이 전해지고 그 마음에 보답하고자 한들 노력이 결실을 맺지 않으면 무슨 의미가 있으랴. 그 결과, 그녀는 몹시 애처로운 웃음을 짓게 되었고 그것이 또 크레스톤의 마음을 괴롭혔다.

마차가 가도에서 다리로 들어섰을 때, 세레스티나가 앗, 하고 소리쳤다.

"왜 그러니? 티나. 무엇을 보았느냐?"

"네, 할아버지. 마도사가…… 그것도 쌍검을 가진 분이 계셨어요."

"쌍검? 마도사인데? 그런 자가 있더냐?"

"네, 회색 로브를 입은, 대단히…… 그……."

"초라한 행색이었나 보구나. 흠, 회색 로브는 하급 마도사지. 어쩌면 타국에서 흘러온 여행자일지도 모르겠구먼."

로브의 색으로 마도사의 계급을 나타내는 것이 이 나라의 풍습이었다. 하급이 회색, 중급이 검정, 상급이 심홍, 왕국 직속 정예 마도사가 흰색, 이런 식이었다. 가령 회색 로브를 입고 걷고 있다면 하급 마도사이거나 다른 나라에서 여행 온 마도사가 틀림없었다.

마법 왕국인 만큼 마법 연구에서는 선두를 달렸지만, 그 속을 들여다보면 여러 파벌로 나뉘어 서로 발목 붙잡기에 바빴다.

어느 세계든 권력 싸움은 끊이지 않는 법이다.

"그런데 검을 가졌다, 라……. 마도사의 약점을 보충하기 위함이겠지만, 상당히 이해하기 힘든 선택이구먼."

"그런가요?"

"그래, 마도사가 마술을 단련하는 것과 마찬가지로 검사는 검술을 단련할 수밖에 없단다. 두 가지를 동시에 얻으려고 하면 이도 저도 아닌 마법 검사가 탄생하는 게 보통이지."

마법과 검, 둘 다 각각의 장점과 단점이 있었다. 마법은 원거리와 보조에 뛰어난 대신 근접전에서는 영 힘을 쓰지 못한다. 반대로 검사는 근접전에서는 강한 반면, 원거리 공격에 대한 방어가 약하며 마법의 위력에 따라 원거리에서 공격당하면 바로 쓰러져 버린다.

그것을 어떻게 조정하느냐가 전략이며, 일률적으로 어느 쪽이 우수하다고는 할 수 없었다.

그 양쪽을 모두 단련하려면 인간의 일생으로는 어쩔 도리가 없을 만큼 혹독한 수련을 쌓아야만 했다. 나머지는 혹독한 수련을 이어나갈 기력과 재능의 문제였다.

"말은 이렇게 했다만, 그냥 호신을 위해 검을 든 걸지도 모르지. 마도사는 적이 접근하면 약하니까 말이다."

"노력을 많이 하시는 분이네요. 저는 아직 하나를 이루긴 고사하고 첫걸음조차 못 뗐는데……."

세레스티나는 침울해하면서도 마법 학원 교본으로 눈을 옮겼다.

그녀는 마법 술식을 기억할 수는 있지만, 발동에 어려움을 겪고 있었다. 그 이유가 술식 자체에 있지는 않을까 싶어 몇 번이나 조사했으나, 안타깝게도 아직 답은 찾지 못했다.

그런 두 사람의 심경과 관계없이 마차는 가도를 계속 달렸다. 그런데 문득 마차가 속도를 늦추는 것을 깨달은 크레스톤이 고삐를 잡은 마부석의 기사에게 말을 걸었다.

"무슨 일인가?"

"각하. 상인들이 길 한복판에 발이 묶여 앞으로 갈 수 없는 상황입니다."

"발이 묶여? 무슨 사고라도 있었는가?"

"나무가 쓰러져 길이 막혔다고 합니다. 상인과 호위 용병들이 지금 그걸 치우고 있나 봅니다."

"흐음, 나무가 쓰러졌다라……. 자네들은 주위를 경계하게. 아무래도 느낌이 안 좋아."

"알겠습니다…… 으악?!"

마부석에 있던 기사가 갑자기 소리를 질렀다. 크레스톤은 안 좋은 예감이 적중했음을 깨달았다.

주위 숲에 숨어 있던 도적들이 활을 겨누고 한꺼번에 공격해 온 것이다.

"도, 도적?!"

"호위병은 우리를 지켜라! 으악!"

"제기랄! 매복이었어!"

"짐마차를 방패로 써라! 활을 가진 자는 대응 사격을 해라!"

상인들이 허둥대는 가운데, 용병과 도적의 싸움이 시작됐다. 화살 한 대를 맞은 상인은 비명을 지르며 꼴사납게 쓰러졌다. 다행히 목숨에 지장은 없는 모양이었지만, 용병에게 살려 달라고 아우성이었다.

"하, 할아버지!"

"여기서 가만히 기다리거라. 나도 나가마!"

크레스톤은 단검을 들고 마차에서 내렸다. 칼집에서 은백색 날이 뽑혀 나왔다.

이 단검은 마법이 부여되어 소유자의 주위에 장벽을 펼치는 방어형 마검이었다. 두 기사도 방패를 들고 날아드는 화살을 겨우 막고 있었다.

"흠…… 이거 위험하군. 도적의 수가 너무 많아. 게다가 주위를 이미 포위했구먼."

제아무리 마검이라도 저장된 마력에는 한계가 있고 그 마력이 떨어지면 방어가 약해진다.

그리고 난전이 벌어지면 머릿수가 승패를 좌우한다. 설령 힘이 약해도 숫자로 압도하는 쪽이 승리하는 것이다.

도적들은 가도를 봉쇄하고 상인과 용병을 몰살한 뒤 짐이며 금품을 모조리 쓸어갈 심산이리라.

하지만 손녀의 목숨이 걸린 이상 크레스톤에게는 선택지가 없었다.

마법으로 공격하고 싶었지만, 주문을 외우려면 시간이 걸리므로 포위당한 상태에서는 표적이 되기 십상이었다. 더군다나 공격에 나서려면 장벽을 해제해야만 하는데, 그사이 일망타진될지도 모를 만큼 상황은 급박했다. 적의 술수에 말려드는 바람에 행동이 제한된 탓이었다.

용병들도 초조한 기색을 보이는 것은 마찬가지였다.

"마차 주변은 정리했지만, 주위를 둘러싸고 있어! 할아범, 그 마검은 언제까지 버티지?"

"글쎄, 검에 담긴 마력이 많아 봐야 얼마나 많겠나. 언제 효과가 끊겨도 이상하지 않네."

"놈들이 우리를 그냥 보내주진 않을 거야."

"그럴 테지…… 얼굴을 본 이상 전부 죽일 게 틀림없어."

"당장은 손쓸 방도가 없나……."

마검의 마력에 한계가 있으므로 장기전은 불리했다. 하지만 장벽을 없애면 사방에서 활이 날아올 테니 반격에 나설 틈이 없었다. 도적들은 대단히 계산적으로 작전을 짜고 실행 중인 듯했다.

"크하하하하! 너희는 다 죽어줘야겠어! 돈이 되는 것과 여자, 꼬맹이는 받아가마. 애들은 노예로 팔면 돈이 되니까 말이야. 여자들은 실컷 즐긴 뒤에 팔아주지."

"이것들이…… 아주 살맛났군."

"그렇게 쉽게 죽을 줄 아냐!"

"기세가 등등하신데~? 하지만 이 상태에서 뭘 할 수 있지? 어차피 죽을 건데 번거롭게 하지 말고 얌전히 죽으셔."

도적 두목으로 보이는 남성이 거들먹거렸다.

마검의 힘에 시간제한이 있다는 것은 유명한 이야기였고, 대처법만 알면 피해는 최소한으로 줄일 수 있었다. 범행이 능숙한 것으로 보아 이들은 전에도 같은 짓을 해 봤을 가능성이 높았다.

"큰일이구먼……. 마력이 끊기려고 하네."

"이판사판으로 치고 나갈까?"

"그 수밖에 없을지도 모르겠군. 마법을 쓸 수 있다면 편할 텐데, 주문을 외는 중에 표적이 되면……."

"어이쿠, 이걸 어쩌나? 믿고 있던 마검이 약해졌는데? 안심하고 지옥으로 가셔~. 뒷일은 우리에게 맡기고 말이야. 크하하하하!"

두목과 도적들은 신이 났다. 그들은 이 작전이 실패하리라고는 눈곱만큼도 의심하지 않았다. 하지만 무슨 일이든 간혹 예기치 않은 개입도 있게 마련이었다.

그리고 그것은 갑자기 아무런 전조도 없이 이빨을 드러낸다.

"사람이 못 지나가잖아요. 비켜주시죠, 【빙결화(氷結華)】."

순간 상인들을 둘러싼 숲이 하얗게 물들고 도적과 함께 얼어붙더니 산산조각이 났다.

지금 그 공격으로 도적 궁수가 완전히 무력화됐다. 남은 것은 전방과 후방을 막은 도적들뿐이었다.

"『의를 보고 행하지 않는 것은 용기가 없는 것』이라고 하지만, 나는 평온한 일상이 인생의 모토인데…….."

"웬 놈이냐! 당장 나오지 못해!"

두목이 고함치자 그 소리를 듣고 나온 것처럼 한 사람이 긴장감 없이 흰 마차 위에 내려섰다.

마치 이 순간을 기다린 것 같은 등장이었다.

회색 로브에 눈을 가릴 만큼 너저분하게 자란 칠칠찮은 머리.

평균적인 체형에 지저분한 수염이 난 한 마도사였다.

길을 따라 걷던 사토시는 아무리 봐도 수상쩍은 일당이 길을 막고 있어서 상황을 보고자 나무 사이에 숨어 정보를 수집하고 있었다.

대화 내용이나 현재 상황을 통해 상대가 도적인 것을 안 사토시는 그냥 지나칠 수 없어서 인명 구조를 위해 어쩔 수 없이 개입하기로 했다. 포위당한 이상 이미 상인들이 도망칠 곳은 없기 때문이었다.

"이 자식…… 감히 우리 동료를 죽였겠다!"

"동료라…… 쓰다 버릴 도구가 아니고요? 당신한테는 그 정도 존재일 거면서……."

"시끄러워. 설령 도구라도 누구 마음대로 그걸 죽여! 이것들은 내 도구다."

"말 참 심하게 하시네. 뭐, 나한테는 아무래도 상관없는 일이지만…….【흑뇌연탄(黑雷連彈)】."

사토시 주위로 검고 작은 구슬이 무수하게 떠올랐다. 그것을 본 도적들은 무심코 실소했다. 콩알만 한 검은 구슬이 무수히 떠올랐을 뿐, 그다지 위력적인 마법이라고는 생각할 수 없었다. 하지만 그 웃음도 곧 공포로 뒤바뀌었다.

무수한 칠흑의 탄환이 도적들을 관통하고 몸 내부를 강력한 뇌격으로 불태웠다. 순식간에 숯덩이가 되어 죽은 동료를 보고 도적들은 혼란에 빠졌다.

그들은 본 적도 없는 마법이었고, 당연히 대처법도 알 턱이 없었다.

"운도 없지. 이래 봬도 제가 난전이 특기라서 당신네들처럼 몰려다니는 건 좋은 먹잇감이거든요. 뭉쳐 있어서 조준할 필요도 없고……. 그럼 최후통첩입니다. 방해되니까 꺼지세요. 여기에 더 머무르겠다면…… 잿더미로 만듭니다?"

마지막 한마디는 천연덕스러운 목소리가 아니라 등이 오싹해질

정도로 냉엄한 음색이었다.

"괴, 괴물인가…… 이딴 마법이 어딨어?! 난 모른다고, 듣도 보도 못했어……."

"처음으로 사람을 죽였는데 아무 감정도 안 드네……. 나도 드디어 이상해진 건가."

"닥쳐! 뒤에서 튀어나와서 비겁한 짓이나 하고, 정정당당하게 싸워라!"

"도적이 무슨 염치로 그런 말을 하나 모르겠네. 뭐, 원하신다면 해 드려야죠!"

도적의 지리멸렬한 말을 곧이곧대로 듣고, 사토시는 두목에게 접근해서 그의 팔을 단칼에 베어 떨어뜨렸다.

한순간 무슨 일이 일어났는지 이해하지 못한 두목은 자신의 팔을 보고야 현실을 깨달았다.

어느샌가 눈앞의 마도사가 허리춤에 찬 검을 뽑아 양손에 들고 있었던 것이다.

그리고 잘려 나간 자신의 팔을 보자 공포가 등을 타고 퍼졌다.

"원하시는 대로 정정당당하게 정면에서 덤볐는데, 마음에 드셨나요?"

"끄아아아아아아아악?! 팔이, 내 팔이이이이이이이이이이이!"

"……말할 여유도 없나. 어쩔 수 없지. 다른 사람들이나 상대할까……. 아무리 그래도 인간 사회가 약육강식이면 쓰나~."

아무도 사토시의 움직임을 쫓아가지 못했다.

가벼운 말투로 말하면서도 전광석화처럼 눈앞에 나타나서 순식간에 두목의 팔을 잘라 버렸다. 평범한 인간이라고 생각할 수 없는 실력자의 등장에 도적들은 절망에 빠졌다.

그리고 그런 도적들은 눈 깜짝할 사이에 사토시에게 제압당했다. 주린 배를 채우려고 마물과의 혹독한 생존 경쟁 속에서 살아온 사토시는 적에게 자비를 베푼다는 감정을 이미 버렸다.

약육강식의 섭리는 인간을 흉악하게 만든다.

"빠…… 빠르다. 어떻게 저런 속도가…….'

"게다가 마법을 썼어. 상당한 실력자 같구먼…….'

"검과 마법…… 빈틈이 없어! 무시무시한 실력자야!"

용병들도 강력한 원군에 경악했지만, 그 이상으로 전율했다.

만약 전쟁터에서 만났다면 전멸당한 것은 자신들이었고 도망칠 틈도 없이 죽었을 가능성이 컸다.

그들의 눈으로 봐도 실력 차이는 현격했다. 적이 아니라서 천만다행이었다.

"저런 걸 어떻게 상대해?! 난 갈 거야!"

"도, 도망쳐! 전부 죽을 거야!"

"이제 도적질은 때려치울 거야! 시골에서 밭이나 갈 거라고오오오오오오오!"

"악마다…… 악마가 나타났다아아아아아아아아아!"

어차피 싸움에선 아마추어— 강한 상대가 나타나자마자 도적들은 와해되기 시작했다.

"사람을 무슨 괴물처럼……. 자기들 만행은 모른 척하면서, 참 뻔뻔한 사람들이네. 교육적 지도가 필요한가요? 수업료는 당신들

목숨이지만…….”

사토시는 무뚝뚝하고 심드렁하게 중얼거렸다. 솔직히 힘만 놓고 본다면 충분히 괴물이었다.

“놓치지 마라! 전부 죽여 버려!”

“우릴 갖고 놀았겠다……. 살아서 돌아갈 생각 마라!”

“원한을 갚아주마, 빌어먹을 자식들!”

용병들은 울분을 풀듯 흩어진 도적들을 추격해 피바다에 가라앉혔다.

원래 전투 기술이 없는 도적들이 용병들을 상대하기란 무모하기 짝이 없었다. 머릿수로 그 차이를 메운 것은 좋았지만, 그것도 예상치 못한 난입자로 인해 실패로 끝났다.

혼비백산 도망치는 도적들은 분노로 날뛰는 용병들에게 반격조차 하지 못한 채 얼마 가지 못해 전멸당했다.

“제행무상(諸行無常)이구나……. 허무하네. 아니지, 이건 성자필쇠(盛者必衰)인가?”

“이거, 자네 덕에 살았네. 꼭 사례하고 싶군.”

문득 어떤 노인이 말을 걸어와 사토시는 당황했다. 차림새를 보아하니 상당히 상류 계급 같았다. 귀족일 가능성이 크지 않을까?

동요한 사실을 들키지 않으려고 냉정함을 가장해 애써 신경 쓰지 않는 척 가볍게 말을 나누기로 했다. 이래 봬도 돌다리도 두드리고 건널 만큼 소심한 성격이었다.

“신경 쓰지 마세요. 어쩌다 가는 길이 같았을 뿐인데요, 뭘.”

“하지만 덕분에 손녀를 위험에 빠뜨리지 않았다네. 감사받아 마땅한 일을 했는데 무슨 문제가 있겠나?"

"인사는 감사히 받겠지만…… 앗, 혹시 이 앞에 도시나 마을은 없나요? 부끄럽지만 실은 제가 길을 잃어서……."

"내 영지인 도시가 있네만…… 뭔가? 길을 헤매고 있었나?"

"정말로 부끄럽지만, 길도 헤매고 인생도 헤매고 있습니다."

"잘은 모르겠지만, 고생이 많은가 보구먼……."

혼신의 자학 개그가 무시당했다.

크레스톤은 송구스럽게 머리를 긁적이는 이 초라한 마도사가 조금 전 상식을 깨는 마법을 쓴 자와 동일인물처럼 보이지 않았다.

하지만 잘 보니 로브는 평생 본 적도 없는 마물 소재로 만든 것이라서 그가 고위 마도사임을 알 수 있었다. 타국의 마도사가 여행을 한다면 적국의 정보를 캐내기 위해서거나, 아니면 무언가 사정이 있어서 배척당했을 가능성이 컸다.

크레스톤은 내심 경계하면서도 사토시의 행동을 자세히 감시했다.

"자네, 이름이 뭔가?"

"저요? 오사…… 아니, 제로스 멀린이라는 별 볼 일 없는 마도사입니다."

이날을 경계로 사토시는 정식으로 제로스 멀린이 됐다.

원래 세계에서 쓰던 이름이 이 땅에서는 너무나도 특수했고, 섣불리 유명해지면 이름이 퍼지는 속도 또한 빠를 것이라는 판단에서였다. 위험 부담은 사소한 것이라도 적을수록 좋았다.

"흠, 처음 듣는 이름이군. 이 나라엔 어쩐 일로 오셨나? 자네의 실력이라면 다른 나라에서도 못 데려가 안달일 듯한데."

"나이가 있으니까요. 조용히 여생을 보낼, 살기 좋은 도시가 없나 찾아다니던 참입니다. 이제 와서 나라에 소속되어 일하는 것도 귀찮아서 말이죠……."

"그래, 천생 탐구자구먼……. 아까 그것도 난생 처음 보는 마법이었지……."

"부끄럽게도 탐구에 너무 몰두해서 혼기를 놓쳤지만요."

"아직 젊지 않나? 그리 비관할 정도인가?"

"앞으로 10년 뒤면 쉰 살입니다. 그때가 되면 어떻게 되어 있을지……. 여생은 가정을 꾸리고 밭이나 갈며 한적하게 보내고 싶네요."

실로 욕심 없는 소박한 꿈이었고 그것이 거짓말처럼 들리지도 않았다. 크레스톤은 이 제로스라는 마도사가 대단히 마음에 들었다.

귀족 중에는 권력에 빠져 힘을 휘두르고 자기 수양에도 관심 없는 마도사가 많았다. 크레스톤은 그런 자들에게 이미 정나미가 떨어져 있었다.

그들은 마술을 탐구한다는 명목으로 예산을 빼돌리고, 사리사욕을 위해 귀족들의 연줄을 얻고자 빼돌린 돈을 뇌물로 사용했다. 권력에 빌붙는 그들의 모습은 정말이지 천박하며 곪아 문드러진 종양과 같았다.

그런 세태 속에서 권력을 마다하는 제로스는 절로 호감이 가는 자였다. 그 한마디만으로 개인적인 친분을 나누고 싶을 정도로…….

'흠…… 마도사로서 실력은 우수해. 이 정도면 티나의 가정교사를 부탁해도 될지 몰라. 탐구자라면 개인적인 연구도 많이 하고 있을 테고, 무엇보다 다른 나라의 마도사라면 이 나라 사람과는

다른 발상을 가졌을 가능성도 높겠지. 으음…….'

크레스톤의 머릿속에는 손녀에 대한 생각밖에 없었다.

'그리고 어쩌면 티나의 문제를 해결할 수 있을지도 몰라. 아아……
티나야, 다시 한 번 그 웃음을 되찾아주려무나. 그럴 수만 있다면
나는, 나는…… 허억, 허억…….'

"어르신, 괜찮으십니까? 뭔가 위험한 조짐을 느꼈는데……."

"헉?! 아니네, 괜찮아! 아무 문제없네."

사토시…… 아니, 제로스는「이 할아버지…… 조금 위험한 거 아
냐?」라고 생각했다.

손녀를 향한 노인의 사랑은 때로는 이상한 방향으로 나아가는
듯했다.

"그보다 자네에게는 무언가 보상을 줘야겠구먼."

"네? 됐습니다. 제가 좋아서 개입했을 뿐인데요, 뭘……."

"이건 우리 귀족의 책임과 체면이 걸린 문제라네. 은인에게 아
무 보답도 하지 않고 보낸다면 내가 어떤 비난을 받을지 몰라."

"귀족이란 건 귀찮은 일이 많은가 보군요. 일반인이라 다행이다."

"맞는 말일세. 은거해도 이런 책무는 따라붙으니까 말이야…….
그러니까 자네가 꼭 사례를 받아줘야만 하네."

귀족을 구한 것은 우연이었는데, 상을 준다니까 귀찮았다.

하지만 상대의 체면을 깎을 수도 없는 노릇인지라 잠깐 생각한
뒤, 일단 지금의 소원을 말했다.

"그렇다면…… 조용한 땅을 주십시오. 도심에서 조금 떨어져 있
고 텃밭이 있으면 더할 나위 없습니다. 밭에서 채소나 약초를 돌

보며 느긋하고 소박한 삶을 살고 싶어서요."

"흠, 그럴싸한 곳을 찾아보겠네."

"부탁드립니다. 아무래도 여행을 계속하기에는 기력이……."

머릿속에 떠오른 것은 대산림 지대에서 만난 흰 원숭이였다.

암석지대에서 잠든 제로스에게 살금살금 다가와 바지를 벗기고 즐기려고 했던 변태 몬스터……. 황홀한 표정으로 쫓아오는 모습은 공포 그 자체였다.

제로스의 안색이 순식간에 창백해졌다.

"자네, 괜찮은가? 낯빛이 안 좋은데……."

"괜찮습니다……. 조금 안 좋은 추억이 떠올라서요…… 후후후……."

그의 등에서 애수가 느껴졌다.

그런 두 사람 앞에서는 용병들이 도적들 시체에 연소성 강한 기름을 뿌리고 불을 지펴 뒤처리를 하고 있었다. 그중에는 부상자를 치료하거나 힘을 합쳐 쓰러진 나무를 치우는 사람들도 있었다.

도적들은 생각 없이 돌발적으로 행동하지만, 거기에 휘말린 사람들은 뒤처리로 애를 먹어야 했다.

얼마 지나지 않아 용병들의 노력으로 길이 정리되었고, 상인들은 일제히 마차로 이동을 개시했다.

"자네도 타고 가지 않겠나? 도시까지 가려면 아직 조금 시간이 걸린다네."

"시간이 얼마나 걸릴까요? 이곳 지리에 어두워 길을 잘 몰라서요."

"어림잡아 마차로 3일 거리라네. 상황에 따라서는 더 걸릴지도 모르지만."

"마차로 3일……. 겨우 그 숲에서 빠져나왔는데 걸어서 가면 며칠이나 걸릴지……."

아무래도 더 이상 고기만 먹는 식사는 사양하고 싶었다. 대답은 자연스럽게 정해졌다.

"부탁드립니다. 당분간 고기는 보고 싶지도 않습니다……."

"잘은 모르겠지만, 얼른 타게. 우리도 실력자가 있어 주면 마음이 든든하지."

제로스는 공작의 호의를 받아들이기로 했다.

3일이나 걸린다는 말은 당연히 그들은 고기 외의 식량을 가졌다는 뜻이었다.

만약을 위해서 예비 식량도 챙겨 놓았을 테니 제로스가 먹을 분량도 충분히 남았을 가능성이 높았다. 제로스는 타산적으로 동행을 결정했다.

제로스가 호화로운 마차에 망설임 없이 올라타자, 자리에 앉아 있던 한 소녀가 눈에 들어왔다.

푸른 눈동자와 롱 스트레이트 금발, 파란색을 바탕으로 한 옷이 그 나이다운 귀여운 인상을 줬지만, 어딘지 모르게 그늘진 표정이 눈에 밟혔다.

나이는 10대 초반으로 보였다. 라이트노벨 지식을 총동원하면 이 세계에서는 성인을 앞둔 나이일지도 모르겠다. 그녀는 무슨 제복 같은 로브를 걸치고 무릎 위에 놓인 책을 읽고 있던 것 같았다.

"할아버지, 이 분은……?"

"우리를 궁지에서 구해준 은인인 제로스란 분이란다."

"안녕하세요? 마도사 제로스 멀린이라고 합니다. 짧은 시간이지만, 도시에 도착할 때까지 동행하게 됐습니다. 잘 부탁합니다."

"시, 실례했습니다. 저, 저는 세레스티나라고 해요. ……반가, 워요……."

보아하니 마도사 같았으나, 그녀에게서 느껴지는 마력은 미약했다.

마도사라면 그 힘에 걸맞은 마력 파동을 방출하므로 색적 스킬에 반응하는 일이 많았다. 이것은 게임 시절과 다를 바 없었고, 서바이벌 생활에서도 확인했으니까 틀림없었다.

"마도사인가요?"

"아직 초보인데, 사소한 문제가 있다네."

"문제요? 어떤 점이……라고 묻는 건 예의가 아니겠군요. 실례했습니다."

"신경 쓰지 말게나. 이 나라의 마도사와는 다른 의견이 필요하던 참이네. 사실대로 말하자면 이 아이는 마법을 발동하지 못한다네."

"발동을 못 한다고요? 이상하네요. 그런 일도 있나요?"

이 세계가 게임과 같은 세계관이라면 마술이 발동하지 않는 것 자체가 이상했다.

마력은 이 세상 모든 생명이 가졌으며, 개인에 따른 차이는 있을지언정 발동조차 하지 않는 것은 있을 수 없었다. 습득용 마법 스크롤로 배우면 쉽게 쓸 수 있기 마련이었다.

"마력은 있죠? 흠……."

"있고말고. ……그런데 왠지 기본적인 마술조차 제대로 발동하지 않아. 나도 백방으로 손을 써 보았네만, 여전히 원인을 알아내지 못했네."

"그렇다면…… 마법 술식 자체에 문제가 있는 거 아닌가요?"

크레스톤과 세레스티나가 동시에 제로스를 쳐다봤다.

"그, 그게 무슨 말인가? 지금 사용하는 술식은 가능한 한 부담이 적게 조정한 것이라고 들었는데? 우리나라에 알려진 마법식에 결함이 있다는 겐가?"

"아마도요. 발동에 필요한 마력 설정이 잘못됐거나, 혹은 그 마술식 자체가 결함품이지 않을까요? 뭐, 실제로 보지 않고서는 모르는 일이지만…… ."

"누, 눈으로 보고 알 수 있나요?!"

"이래 봬도 여러 마법을 직접 제작했습니다. 실물이 있다면 어느 정도는…… ."

"이, 이 책의 술식에 무슨 이상한 점은 없나요?!"

세레스티나는 잡아먹을 듯이 제로스에게 몸을 내밀었다.

제로스는 순간 당황했지만, 그 진지한 표정에 못 이겨 하는 수 없이 책을 봤다.

거기에 기록된 마술은 제로스가 아는 마법과 닮았고 모두 기본적인 것이었지만, 그가 보기에 상당히 이상한 구석이 있었다.

필요 없는 것이 섞인 데다 필요 이상으로 군더더기가 많은 마법식이 유난히 눈에 띄었다. 이래서는 제대로 발동할 리가 없었다. 발동해도 거의 우격다짐으로 다루어야 했다.

"······이 의도적으로 만든 듯한 불완전함은 뭐죠? 이질감이 심하고 결함만 눈에 띄네요. 이거 심각한데······."

"뭣이?!"

"역시나!"

두 사람은 거의 동시에 다른 소리를 질렀다.

"뭐랄까, 불필요한 마술 문자가 섞여서 의미가 이상해졌습니다. 만약 발동해도 개인의 자질에 모든 것을 맡겨야 하는, 극단적인 우격다짐식 술식이에요. 아름답지 않군요."

"구체적인 설명을 들을 수 있을까요?"

세레스티나는 어느 정도 예측은 했지만, 확신하지 못하고 있었다. 그래서 기대에 찬 눈으로 제로스를 바라봤다.

"상당히 까다로운 마법식이네요. 기본 마법에 이렇게 큰 마력을 소비한다면, 이런 말씀드리기는 죄송하지만······ 이 나라의 마도사 수준도 별 볼 일 없겠군요. 마법을 쓰려고 해도 타고난 자질에 좌우되고 만인이 사용할 수 없습니다. 극단적으로 말하면 마력 보유량이 규정치에 달하는 사람이라면 발동 자체는 가능하나, 그렇지 않은 사람은 무슨 수를 써도 발동하기 어려울 겁니다. 게다가 마력이 낮은 사람들은 마법을 쓰기 위해 보유 마력을 높이는 훈련도 안 할 것이고, 쓸데없는 일을 할 바에야 칼이나 다른 기술을 배우기 위해 노력할 테죠. 이건 마도사를 육성하는 곳에서는 있어서는 안 될 결함 마법입니다."

크레스톤과 세레스티나는 눈앞에 있는 마도사의 지식과 관찰력에 감탄했다.

그는 지금까지 몰랐던 원인을 판별했을 뿐 아니라 마법 그 자체의 결함을 간파했다.

제로스가 보통 마도사가 아니라는 사실을 이해할 수밖에 없었다.

"흠, 어딜 봐도 쓸데없는 마법식이 부담을 주고, 마법식 자체의 균형이 파탄난 곳도 여러 군데 있군요……. 이게 발동할 리가 있나."

"으으…… 마법 연구는 얼어 죽을! 이런 결함 마법을 퍼뜨리다니……."

"그럼 이 마법을 쓰기 쉽게 바꿀 수는 있나요?!"

"할 수 있죠. 필요 없는 부분을 생략할 뿐이니까 그다지 귀찮은 일도 아니고요."

"개선해주게나! 꼭 좀 부탁하네!"

"부탁합니다. 그 마법을 쓰기 쉽게 고쳐주세요!"

"으어어?!"

게임과 같은 세계관이라면 이 세계에서는 누구나 마법을 쓸 수 있는 자질을 가졌을 것이다.

명확한 이미지와 지식, 그리고 충분한 마력이 있다면 마법식과 마법진은 필요 없다고 생각할지도 모른다. 하지만 위력이 높으면 그만큼 발동에 필요한 시간과 마력도 증가하며, 동시에 마법에 실패할 확률도 비교적 높아지게 마련이다.

마력이 사람의 정신에 감응하는 특성이 있는 이상, 정신이 조금만 흐트러져도 중요한 부분에서 실패로 이어진다.

그것을 방지하기 위해 탄생한 것이 주문이자 마법식이고, 더욱 발전해 마법진이라는 형태로 개량됐다. 그렇게 개량되어도 실패하는 일이 잦아 이윽고 마법진을 이데아에 새기는 기술이 탄생해 현재에 이르렀다.

세레스티나가 마법을 쓸 수 없었던 원인은 개인이 보유한 마력 부족과 불완전한 마법식으로 인한 부담 때문이었다. 마력을 단련하는 훈련은 일반적으로 간단한 마법을 사용함으로써 보유 마력을 늘리는 것이며, 그냥 성장만 해도 개인 마력은 차츰 늘어나게 마련이었다.

그래도 마법이 발동하지 않았던 이유는 마법식이 불완전해서 발동에 쓸데없이 많은 마력이 필요했고, 엎친 데 덮친 격으로 마력은 정신의 영향을 받기 때문에 『마법을 쓸 수 없다』는 트라우마와 자신의 환경에 대한 기억이 마력을 크게 흐트러뜨려 발동을 저해한 것이었다.

쉽게 말하면 어릴 적부터 『너는 멍청하다』라는 말을 계속 듣다 보니 정말로 멍청한 인간으로 자란 셈이었다. 요컨대 착각과 같은 정신적 요인과 여러 조건이 복합적으로 작용해 마법 발동을 막고 있었다.

마법식이 가진 부담으로 재능을 발휘하지 못하고, 자기암시로 더욱 가능성을 낮추는 악순환……

교본에 적힌 마법식은 우수한 마도사의 자질을 가진 이를 배척하는, 교육에는 적합하지 않은 물건이었다.

"……제가 보기에는 그렇습니다. 뭔가 하나라도 문제가 해결된다면 분명 마법을 쓸 수 있겠죠…… 아마도……"

"어째 조금 불안하긴 하다만…… 한번 해 보겠느냐?"

"네! 뭔가 하나라도 문제가 해결되면 마법을 쓸 수 있는 거죠?"

"아마도요. 본디 마법식과 마법진은 사용자를 보조해 마법 사용을 원활하게 하는 것이라서 직접 시험해 보지 않으면 장담하기 어렵습니다. 뭐, 제가 할 수 있는 데까지는 해보겠지만요. 그럼 어디……."

제로스는 마도서를 펼치고 그곳에 적힌 마법식을 한 번 죽 훑어 확인했다.

어떤 결과가 나오든 마법식 자체가 이상하다는 것은 틀림없었다. 더구나 마법진이 어디까지 잘못됐는지 알아볼 필요가 있었다.

그는 이젠 거의 잊고 있던 진지한 프로그래머의 표정이 되어 교본에 적힌 마법식을 전개해 구축된 마법진을 조사했다.

앞머리에 가려진 가느다란 눈이 살짝 뜨였다. 솔직히 사나운 눈매였다.

이리하여 오사코 사토시, 제로스는 마도서의 술식을 최적화하는 디버그 작업에 착수했다.

책 전체를 수정할 시간은 없으므로 간단한 마법만 고치는 작업이었다.

훗날, 이 교과서를 집필한 마도사들은 모두 자리에서 쫓겨나 국외로 추방당하게 되지만, 그와는 무관한 이야기였다.

그리고 이것이 훗날 대현자라고 불리는 아저씨의 첫 전설이 되었다.

제3화 아저씨, 소녀의 고민을 해결하다

천천히 달리는 마차에서 제로스는 교본의 마법 술식을 펼쳐 불필요한 부분을 삭제하고 필요한 부분을 더해 갔다.

마차 안에서는 공중에 떠오른 마법식이 환상적인 광경을 연출했고, 그 옆에서는 문자가 지워지거나 더해지며 마법식의 형태가 시시각각 변하고 있었다. 그 과정이 믿어지지 않을 만큼 빨라서, 세레스티나는 처음으로 목격하는 미지의 체험에 눈을 초롱초롱 빛냈다.

그런 손녀를 보며 흐뭇해하는 할아버지, 크레스톤은 이 만남을 내려준 신에게 내심 감사했다.

물론 마도사는 항상 세상의 이치를 추구하는 인간이므로 진심으로 신을 믿지는 않았다.

인간은 세상에서 가장 몰염치한 종족인지도 모르겠다.

"흠…… 체크는 완료했고, 이제 써 보기만 하면 되려나? 시험해 보실래요?"

"이 마법은…… 【횃불】인가요?"

"네. 누구나 쉽게 쓸 수 있는 마법을 최적화했죠. 마력 소비를 최대한 줄이고 동시에 외부 마력을 끌어들이는 데 중점을 맞췄습니다."

"외부 마력이 뭔가?"

"자연계에 체류하는 마력의 흐름 같은 겁니다. 이 마력을 자신의 마력으로 불러들여 술식을 현상으로 일으켜야 하는데, 여기에 기재된 술식은 모두 개인의 마력을 사용하는 것에 한정되어서 마도사의 부담이 너무 커 보이더군요."

"잠깐만요. 마법식이란 개인이 보유한 마력으로 사상(事象)을 변질시켜 물리 현상을 일으키는 것 아닌가요?"

"으음, 틀린 말은 아니지만 정답도 아니군요. 술식은 어디까지나 자연계의 마력을 이용하기 위한 것이지, 개인의 마력만으로 발동하면 바로 고갈되고 맙니다. 흔히 말하는 【마력 고갈】 상태죠."

제로스는 아무래도 이 세계의 마법 연구가 게임 설정보다 뒤처진 것 같다고 느꼈다.

자연계 마력의 전체 양은 세계에서 언제나 일정하게 유지되며, 다른 형태로 변질되어도 짧은 시간 안에 본래 마력으로 돌아가 확산된다. 특정 현상으로 변화해도 변한 것은 성질뿐이며 마력은 여전히 존재해서 원상태로 돌아가는 것이다. 그 성질 변화를 이용해 적을 공격할 수도 있고, 마찬가지로 공격으로부터 몸을 지킬 수도 있는 것이 마법이다. 그중에는 정신에 간섭하는 마법도 존재하지만, 그것도 체내 마력이 끊임없이 변질하는 것만으로 언젠가는 해제된다.

만물이 변질된 상태에서 원상태로 돌아가려는 성질을 갖듯, 마력 또한 원래대로 돌아가려는 특성이 있다. 단, 체내 마력은 외부로 방출되면 원래대로 돌아가는 데 시간이 걸리기 때문에 실제로 육체에 이상을 초래하는 경우가 잦다. 그래서 외부 마력을 이용하기 위한 마중물인 체내 마력 소비를 줄이고 효율을 높이는 것이 술식이다. 하지만 이 세계에도 술식을 연구하는 마도사가 있을 텐데 이런 불완전한 술식을 가르친다는 것은 이상한 일이었다.

"뭐, 우연이든 의도된 일이든 이 술식에 결함이 있다는 건 틀림 없는 사실입니다."

"마법식으로 그런 것까지 알 수 있다니…… 대단해요."

"그렇게 출중한 능력을 지녔으면서 왜 공직을 얻지 않나? …… 재능이 아깝잖은가."

"귀찮기도 하지만, 가장 큰 이유는 권력 싸움에 이용당하기 싫어서죠. 괜히 트집 잡혀 목숨을 위협받기도 싫고, 성가신 일에 말려드는 것도 사양입니다."

나라에 소속된 마도사는 국왕보다도 스승에게 절대복종하는 면이 강했다.

아무리 유효한 마법을 개발해도 스승에 해당하는 인물이 부정하면 그것으로 끝이며, 개중에는 연구 성과를 빼앗는 파렴치한 인간까지 있었다. 그런 인간들 사이에 들어가기는 죽어도 싫었다. 제로스는 이 세계에서 살아가야 한다면 괜한 싸움에 말려들고 싶지 않았다.

특히 라이트노벨 등 오락 소설을 읽으면 그런 권력자가 반드시 등장했고, 실제 역사적 관점에서 봐도 야심에 찬 권력자는 언제나 존재했다.

현실로 바꿔 생각해도 결코 허황된 이야기는 아니었다.

"하긴…… 그런 측면도 있겠군. 최근 마도사는 남의 연구 성과를 파벌에 소속했다는 이유로 빼앗고, 그 성과가 잘못됐다고 밝혀지면 바로 본인에게 책임을 떠넘기지."

"그래서 후계자에게만 술식을 전하는 관례가 있는 거군요. 하지만 후계자가 없으면 연구한 마법의 명맥이 끊어지지 않나요? 제로스 님은 그래도 괜찮으신가요?"

"제 연구 성과는 위험한 것이 많아서 섣불리 가르칠 만한 것이 아니에요. 가르쳐도 아마 이해조차 못 하겠죠……. 딱히 역사의 뒤안길로 사라져도 상관없습니다. 오히려 사람에게 전해지면 위험한 것뿐이니까 문제없겠죠. 마법 연구는 그냥 취미이기도 하고……."

온라인 게임에서 제작한 마법은 위험도가 높고, 실제로 사용해 그 위력을 확인했으므로 남에게 전수할 수는 없었다. 그 이전에 이쪽 학문 수준이 현저히 낮아 가르칠 수도 없어 보였다.

그도 그럴 게 이 세계에서 화염 마법의 최고 경지는 푸른 불꽃이라고 하는데, 이것은 단순히 연소하는 산소량이 변해 고온이 되었을 뿐이다. 지극히 단순한 물리 현상인데 뭐 그리 놀라울 게 있겠는가?

그에 비해, 예를 들어 제로스의 마법 【흑뇌탄】은 마력을 압축해 빛조차 왜곡하는 중력장을 발생시키며, 관통하는 순간 몸 안쪽에서 중력장의 에너지를 변환해 적을 내부에서 불태운다.

아주 미미한 공격과 순간적인 변환으로 성질이나 효과가 극단적으로 변하며 위력과 공격력을 높이는 것이다. 마력 변질을 이용한 악질적이고 흉악한 공격이라 할 수 있겠다. 술식만 해도 분량이 어마어마했고, 이 세계 수준으로는 이해는커녕 해독조차 불가능할 정도로 정교했다.

"그런 이유로 함부로 알려줬다가는 어디에 사용될지 몰라요. 제가 쓰는 거야 제 책임이니까 상관없지만, 나라라면 전쟁에 사용될 가능성이…….”

“그렇구먼. 확실히 너무 위험하긴 해. 어느 정도인지는 모르겠지만, 싸운다면 지옥 같은 광경이 펼쳐질 테지.”

“까딱 잘못하면 수많은 사람이 희생되겠네요. ……생각만 해도 끔찍해요.”

“제가 아는 범주에서 어느 정도 가닥을 잡아줄 수는 있지만, 완성된 마법은 악질적이고 위험하기 짝이 없어서 전하고 싶지 않습니다.”

“현명한 판단일세. 우리나라 멍청이들도 보고 배웠으면 싶을 정도구먼.”

“좋아, 두 개 최적화 완료. 그럼 바로 써 볼까요?”

“네?! 너무 빠른 거 아닌가요?”

교본이라도 마도서는 외부에서 수정할 수 있었다.

마법지(魔法紙)에 특수한 잉크를 사용해 마법식을 그리는데, 마력을 주입하면 그곳에 그려진 마법식이 떠오른다. 【마력 조작】으로 마법 문자를 다루면 수정할 수 있으며, 마도사는 이데아 영역 내에 그 마법진을 새길 수도 있다.

제로스가 수정한 마법 술식을 이데아에 새기면 세레스티나도 그 마법을 쓸 수 있게 되겠지만, 마법을 사용하기에는 마차 안이 너무 좁았다.

실내에서 사용할 수 있는 마법은 한정되므로 아저씨는 간단한 마법을 선택했다.

“이건 물론 【토치】 마법이죠. 마차 안에서 【파이어】는 너무 위험하니까요. 장시간에 걸쳐 일정하게 불을 밝히고 있으면 마력 조작을 배울 수 있습니다."

"마력 조작이요? 그게 정확히 뭐죠? 스킬인가요?"

"쉽게 말하면…… 아, 화염구를 마법으로 만들어서 일정 시간 그 상태로 유지할 수 있게 된다고 할까요? 익숙해지면 발동한 마법을 자기 의지대로 없앨 수 있는 편리한 기술이고, 마도사에겐 필수 스킬이죠. 어느 정도 숙달되면 주문 없이 마법을 쓸 수 있고 마법식 수정도 가능합니다."

"그래, 기본이지. 티나는 지금까지 그럴 수 없는 상태였으니까 몰랐겠구나."

"엉뚱한 곳으로 발사해도 마법을 조종하면 위력을 유지한 채 다시 적에게 보낼 수 있죠. 범위 공격은 안 되지만."

"그건…… 발사한 마법을 자기 의지대로 조종할 수 있게 된다는 뜻으로 이해하면 되나요?"

"거의 정답입니다. 뭐, 마법은 장시간 존재하지 못하니까 나타나 있는 동안만 가능하지만요."

"와아!"

세레스티나는 강하게 눈빛을 반짝이며 제로스에게 몸을 쭉 내밀었다.

그 모습에 할아버지는 정말로 흐뭇한, 또 제로스에 대한 질투가 담긴 시선을 보냈다.

참 정신없는 할아버지였다.

"그럼 시험 삼아 【토치】를 써 볼까요? 마력 조작 레벨을 올려서 주문 없이 마법을 발동할 수 있게 되는 것이 이상적입니다."

"네! 열심히 해 볼게요."

세레스티나는 힘차게 고개를 끄덕이고는 바로 수정한 마법 술식을 이데아에 새기는 작업에 들어갔다. 마도서에 손을 대고 마력을 주입하면 술식이 나타나고, 그 술식을 체내 마력을 매개로 이데아에 새기는 작업이었다. 외부 마력은 바로 흩어져 버리지만, 살아 있는 한 체내 마력은 항상 존재하기 때문에 설사 마력이 고갈되어 쓰러져도 술식은 소멸하지 않는다.

생물은 언제나 지속적으로 마력을 생성하며, 활동함으로써 세포 속에 마력을 보내 소비한다. 마력이 고갈되었다고 해도 어디까지나 마술을 쓸 수 있는 양이 줄어들 뿐이지 살아가는 데 필요한 마력은 미미하게 남는 것이다.

그런 점에서 체내 마력은 생명력이라고 바꿔 말할 수도 있을 것이다.

마도사 중에는 무리한 마법 사용으로 목숨을 잃는 사람도 있는데, 이는 불완전한 마법 술식 사용과 몸속을 파손시킬 정도로 무모한 행위를 한 결과 일어나는 현상이다.

즉, 제로스가 게임에서 경험하거나 설정으로 아는 정보가 옳지 않다면 수정한 마법으로 시전지가 폭발하거나 폐인이 될 가능성도 있었다. 제로스는 아직 몰랐지만, 이런 실험에는 범죄자가 실험체로 사용되어 역사의 뒤편에서 사라지곤 했다.

"끝났어요……. 그럼, 『불타라, 횃불, 내가 갈 길을 비추어라』……

【토치】."

　세레스티나의 손끝에서 작은 마법진이 형성되고 자그마한 빛이 들어왔다.

　【토치】라고 부르기에는 약했지만, 마법은 분명히 발동했다.

　"해냈어요. 할아버지! 정말로 마법을 썼어요! 믿기지 않아!"

　"오오…… 정말이구나……. 잘됐구나, 티나야……."

　"촛불 정도의 불빛이지만, 처음 발동했으니까 이 정도면 됐습니다. 그럼 이제 그 불의 화력을 그대로 일정 시간 유지하세요. 그러면 마력 조작을 배울 수 있을 겁니다."

　"해볼게요. 앗, 아아?! 불이 꺼져……."

　"마력을 조금씩 지속적으로 보내는 조작은 어려우니까 바람만 살짝 불어도 꺼지고 말 거예요. 주의하시고 의식을 집중하세요."

　"이번에는 불이 너무 큰데요~?! 이거 어려워요!"

　"그런 훈련이니까요. 이제 중요한 건 마력이 고갈될 때까지 계속하는 것. 쉬면 마력은 회복되고, 회복되면 또 훈련할 수 있으니까 문제는 없겠죠."

　게임 세계와 마찬가지로 이 세계 사람들도 자신의 스킬로 스테이터스를 확인할 수 있었다. 레벨을 올리는 것도 마찬가지여서 마물과 싸워 격을 높이면 지금보다 더욱 강해지지만, 아직 나이도 채 차지 않은 소녀에게는 힘들 것이었다.

　그렇다면 스킬을 배우고 스스로 수양하는 것이 중요했다.

　마력을 소비하면 자신의 마력도 조금이나마 높아질 테고, 훈련을 계속하면 스킬 레벨도 올라가므로 일거양득이었다.

"허어, 잘 짜인 훈련이네만, 이건 매일 계속해야 하지 않은가?"

"그렇죠. 훈련은 계속해야 효과가 나오니까요. 매일 일과로 반복하면서 몸에 배게 해야 하지만, 한 번 외운 다음에는 연습으로 실력을 키울 수 있습니다. 마도사에게 필요한 훈련 중 하나죠."

"할게요! 마법도 쓸 수 있게 되었는걸요. 이 정도는 극복해 보겠어요."

"티나가 열의로 불타는구먼……. 이렇게 의욕 넘치는 표정을 보는 게 얼마 만인지……허억허억……."

할아버지의 가슴도 불타고 있었다. 손녀 사랑이라고 생각해도 여러모로 문제가 있을 것 같았다.

"자기 몸에 신체 강화 마법을 계속 걸면 똑같은 효과를 보면서 마법 내성 스킬까지 배울 수 있었지, 아마? 전에 한 번 해 본 것뿐이라서 이미 까먹었지만, 이게 맞을…… 아닌가?"

"그것도 해 볼게요!"

"그럴 줄 알고 두 번째 마법은 신체 강화로 정했지만…… 이건 조금 더 마력량을 늘리고 하는 편이 좋겠네요. 【토치】보다 마력을 많이 쓰니까 바로 쓰러질 것 같습니다."

제로스는 감정을 사용해서 그녀의 스테이터스를 훔쳐봤다. 그 결과 나온 것이 이것이었다.

================================

【세레스티나 반 솔리스테어】레벨 5

  HP 125/125 MP 121/140

【직업】귀족 아가씨

【스킬】

　화(火) 속성 마법 1/100

【신체 스킬】

　참기 50/100

【개인 스킬】

　인내 50/100

=================================

　마력은 계속 소비되어 서서히 0으로 다가가고 있었다.

　그나저나 이것이 훈련이라면 그녀에게는 기쁘기 그지없는 훈련
이었다. 지금까지는 마법조차 쓸 수 없었으니까. 그 한계에서 벗
어난 그녀는 기쁘게 이 훈련에 임했다.

　이 순간이 즐거워서 어쩔 줄 모르겠다는 듯이…….

　'별 상관은 없지만, 참기와 인내 레벨이 높군……. 그렇게 모진
고초를 겪었나?'

　제로스는 교본의 술식을 최적화하면서도 그런 생각을 했다.

　그녀는 첩의 자식으로 태어나서 애물단지 취급에 괴롭힘까지 받
아 왔다.

　불쌍하다는 수준을 넘어서 그녀는 귀족으로 인정조차 받지 못한
채 살았다. 물론 제로스는 그런 사실까지는 몰랐지만, 이 스테이
터스로 어느 정도 그녀의 처지는 짐작했다.

　"그럼 27페이지…… 【아이스 랜스】로군."

　""벌써?!""

　원래 기본 마법 술식은 베이스가 정해져 있으므로 그 후에는 불

필요한 부분을 삭제하고 간단한 제어 술식을 추가하기만 하면 됐다. 본래 세계에서 프로그래머였던 제로스는 이런 종류의 작업은 콧노래를 부르면서 할 수 있었다.

"그럼 제가 이 교본 술식을 개량하는 게 빠를지, 아가씨의 마력이 떨어지는 게 빠를지 겨뤄 볼까요?"

"우……, 저 안 질 거예요."

"제로스 공이 불리한 것 같지만, 이건 이거대로 재밌겠구먼."

솔직히 이 할아버지는 승패야 어찌 되든 상관없었다. 그저 오랜만에 보는 손녀의 밝은 표정에 마음이 들떴을 뿐이었다.

결과는 제로스가 빨랐으나, 그녀에게 영광을 돌리고자 일부러 져줬다.

아저씨는 아이에게 다정한 남자였다.

그리고 할아버지는 기뻐하는 세레스티나를 보고 흐뭇해했다.

이런 점에서는 구제 불능 팔불출 같았다.

"빵이다……. 빵이 있어……."

휴식 지점에서 야영을 준비하던 중 제로스는 빵을 보고 울었다.

일주일 동안 광대한 숲에서 살아남으며 고기 말고는 구경도 하지 못한 제로스는 지금 가슴이 벅차올라 눈물짓고 있었다. 향신료는 존재했지만 요리할 재료가 없어 고기만 먹어야 했던 서바이벌 생활에는 신물이 나 있었다.

매일 날고기를 얻으려고 마물을 해치우고, 피비린내를 맡고 온 마물이 떼거리로 달려드는 일의 연속이었다. 삶의 의미조차 원시적인 본능으로 바뀌어 오로지 주린 배를 채우기 위해 먹잇감을 사냥하느라 여념이 없었다.

그런데 지금, 그의 눈앞에는 얼마간 보지 못한 인간다운 식사가 차려져 있었다.

어찌 울지 않고 배기겠는가?

"이 정도로 울다니, 지금까지 어떻게 살아온 겐가? 듣기가 무섭구먼⋯⋯."

"일주일간 숲을 헤매며 마물에게 쫓기는 나날이었죠. 먹을 것도 고기밖에 없었고요⋯⋯ 큭⋯⋯ 살아 있어서 다행이다⋯⋯."

"어느 숲에서 그런 봉변을⋯⋯. 너무 가혹해요. 고행 수련이라도 하신 건가요?"

"글쎄요, 숲 이름은 저도 모르겠네요. 그나저나 와이번이 공격해 왔을 때는 고생했죠~. 배가 고파서⋯⋯. 후후후⋯⋯ 끈질긴 도마뱀이었어요."

""""와이번?!""""

옆에 있던 기사 두 명도 포함해 네 사람이 이구동성으로 경악했다.

"와이번한테서 어떻게 도망쳤어?!"

"설마, 잡았어?!"

"만약 그렇다면 자네는 『용잡이』일세. 영웅이라고 불려도 이상하지 않아!"

"어떤 모험을 하셨는지 들려주세요!"

"용잡이라뇨, 호들갑도 심하시지. 그냥 날아다니는 도마뱀이잖아요? 익숙해지니까 별거 아니던데요, 뭘."

"""""그건 아니야(아니에요)!"""""

와이번은 【하늘의 악마】라는 별명으로 불리며, 한 번 하늘에서 사냥감을 발견하면 포기할 줄 모르고 쫓아온다. 게다가 비행 속도가 빠르며 미리 도주 경로를 앞질러 갈 만큼 지능이 높다.

더구나 무리로 행동하는 경우가 많아 퇴치 의뢰를 받은 용병이 되레 당하는 일이 잦은 마물이다.

그리고 덧붙이자면 고기는 최고급 식재료다.

"최고급 식재료라……. 도저히 다 먹을 수 없어서 곤란한 참이었는데 잘됐네요. 일곱 마리 되는 양이 있는데 얼마에 팔 수 있을까요? 맛있는 고기니까 조금은 남기겠지만……."

"지…… 진짜 잡았잖아? 정말 사람 맞아……?"

"제정신이야? 하늘의 악마라고?! 보통은 이길 수 있는 마물이 아닌데……."

"이게 상위 마도사……. 한 개인이 그토록 강하다니, 대단해요."

"고기는 내게 팔아줬으면 하네만, 대체 자네는 왜 그리 강한 겐가……?"

"응? 베헤모스 정도는 아니잖아요? 요령 있게 싸우면 쉽게 잡을 수 있는데?"

"""""베헤모스는 최악의 재앙 지정 몬스터야(예요)!"""""

크게 흥미를 끌어 버린 탓에 어쩔 수 없이 자신의 이야기를 하기로 했다.

물론 게임에서 한 전투나 현대 일본에서 전생한 것, 사신과 싸웠다는 등의 이야기는 생략하고 몇 가지 거짓말을 섞었다.

내용은— 제로스 멀린은 어느 나라에서 태어났는지도 모른 채 어릴 때부터 부모와 여행하며 마도 연구로 세월을 보냈고, 마법의 극에 도달하고자 했다.

10대에 어느 나라의 마법 연구 기관에 취직했지만, 얼마 가지 않아 해고— 그 후 마물 전문 용병이 되어 각지를 전전했다. 그 사이 자신과 같은 처지인 동료 네 명을 만나 5인 파티를 맺어 마도의 극한에 도전하는 여행을 계속했다. 무모한 싸움에 몸을 던져 자신이 만든 마법의 실용성을 실험하고 다시 전전하길 반복하는 나날이었다. 그런 삶에 넌더리가 났는지, 동료들은 한 명씩 개인 사정으로 빠져나가, 제로스는 또 홀로 남아 버렸다. 그는 이윽고 안주할 곳을 찾게 됐고, 그 도중 길을 잃어 숲 속을 헤맨 끝에 현재에 이르렀다.

간추려서 말하면 이런 내용이었다. 그것을 들은 네 사람은…….

"전투 경험이 풍부한 이유는 그것 때문이었군……. 설마 그런 탐구자가 있었을 줄은……."

"우리도 더 단련해야겠어. 그까짓 도적에게 당했으니까 말이야."

"무시무시한 이야기지만, 베헤모스를 해치우다니? 제정신으로 할 짓이 아니네. 그것도 고작 다섯 명이……."

"제로스 씨의 힘은 실전으로 다져진 거군요? 저는 아직 한참 부족하네요."

"그냥 바보가 허송세월했을 뿐인걸요, 뭘. 왜들 그렇게 숙연하게 받아들이세요?"

"마도의 극한을 추구하는 건 바보가 아니면 못 할 짓이지. 이 나라 마도사들도 조금은 그 기개를 본받았으면 좋겠구먼."

……필요 이상으로 영웅시되고 말았다.

하긴, 게임 데이터를 바탕으로 육체를 재구축했으니까 딱히 틀린 말도 아니었다.

무엇보다 압도적인 힘으로 도적을 소탕한 사실도 선망의 눈길을 사는 데 한몫했다. 이건 솔직히 제로스도 예상 밖이었다.

"그렇다면 자네의 격은 어느 정도인가?"

"……듣고 싶으세요? 모르는 편이 좋을걸요? 정신 나간 레벨이니까."

"그렇게 높아? 진짜……?"

"정말이야? 으음…… 기사단의 훈련 내용을 재검토해야겠어."

"최고치인 500은 되실 것 같아요. 와이번을 해치우셨을 정도인걸요♪"

"아니…… 그 세 배는 가볍게 넘는데(중얼)……."

""""지금 뭐라고 했어어어어어어어어어어어?!""""

레벨 1879는 폼이 아니었다. 레벨은 높아질수록 성장이 정체되며 약 500에서 성장이 멈춘다고 한다. 하지만 1000을 넘는 사람이 있다면 세상의 상식이 뒤집힌다.

애당초 사신을 쓰러뜨렸으니 그 정도는 오를 만했다. 보너스가 많아서 급격하게 레벨이 오른 것이다.

그런 어처구니없는 아바타를 바탕으로 `육체`를 구축하면 어떻게 되는가…….

"스킬도 무시무시하겠구먼그래. 적대하고 싶지 않아."

"그렇죠. 각하의 힘으로 막을 수 있는 사람이 아니군요."

"나라를 멸망시킬 수도 있는 마도사……. 설마 실존할 줄이야…….."

"저는 마도사가 아니라 대현자지만요. 마도사라도 상관없지만, 부디 비밀로 해주시기 바랍니다……."

"""이제 그만해, 상식이 무너져!"""

"상식 같은 건 쉽게 무너뜨릴 수 있어요. 그보다 식사하지 않겠습니까?"

그날 저녁 식사는 이상하리만큼 조용했다.

단 한 사람, 눈물 젖은 빵을 먹는 자를 빼고는…….

"우우…… 오랜만에 먹는 빵이, 이렇게 기쁠 줄은……. 정말로 살아 있어서 다행이야."

대현자님은 밤에 굶주려 계셨다.

공작 일행은 참 다양한 의미로 비상식적인 그 광경을 바라보고 있었다.

이튿날 아침, 제로스가 눈을 뜨자 세레스티나가 마력 조작을 위한 훈련을 시작하고 있었다.

지금 그녀는 어떤 족쇄에서 해방된 것처럼 마법과 진지하게 마주하고 있었다.

사실대로 말하면 그녀는 어젯밤 사이에 제로스가 편집한 마법 술식을 모조리 머릿속에 집어넣었고 현재 사용할 수 있는 마법을 스스로 조사하고 있었다. 기본이라곤 하나 공격 마법은 마력을 대량으로 사용하기 때문에 지금 세레스티나에게는 감당하기 어려울 것이다. 그래서 마력 소비량을 줄이는 효과가 있는 【마력 조작】 스킬과 【마법 내성】 스킬을 집중적으로 훈련하는 중이었다.

우물을 파도 한 우물만 파라고 했던가. 두 스킬을 얻으려면 상당히 많은 마력과 수련이 필요했다. 그래서인지 마술사는 먼저 레벨을 올려 마력 보유량을 늘린 뒤에 훈련을 시작하는 경우가 많았다. 하지만 세레스티나 같은 귀족 출생이 레벨을 올리기는 쉽지 않았고, 실전을 치르려고 해도 마력이 부족해 공격 마법을 두세 번밖에 쓸 수 없었다.

레벨이 높은 마물을 쓰러뜨리면 개인 레벨은 단번에 올라가겠지만, 그것은 너무 무모한 시도였다.

또, 가령 마력 보유량이 늘어나면 이번에는 훈련에서 강력한 마법을 사용해야만 했다.

마력이 늘어난다는 것은 동시에 보유 마력이 잘 줄어들지 않는다는 뜻이었다. 대량 소비가 가능한 마법을 배워야 했다. 가장 효율 좋은 수단이 공격 마법이었지만, 공격 마법을 무턱대고 난발할 수도 없는 노릇이었다.

이 훈련이 가까운 시일 내에 벽에 막힐 것은 자명했다.

"오늘부터 바로 훈련인가요? 세레스티나 양, 쓰러지지 않게 자기 관리도 해주세요."

"앗, 선생님!"

"서, 선생님?"

"네♪ 제게 마법을 알려주셨으니까 선생님이에요. 안 되나요?"

"뭐…… 딱히 상관은 없지만, 저는 선생님이라고 불릴 만한 일은 안 했는데요?"

"아뇨! 충분히 해주셨어요. 제가 앞으로 나아갈 수 있게 됐으니까요!"

아저씨는 자기도 모르는 사이 그녀의 인생에 지대한 영향을 미치고 말았다.

다소 당황하면서도 제로스는 부스스한 머리를 긁적이며 어색하게 웃었다.

"마력 조작을 배운 후부터 힘들어질걸요? 어느 순간부터 마력 소비가 어려워지니까요."

"그래도 안 하는 것보단 낫겠죠? 저는 선생님 같은 마도사가 되고 싶어요."

"……아니, 그건 좀 흉악하잖아요? 목표를 가지는 건 좋지만, 왜 저죠? 솔직히 제가 본받을 거 하나 없는 마도사란 건 저도 아는데……."

제로스는 자기가 얼마나 상식 밖의·인물인지 아직 제대로 이해하지 못했다.

이 아저씨는 「이거 사기잖아! 떳떳하게 자랑할 일이 아닌데~」 정도로밖에 생각하지 않았다. 하지만 세레스티나의 입장에서 그는 이 나라의 모든 마도사보다 훨씬 뛰어난 현자이며 마법에 관한 전문가이자 탐구자였다.

선망과 존경의 마음을 품기에는 충분히 우수하고 위대한 마법사인 것이다.

무엇보다 제로스는 그녀가 끌어안은 문제를 명쾌하게 해결했다. 더 나아가 결함이 있는 마법 술식을 마치 장난삼아 효율 좋게 수정하는 모습에는 마음을 빼앗길 정도였다.

세레스티나에게 『마도사라면 응당 이래야 한다』라는 이상적 표본을 보여준 셈이었지만, 제로스는 그런 사정은 전혀 눈치채지 못했다.

"모르는 게 있으면 알려드리겠지만, 마법 제작은 주의하셔야 합니다. 실패하면 자신뿐만 아니라 주위에 피해가 가니까 충분한 스킬과 레벨이 필요해요."

"아직 거기까지는 못하지만, 언젠가 그 경지에 도달하고 싶어요. 앞으로 많은 지도편달 부탁드릴게요!"

"엥? 잠깐만요. 앞으로? 무슨 말씀이신지⋯⋯."

"할아버지가 아직 말씀하시지 않았나요? 제 가정교사가 되도록 부탁해 보겠다고 하셔서 이미 할아버지께 이야기를 들으셨을 줄 알았는데⋯⋯."

"못 들었어⋯⋯. 뭐, 백수보다는 낫겠네요."

40대 아저씨가 백수면 체면이 안 선다. 무엇보다 결혼을 희망하므로 번듯한 직업을 가져서 나쁠 것은 없다. 다만, 결혼하고 싶으면 용모, 복장 정도는 어떻게 하라고 따지고 싶다.

모르는 사람이 보면 그냥 칠칠치 못한 아저씨로밖에 보이지 않으니까⋯⋯.

"가정교사면, 기간은 언제까지죠?"

"음…… 대략 제 여름휴가가 끝날 때까지 아닐까요? 두 달 후에 저는 학교로 돌아가야 해서……."

"학교? 마도사 학교가 있어요?"

"네.【이스톨 마법 학교】라고, 귀족 자제들이 그곳에서 마법을 배우고 마도사의 길을 걸어요. 다만, 이런저런 파벌이 있어서……."

"귀찮은 학교네요. 마법을 제대로 가르치고나 있을지 솔직히 의문이고, 교본으로 쓰는 마도서를 보는 한 상당히 난항을 겪고 있을 것 같은데……."

"저도 선생님과 만나고부터 그런 생각이 들어요. 과연 거기서 배울 필요가 있을까요?"

"패턴으로 봐선 아마 귀족끼리 인맥을 만들기 위한 사교장이 아닐까요? 마도사 수련은 제쳐놓고……."

아이들에게도 파벌을 강요하는 이 나라 정세에 제로스는 가벼운 현기증마저 느꼈다.

감정이 풍부한 아이에게 파벌 같은 집단주의를 강요하는 것은 일종의 세뇌 교육이 아닌가? 솔직히 기분이 좋지 않았다. 당연히 음험한 괴롭힘도 있을 테고, 무엇보다 아이들의 인격이 엇나갈 수 있었다.

"아가씨, 도망치십시오!"

"블러드 베어가……!"

그 때 갑자기 기사들이 이야기를 끊으며 허겁지겁 달려왔다.

그 뒤에서는 칠흑빛 털을 가진 거대한 곰이 포효하고 있었다.

===============================

【블러드 베어】 레벨 15

　　HP 600/600

　　MP 103/103

===============================

"어서 피난을……!"

"【철의 박쇄(縛鎖)】."

―크어어어어엉?!

제로스는 지체 없이 포박 마법으로 블러드 베어를 붙잡았다.

그리고 터무니없는 소리를 꺼냈다.

"세레스티나 양, 공격 마법은 기억하시죠?"

"네? 기, 기억하긴 하는데…… 왜 그러세요?"

"저기에 연습 삼아 쏴 볼까요? 운이 좋으면 레벨이 올라갈지도 모르잖아요?"

"못해요! 제 마법으로는 아무리 잘해도 세 번밖에는……."

"그 정도면 충분하네요. 【천마(天魔)의 축복】."

【천마의 축복】은 마법 공격을 대폭 강화하는 제로스 오리지널 부여 마법이었다.

제로스는 동료 마도사에게 이 마법을 걸어 섬멸전을 펼쳐 왔다. 위력이 일시적으로 열 배 가까이 상승하는 그 파격적인 효과는 그들의 상식 밖에 존재하는 것이었다.

"그, 그럼…… 홍련의 불길이여, 적을 불살라라, 【파이어 볼】!"

—콰아아아아아아아아아아아아앙!

폭음이 울려 퍼지고 모래먼지가 휘날렸다.

기본 마법이라고는 도무지 생각할 수 없는 흉악한 위력 앞에 블러드 베어가 불길에 휩싸였다.

""""에에에에에에에에에에에에엑?!""""

강화된 마법의 위력에 놀란 것은 당연히 두 기사와 세레스티나였다.

"마무리 지어주세요. 이번에는 다른 마법으로."

"네, 넷?! 바람이여, 베어 갈라라, 광란의 칼날, 【에어 커터】!"

원래 바람 마법은 위력이 약하다. 하지만 강화한 【에어 커터】는 블러드 베어를 두 동강 냈다. 보통은 나올 리 없는 위력이었다.

레벨 5인 세레스티나가 레벨 15인 블러드 베어를 쓰러뜨릴 수 있을 리 없다는 상식은 비상식 덕분에 뒤집혔다.

"끼야악?!"

대뜸 찾아든 어지럼증에 쓰러질 뻔한 세레스티나를 제로스가 퍼뜩 끌어안았다.

급격한 레벨 상승에 내성이 없는 그녀가 현기증을 일으킨 것이었다.

==============================

【세레스티나 반 솔리스테어】 레벨 11

　HP 205/205 MP 151/211

【스킬】

　화 속성 마법 10/100 수(水) 속성 마법 1/100

풍(風) 속성 마법 5/100 지(地) 속성 마법 1/100

광(光) 속성 마법 1/100 암(闇) 속성 마법 1/100

【신체 스킬】

마력 조작 3/100 참기 50/100

【개인 스킬】

인내 50/100

=================================

'의외로 레벨이 많이 올랐네~. 보너스 효과인가?'

세레스티나의 레벨이 급상승했다. 아저씨에게는 이 세계에서 처음으로 목격하는 레벨 업 순간이었다.

"레벨이 11로 올랐군요. 마력 보유량이 대폭 늘어났으니까 할 수 있는 일도 많아졌겠어요."

"네? 한 번에 여섯 단계나 올랐나요?! 믿기지 않아요."

"실전을 통한 레벨 업이니까 당연하다고 봐야죠. 레벨이 더 높은 상대였으니까요."

"네, 네……?"

세레스티나는 실감이 되지 않는 눈치였다. 마법 강화 마법으로 위력을 올렸을 뿐이지, 본인은 두 번밖에 마법을 쓰지 않았으니 당연하리라.

하지만 그녀는 분명히 블러드 베어를 쓰러뜨렸고 레벨이 올랐다.

"……한 마리 더 안 나오려나?"

""그만하세요!""

기사들을 포함해 입을 모아 호통쳤다.

그 무렵, 크레스톤은 무엇을 하고 있었냐면…….

"축하한다, 티나야. 드디어 네 손으로 마물을 쓰러뜨리는 데 성공했구나……."

마차 뒤에서 손녀의 성장을 기뻐하며 울고 있었다. 손녀에게는 한없이 마음이 여려지는 할아버지였다.

그 후, 블러드 베어를 해체하고 아침을 먹은 그들은 다시 도시를 향해 마차를 몰았다. 이 지역 최대의 도시【산토르】를 향해서…….

 ## 제4화 아저씨, 얹혀살다

마차로 가도를 달린 지 사흘째. 제로스는 마차 창문으로 보이는 도시 풍경을 바라봤다.

일주일 동안 광대한 숲을 방황하고 가도로 나왔더니 도적과 맞닥뜨리는 신세…… 그 후 교류를 나눈 사람이라고는 크레스톤과 세레스티나, 호위 기사 두 명이 고작이었다.

산에서 내려와 길을 따라 보이는 도시 풍경은 제로스에게 드디어 사람다운 생활을 예감하게 했다.

"저게…… 산토르인가요? 예상보다 큰 도시네요."

"그렇지. 우리 영토 최대의 도시이자 상인에겐 교통의 요충지이기도 하네. 이런 규모가 달리 또 있다면 아마 왕도 정도겠지."

"큰 강도 있나 보죠? 배를 통한 유통도 활발해 보이는군요."

"오러스 대하(大河)를 따라 내려가면 대략 2주 만에 왕도로 갈 수 있다네. 육로보다 빠르지만, 뱃길은 바람의 영향을 많이 받으니 큰 차이는 없어."

산토르는 산간을 개척한 도시였고 바로 옆에 큰 강이 흘러 예로부터 무역의 요충지로 번성했다. 동시에 천혜의 요새이기도 하여 난공불락의 요새 도시로도 불리었다.

수차례 전쟁의 불길에 휩싸이면서도 함락된 적이 없을 뿐 아니라, 많은 적들이 피를 흘려야 했기에【피로 얼룩진 도시】라는 모욕 섞인 별칭으로 불리는 일도 있었다. 물론 이것은 침공한 나라의 상인들이나 하는 말이었지만…….

산토르는 함락시키기에는 위험 부담이 너무 큰 도시였다. 이 도시를 침공하기로 결단한 왕은 모두 무능하다고 불렸으며, 많은 희생을 치렀음에도 불구하고 패주함에 따라 『현명한 왕은 산토르를 치지 않는다』라는 속담까지 생길 정도였다. 반면, 산토르의 주민들은 치안을 중시한 정책 덕분에 언제나 안전을 보장받아 세계에서 가장 안전한 도시로 유명했다.

명성과 악명을 함께 얻는 도시. 그것이 이곳, 산토르였다.

"이곳 산기슭에 문이 있네. 그곳으로 들어가 내가 사는 별장으로 갈 게야."

"은거 중이라고 하셨죠? 현재 공작님과 만나는 일은 없는 거죠?"

"왜? 자네 정도 되는 마도사가 고작 공작이 껄끄러운가?"

"솔직히 만나고 싶지 않아요. 괜히 눈에 띄긴 싫으니까…….."

"정말로 권력자를 싫어하나 보구먼. 나도 원래는 공작이었네만?"

"아뇨, 그런 뜻은 아니지만, 아무래도 권력자 눈에 띄고 싶지 않아서요. 지금까지 마음 내키는 대로 살아왔는데, 이제 와서 권력 싸움 중심에 서는 건 만에 하나라도 피하고 싶달까요?"

"확실히 귀찮은 일에 휘말리는 건 문제지. 티나의 가정교사로 고용했는데 모르는 사이 파벌 싸움에 말려들게 하는 건 나도 바라지 않네. 아무리 고 녀석이라도 그렇게 막무가내로 나오진 않겠지만, 만나서 좋을 건 없겠구먼."

아직 제로스의 실력을 다 파악하지 못한 이상, 어리석은 선택은 하고 싶지 않았다.

무엇보다도 그는 귀여운 손녀의 교사였다. 괜히 족쇄를 채우려다 도망가게 하는 것은 상책이 아니었다.

제로스가 있는 한 세레스티나는 웃어줄 것이다. 은거 노인은 그이상은 바라지 않았다. 모든 것은 귀여운 손녀를 위해서였다.

"됐다, 조금 더 불을 줄여서……. 우우…… 안정되지 않아요."

마력 조작을 연습 중인 세레스니타는 진지하게 【토치】 마법을 제어하고 있었다.

불을 약하게 지속하거나 일부러 불을 키워 제어하며 부지런히 훈련에 힘썼다. 지금까지 할 수 없었던 일을 할 수 있게 된 그녀는 마법 훈련에 몰두했다.

지금까지 뒤처진 것을 만회하겠다는 양 그녀의 표정은 진지하면서도 또한 즐거워 보였다.

"그러고 보니 자네에게 땅을 주기로 약속했었지. 조용한 곳이 좋다고 했던가……."

"마법 개발 실험도 할 테고, 기본적으로 자급자족 생활을 하고 싶으니 넓은 곳이면 좋겠네요. 도시에서 다소 떨어져 있어도 왕복할 수 있는 거리가 좋지만, 그건 또 너무 욕심인 것 같고……."

"뭘 사양하는가? 은거 중이라고는 하나 공작을 구한 걸세. 그 정도라면 상관없어."

제로스는 아무리 보답이라지만 너무 염치없이 구는 것 같아 마음이 불편했다. 그래도 생활의 터전을 갖고픈 그의 마음은 간절했다. 정처 없는 떠돌이가 되는 것은 사람으로서 조금 꺼려졌기에 적어도 평범한 가정을 꾸릴 수 있는 집을 가지고 싶었다. 그럴 기회가 있다면 고맙게 받아들여야 할 입장이었다.

"그나저나 마석이 대량으로 있는데 어디서 팔면 될까요? 실수로 고블린 부락에 접근해서 부득이 전멸시키는 바람에……."

"자네…… 설마 파프란 대산림 지대에서 헤맨 건 아닌가?"

"오크도 온 숲을 메울 만큼 많았죠……. 해치워도, 해치워도 끝이 없더라구요. 하하하하…… 진절머리가 나서, 원."

"그 마경에서 살아 돌아오다니……. 이 나라 마도사보다 명백히 격이 높구먼그래……. 어처구니가 없어서 말도 안 나와."

파프란 가도를 따라 펼쳐진 대산림 지대. 그곳은 수많은 마물이 서식하며 약육강식의 법칙 속에서 살아가는 최악의 마경으로, 들어가면 절대로 살아서 돌아오지 못한다는 말까지 있는 위험 지대였다.

"마석은 내가 아는 전문점에 파는 게 좋을 걸세. 얼마나 있는가?"

"글쎄요? 세어 볼 엄두도 나지 않을 정도라고 해야 하나? 100개는 넘을 겁니다."

"어마어마한 재산이 아닌가? 이 일대 고블린에게서는 마석이 거의 나오지 않아서 비싸."

마물의 몸속에서 생성되는 마석은 자연계의 마력이 짙은 곳에 서식하는 마물에게서만 나온다. 강력한 마물의 몸속에서도 나오지만, 그런 마물을 쓰러뜨리려면 그만한 고생이 뒤따른다. 마석을 생성하는 마물은 대체로 강하며, 같은 고블린이라도 마석 유무에 따라 능력의 폭이 다르다.

이 일대에서 출몰하는 홉 고블린과 산림 지대의 고블린이 동격일 정도로 힘의 편차가 극단적이었다. 그런 마물의 부락을 괴멸시킨 제로스의 실력은 상식을 벗어난 것이었다.

"전문점이요……? 마도구를 제작하거나 하는 가게인가 보죠? 마도사로서 조금 관심이 가네요."

"맞네. 마도구 제작에 마석은 빠지지 않지. 무엇보다 수요가 많아서 얼마든지 사들일 걸세."

"그렇다면 와이번 마석은……."

"당분간 무위도식할 수 있어. 파격적인 마력이 담겨 있거든. 왕족이나 마법사 귀족들이 갖고 싶어 할 게야."

"……제가 쓰는 편이 낫겠네요. 괜히 팔았다가 소란만 날라."

"재주도 많구먼. 자네는 마도구도 만드는가?"

"그냥 가끔……. 지금은 설비도 없으니까 밭일을 하며 틈틈이 해 볼까 합니다."

대현자라는 직업은 꽤히 대현자가 아니었다.

문제는 『이 세계에서 제작이 가능한가?』였지만, 지금까지 만든 아이템들의 제작 레시피라면 머릿속에 기록되어 있었다. 심지어 마법진 위에서 금속을 다루며 제작하기 때문에 화상을 입을 염려도 없었다.

마도 연성 방법이 기억에 새겨져 있으니 아마 제작 가능하리라.

이 일로 먹고사는 직공들이 들으면 참 아니꼬울 이야기다.

"……만든 건 팔지 않는 편이 나을까? 다른 직공들이 목을 맬지도 모르니까……."

"자네…… 재주는 많은데, 골칫덩어리구먼."

대현자님은 직공에게 골치 아픈 존재였다.

함부로 강력한 마도구를 제작하면 다른 마도구 직공이 길거리에 나앉게 될 것이다.

이름을 팔 생각은 없으므로 판매는 하지 말아야겠다고, 제로스는 결심했다.

마차가 드디어 산토르에 진입했다.

도시 정문 앞에서 간단한 체크를 받았지만, 마차에 이 도시를 다스리는 공작가의 문장이 새겨진 터라 아무 문제 없이 통과할 수 있었다.

"대단하네요……. 도시 자체를 성문으로 둘러싸는 경우는 많지만, 이건 규모가 다르군요."

"많은 백성이 오가는 요충지인데 엄중히 지키지 않으면 의미가 없지 않겠나? 백성은 우리 귀족이 지켜야만 하니까 말일세."

"그렇게 생각해주는 귀족이 얼마나 있을지……. 설마, 초야권을 들먹이며 남의 부인을 빼앗는 인간도 있나요?"

"있네. 그런 녀석이 마도사의 정점인 궁정 마도사 필두 중 한 명이라니…… 통탄할 노릇이야."

"아…… 역시 있구나. 왜 국가에서 처단하지 않죠? 국민이 있기에 나라가 있는 거고, 딱히 왕족이나 귀족이 없어도 백성들은 살아갈 수 있다는 걸 모르나요?"

"실력이 뛰어났기 때문이지만, 자네를 알게 된 지금은 도저히 그런 생각이 들지 않는군. 그냥 소인배인 속물이라네."

세레스티나를 가르칠 우수한 마도사를 찾던 당시, 크레스톤 앞에 그 필두 마도사가 나타났다. 교사가 될 마도사를 소개하는 대신 돈을 달라는 말에 마지못해 돈을 마련했으나, 소개받은 마도사는 이유도 말하지 않은 채 도중에 일을 내팽개쳤고 결국 세레스티나는 마법을 배울 수 없었다. 그런 그녀를 구한 것이 어디서 굴러왔는지도 모를 무명 마도사였다. 심지어 그 마도사는 지나치게 유능하며 권력도 원하지 않았다.

비교하는 것 자체가 잘못이겠지만, 높은 경지를 목표로 한다고 떠들면서 권력에 집착하는 속물과 권력 따위 필요 없다고 코웃음치며 이미 그 경지에 도달한 마도사. 그들의 고결함은 하늘과 땅차이였다.

"티나는 그 경지에 다다를 수 있을는지……."

"그건 노력과 재능 나름 아니겠습니까? 결국 죽을 때까지 그 정열을 유지할 수 있느냐가 문제죠. 개인의 자질과 성장에 따라 변하는 법이니까 딱 잘라 말할 수는 없겠네요."

"그렇지. 허나 노력은 절대 헛되지 않는 것 아니겠는가?"

"노력은 사람을 성장시킵니다. 개인적인 의견을 말씀드리자면, 호기심이 강한 아이 같으니 실력이 꽤 좋아지지 않을까요? 저처럼 깜빡 실수로 위험한 연구에 발을 들이지 않기를 빌 뿐입니다."

"자네는 깜빡 실수로 위험한 연구를 하는가? 거 위태로운 탐구자구면……."

제로스의 머릿속에 떠오른 것은 온라인 게임에서 한 마법 실험이었다. 이 아저씨는 나잇값도 못 하고 수많은 바보짓을 저지른 바 있었다. 그리고 이 세계는 그 바보짓을 현실로 옮길 수 있었다. 그녀는 그런 이상한 방면으로 빠지지 않기를 바랐다.

아저씨의 흑역사를 현실로 옮긴다면 위험한 흉악 범죄가 되고 말 것이다.

세레스티나의 장래를 생각하며, 제로스 일행을 태운 크레스톤 소유의 마차는 도시를 달렸다.

산토르의 거리는 어디를 가나 벽돌과 회반죽으로 이루어진 건물이 늘어서 있었다. 도시를 오가는 사람들은 하루하루의 생활 속에서 최선을 다해 살아가며, 그 활력은 왁자지껄한 소음이 되어 도시를 가득 메우고 있었다.

종종 상인이 모는 마차가 지나쳐 갔고, 용병인지 무기를 소지한 이들의 모습도 함께 보였다.

넓은 도시였다. 그런데 무슨 이유에선지 마차는 숲 속으로 들어갔다.

"왜 도시 안에 숲이 있죠? 게다가 여기, 도시 중앙 부근이죠?"

"이 앞쪽에 험난한 바위산이 있는데 그 주위로 숲이 펼쳐져 있다네. 내 별장은 그곳 중심에 있지. 영주 저택은 도시 안에 있지만."

"그것참…… 도시 자체가 천혜의 요새구나. 외곽은 방벽을 이중으로 둘렀지, 후방은 바위산으로 막혔지, 전방은 큰 강이 흐르는데다 고저차가 심해서 공격하기 어려워. 배를 타고 온 상인은 어떻게 짐을 옮기는 거지……."

"도르래를 이용해서 끌어올리거나, 멀리 돌아가야 하지만 지정된 통로를 올라가서 옮긴다네. 상인은 이 땅에서 중요한 돈의 흐름을 만드니까 무시할 수 없지."

"섣불리 세금을 올리면 반발이 심할 것 같네요."

"욕심에 눈이 멀지 않는 한 괜찮을 게야. 그 점은 나도 잘 알고 있네. 뭐, 제로스 공 말대로 귀족 중에는 세금을 자기 재산으로 착각하는 이들이 많은 것도 사실이야. 일부 상인을 우대하거나, 권력으로 찍어 눌러 뇌물을 받으며 떵떵거리는 자도 적잖게 있겠지."

그런 가운데서도 솔리스테어 대공작령은 건전하게 운영되는 듯했다.

"문제는 내 아들이 권력에 물든 게지. 그 녀석, 조금 방만해졌어……. 사용인의 딸에게 손대는 건 그렇다 치더라도, 사연 있는 여식이나 부녀자에게도 손을 대는 지경일세. 보이지 않는 곳에서 여러 번 사고를 쳤어."

"……본인은 능력 있는 남자라고 말할 것 같네요."

"내 앞에서 아주 자랑처럼 말하더군. 솔직히 손자가 몇 명일지 짐작도 안 가. 손을 댄 여자가 내가 아는 것만으로도 50명이니 좀 문제가 있지."

"가주 자리를 놓고 피바람이 불겠네요……. 유언이나 후계자는 확실히 정해 놓는 편이 좋을 겁니다. 나중에 귀찮아질 테니까요. 저는 말리던 입장이었지만……."

"어디 사는 여식인지는 모르겠지만, 가끔 돈을 내놓으라고 강요하러 온다네. 증거가 없어서 바로 쫓아 버릴 수 있기에 그나마 다행이지."

현재 공작은 다른 의미로 능력자 같았다.

제로스는 가주 계승 문제에 휘말리지 않게 조심해야겠다고 내심 경각심을 높였다.

"이제 보이는구먼."

"오오…… 중세 같은 건축물. 설마 귀족 저택에 머무는 날이 올 줄은 생각도 못 했어요."

별장인 크레스톤 저택은 소박하고 작은 성 같았다. 군데군데 발코니가 있었지만, 조각이나 금세공 같은 호화로운 장식은 보이지 않았다.

외적의 침입을 막기 위한 해자(垓字)에 걸린 다리를 건너고 문을 지나자 그곳은 깔끔하게 손질되어 마치 다른 세계 같았다. 숲의 고성이라고 해야 할까? 이 땅에 어울리는 차분한 분위기가 느껴졌다.

"저쪽은 정원…… 아니, 밭인가요?"

"웬만한 채소는 자급자족하고 있네. 고기는 밖에서 사 오지만, 새는 다른 곳에서 키우고 있지."

"넓군요. 이따가 밭일을 돕게 해주세요. 이래 봬도 농업이 특기입니다."

"말이 좋아 귀족 생활이지 돈은 그다지 들어오지 않네. 영지 정비로 돈 들어가는 곳이 많으니 난 그저 겉을 그럴싸하게 꾸미는 정도면 족해. 자급자족도 돈을 낭비하지 않기 위한 방책일세."

"이 정도면 충분하죠. 정말로 좋은 밭 같네요. 뭘 재배하고 있을지 기대됩니다."

성은 대공작가라는 이름에 비해 그다지 넓지 않았고 대부분이 정원과 밭으로 이루어졌다.

그곳에는 죽을 때까지 권력에 얽매이지 않겠다는 청렴함이 느껴졌다. 제로스에게는 참으로 바람직한 사고방식이었다. 아저씨의 호감도가 올랐다.

"티나야, 도착했다."

"네? 벌써요? 아직 마력이 남았는데……."

"짐은 스스로 옮기거라. 사용인들은 일하느라 바쁠 테니까 말이다."

"네, 할아버지."

의외로 가정교육이 엄한 듯했다. 하지만 이것이 대공작이라고 생각하면 왠지 훈훈하게 보였다.

"자네 방을 준비하겠네. 내일부터 어떻게 할지도 이야기해야 하니까."

"가정교사 일 말인가요? 제가 할 수 있는 건 가르치겠지만, 어떤 미래를 생각하며 노력할지는 손녀분 나름입니다."

"그거면 됐네. 나는 자네를 속박할 생각도 없거니와 적대할 마음도 없어."

"저도 그건 피하고 싶네요."

와이번을 단독으로 쓰러뜨리는 마도사는 유래를 찾을 수 없으며, 검 실력까지 뛰어나다면 그를 원하는 이는 수없이 많을 것이다. 그런 마도사가 자유롭게 살기 위해 권력을 마다하고 있었다.

강요하다가 도리어 적국에 붙는 불상사는 무슨 일이 있어도 피하고 싶었다. 편한 교우 관계는 크레스톤도 바라던 바였으며, 그러기 위해서라도 권력에 관한 이야기는 피해야 할 금기였다.

"그러고 보니 선생님께선 지팡이가 없으시네요?"

"저는 이 반지가 발동 매체라서 지팡이는 안 씁니다. 반지를 끼면 검도 쓸 수 있고요."

"반지인가요……. 그럼 그 반지는 미스릴로 만든 건가요?"

"아뇨. 【메탈 그라도스】의 담석(膽石)입니다. 미스릴보다 단단하고 금속 성질을 가져서 가공도 쉽죠. 무엇보다 마력 전도율이 무지하게 높은 게 특징이에요. 뭐, 그 마물의 쓸개에 쌓인 미스릴이 변질된 거니까 미스릴을 써도 될 것 같지만요."

메탈 그라도스. 화산 지대에 서식하는 금속을 먹는 마물이며, 몸속에서 다양한 금속을 얻을 수 있는 것으로 유명하다. 먹은 광석이 그대로 비늘로 변하기 때문에 양질의 자원을 얻고자 노리는 사람이 많지만, 위험도가 너무 높으며 용족이라서 무섭도록 강하고 튼튼해 무기로 공격해도 효과가 약하다.

게다가 영역 싸움을 일으킬 정도로 호전적이라서 침입자는 가차 없이 없애려고 드는 몬스터다.

하늘을 날지 않는다 뿐이지 와이번보다 훨씬 무서운 마물이라 할 수 있었다.

"……솔직히 무엇이 자네를 그렇게 만들었는지 묻기가 무섭구먼. 너무 살벌해서 오히려 평화롭게 살고 싶어 하는 이유를 알 것 같아."

"그 생각이 맞습니다. 솔직히 너무 오랫동안 싸움 속에서 살아왔어요. 조용히 살고 싶다는 건 어떻게 보면 대륙을 지배하고 싶다는 야심가의 소원만큼 큰 바람이겠죠."

"이해할 수 있다는 게 슬프구먼. 인생을 너무 급하게 달려서 지친 게야……."

묘하게 수긍해 버렸다.

제로스 입장에서는 게임 안에서 날뛰었을 뿐이었지만, 이 세계 주민에게 이야기할 때는 디지털 세계를 기준으로 하는 편이 나을 듯했다. 하지만 그렇게 되새긴 과거의 전투는 지나치게 살벌했다.

그 탓인지 크레스톤은 제로스를 끝없는 싸움에 지칠 대로 지친 마도사로 인식한 모양이었다.

"자네, 그러고 보니 짐은 어디 있는가? 행장이 가벼워 신기하게 생각했네만……."

"저는 시공 마법을 쓸 수 있어서 짐은 다른 공간에 놓고 다닙니다."

"편리하구먼그래. 시공 마법은 모두 전설로나 듣던 것인데……."

"실상은 짐을 보관할 뿐인 마법이죠. 여행에는 편하지만, 효율은 별로 안 높습니다."

"개량하지 않는 겐가?"

"오래된 마법인지라 술식이 특이해서 해독할 수가 없더라고요. 여생은 이 마법을 연구하며 보내야겠다고 생각했었죠."

"태고의 마법인가……. 그런 걸 발견해 내다니, 대단한 인생이네그려."

물론 인벤토리를 말하는 것이었지만, 솔직히 이 시스템이 어떻게 작용하는지는 제로스도 짐작조차 가지 않았다.

그래서 태고의 마법이라고 했더니 크레스톤은 그러려니 하고 받아들였다.

"그 마법은 복제할 수 있나?"

"아쉽지만, 아마 고밀도 마법식이라서 손을 댈 수 없습니다. 그리고 술식에 사용된 문자가 달라서 해독도 불가능하고요. 심지어 무슨 방어 기능이 있는지 한 번 이데아에 새기면 복제할 수 없는 것 같습니다."

"대체 그런 걸 어디서 찾았는가? 어쩌면 더 있을지도 모르잖나."

"싸움터에서 싸우던 중에 땅이 쑥 꺼지더군요. 그 후 마물과 싸우면서 방황하던 중 어떤 작은 방에서 이걸 발견했죠. 그런 다음 목숨을 걸고 탈출했는데, 정신을 차리고 보니 산속을 혼자 걷고 있었습니다. 그 일이 있고 일주일은 기력이 쇠해 쭉 잠들어 있었고, 정신을 차렸을 때는 동료와 함께 마차를 타고 다른 싸움터로 떠나고 있었죠. 지금도 당시 기억은 확실히 떠오르지 않아요."

"괜히 물었군. 얼마나 가혹한 세상에서 살아왔단 말인가……."

입에서 나오는 대로 그럴싸한 말을 지어냈다. 그렇게 말하면 깊이 파고들지 않으리라는 판단에서였지만, 오히려 세레스티나는 눈망울을 빛내며 존경의 눈빛을 보내왔다.

거짓말을 한 만큼 그 순진한 시선이 몹시 양심에 찔렸다.

듣는 사람의 감성이 다르면 받아들이는 방식도 다르다는 좋은 예시였다.

어쨌든, 그 뒤 제로스는 마도사의 기본 소양인 간단한 훈련 방법을 설명하며 저택 안으로 들어갔다.

현관홀에 들어서자 높은 천장에 기품이 흐르는 샹들리에가 걸려 있었다.

벽에는 그림이 걸렸고, 썰렁하지 말라고 장식한 듯한 꽃병이 이 저택 주인의 성품을 잘 나타내고 있었다. 쓸데없는 장식품은 필요 없다는 뜻이리라.

오히려 예술적 품격이 있어서 숲의 고성이라는 환경에 잘 어울렸다.

"우리는 짐을 두고 올 테니 자네 방 안내는 가신들에게 맡기겠네."

"앞으로 신세 좀 지겠습니다."

"별소릴 다 하는군. 생명의 은인에게 이 정도는 당연하지. 사양하지 말고 편히 지내게."

"감사합니다. 최근에 지붕 있는 곳에서 먹고 잔 적이 없는데, 너무 잘해주셔서 오히려 몸 둘 바를 모르겠네요."

"정말로 고생이 많았나 보군……. 크흑…….."

크레스톤이 왠지 울고 말았다.

"갈아입을 옷은 나중에 따로 준비하겠네. 먼저 침실로 안내해도 되겠나?"

"지붕이 딸려 있다면 마구간을 내주셔도 좋습니다. 오랜만에 두 다리 뻗고 잘 수 있겠네요."

"자네, 인생이 너무 파란만장하잖나? 무엇이 자네를 그토록 고생하게 만드는 겐가…….."

"글쎄요? 정신을 차리고 보면 마물에게 둘러싸여 있는 일도 흔했으니까요. 생각해 본 적도 없네요."

"정말로 기구한 인생이구먼……. 신이 내린 시련이라고 하기에도 도가 지나쳐."

"신은 적이라고 생각하니까 천벌 아닐까요?"

실제로 여신 때문에 죽었으니까 적이란 것은 틀림없었다.

"그럼 난 이만 가보겠네. 아무리 은거 중인 몸이라도 일은 있으니까."

"예. 신세를 지겠습니다."

"선생님. 앞으로 잘 부탁드릴게요."

"네. 제가 아는 기초를 알려드리죠. 그걸 살릴 수 있을지 없을지는 당신 손에 달렸지만요."

"반드시 살릴게요! 선생님과 만난 일이 제게는 최고의 행운이에요."

"부담 갖지 말고 천천히 해 봅시다. 조급하게 군다고 잘되는 것도 아니니까요."

"네! 그럼 선생님, 나중에 또 뵈어요."

세레스티나는 기운차게 손을 흔들고 그 자리를 뒤로했다.

그리고 홀로 남은 제로스는 멍청하게 서 있었다.

'헉?! ……이제 어떻게 해야 하지? 대체 난 어디로 가야 하지?'

나잇살 먹은 아저씨는 그저 멍하게 주변을 돌아볼 수밖에 없었다.

차츰 분수에 맞지 않는 장소에 왔다는 불안이 밀려왔다.

"제로스 님, 안내해 드리러 왔습니다. 따라오시지요."

"앗? 네…… 귀찮으실 텐데 죄송합니다."

갑자기 나타난 미중년 집사의 말을 듣고 제로스는 그 뒤를 쫓아 이동했다.

현관에서 왼쪽으로 들어가 계단을 오르자 방이 늘어서 있었고, 제로스는 복도 왼쪽 끝에 있는 방으로 안내받았다. 문을 열고 들어가자 그곳은 조금 좁지만 충분히 손님이 묵을 수 있는 방이었다.

무엇보다 기쁜 것은 침대가 있다는 점이었다. 만져 보자 야영 생활의 잠자리와는 비교도 할 수 없는 탄력이 있었다. 그리고 방에서 보이는 경관이 좋아 이 방이 특별한 곳이라는 생각을 들게 했다.

"좋은 방이네요. 창으로 보이는 경치도 정말 한적하면서 아름답고……."

"감사합니다. 이 방은 이 별장에서 가장 전망이 좋은 방입니다. 특별한 손님께 빌려드리고 있지요."

"특별? 제가요?"

"네. 손님께선 아가씨의 문제를 해결하셨을 뿐 아니라 큰 어르신의 생명을 구하셨습니다. 이 정도는 당연하지요."

"벌써 이런 파격적인 대우를?! 그냥 도적을 물리쳤을 뿐인데……."

너무 대우가 좋아서 제로스는 황송할 따름이었다.

"무슨 말씀입니까? 손님께선 희대의 마도사이자 최고의 명예를 가지신 분 아닙니까? 오히려 그런 분을 마땅히 대접하지 않고 돌려보낸다면 저희 공작가의 수치입니다."

"뭔가, 대우가 엄청 후한 것 같은데요……."

"이 정도는 별거 아닙니다. 손님께선 그보다 더한 일을 하셨으니까 말입니다."

제로스가 한 일이라면 도적 격퇴와 마법식 개량이 전부였다.

그저 그것만으로 설마 이토록 환대받을 줄은 생각하지 못했다. 하지만 당사자들 시점에서 보면 이야기가 달랐다.

아무리 시간이 지나도 마법을 쓸 수 없던 세레스티나가 마법을 쓸 수 있게 됐고, 크레스톤의 입장에서는 자신뿐 아니라 가장 사랑하는 손녀의 목숨을 구해주고 그녀의 문제까지 해결해줬다.

게다가 손녀의 레벨을 올리고 가정교사까지 맡아준다는 것이 아닌가? 심지어 마도사의 정점인 대현자였다. 그들은 이 대우조차 부족하다고 느끼고 있었다.

완전히 가치관 차이에서 비롯된 일이었다.

"과해도 너무 과한 것 같은데. 저, 고작해야 일개 가정교사인데요……?"

"각지를 전전한 실력파 대현자라고 들었습니다. 이 정도로도 초라한 편이지요."

"그냥 취미에 몰두한 멍청이일 뿐이니까 그렇게 치켜세우셔도 곤란합니다."

여기서도 제로스는 큰 착각을 하고 있었다.

애당초 마법 문자로 구축한 마법식은 아직 해독하는 사람이 없는 미지의 영역이었다. 그것을 이해하고, 한술 더 떠서 현존하는 술식을 최적화한다는 것은 이 시대 마도사에게는 불가능한 일이었다.

그들의 연구란 현존하는 마법식에 적당한 마법 문자를 조합해 그것이 발동하느냐 마느냐를 판별하는 것뿐이었다.

그런 세계에서 마법 문자의 의미를 이해하고 물리 법칙을 조합해 더욱 강화할 뿐 아니라 자신의 오리지널 마법을 사용하는 마도사를 세계가 못 본 척할 리 없었다. 하지만 그런 권력 싸움에 치를 떠는 제로스이기 때문에 크레스톤은 이렇게 가능한 한 검소하게 그를 대접했다.

그 대접에 일반인과 귀족 사이의 큰 인식 차이가 있는 줄은 몰랐나 보지만…….

어쨌든 저택에서 행동의 자유를 보장받은 셈이었지만, 그것을 눈치챌 만큼 그는 권력자를 잘 알지 못했다. 자기 일만 생각하기에도 벅찼다.

"그리고 이것은 여벌입니다. 저희 사용인이 입는 옷이라 송구하오나, 부디 양해 부탁드립니다."

"아뇨…… 하나부터 열까지 도와주셔서 감사합니다."

"곧 저녁 식사 시간입니다만…… 저기, 욕탕을 쓰시는 편이 좋을 듯하군요."

"욕탕? 욕탕이 있어요?! 우와……."

"물론입니다. 그…… 조금 몸이 지저분하시니 씻으시는 편이 좋을 것 같습니다."

"그렇죠. 3일 전에 강에서 몸을 씻은 게 전부니까요. 목욕을 할 수 있다니 꿈만 같군요. 바로 들어갈 수 있을까요?"

"네. 그런데 탕에 들어가는 매너는 알고 계시는지요?"

"그럼요. 탕에 들어가기 전에 몸을 씻는 건 상식이죠."

목욕은 귀족의 사치로 치부되며 일반 시민은 공중 사우나에서 땀을 흘리고 찬물로 씻는 것이 일반적이었다.

욕탕에 대한 매너를 안다면 제법 유복한 사람이라고 할 수 있었다.

집사는 이 시점에서 제로스를 목욕을 할 만큼 유복한 집안 출신이라고 생각했다.

그런 사정은 꿈에도 모른 채, 아저씨는 그저 감격에 겨워 있었다.

"그럼 안내하겠습니다."

제로스는 집사를 따라서 1층 구석진 곳으로 향했다.

저택 주인이 이용하는 곳이라서 그런지 회랑에는 부드러운 융단이 깔렸다.

곳곳에 장식된 그림을 구경하는 사이 제로스는 욕탕에 도착했다.

"이곳이 욕탕입니다. 여독을 충분히 푸시기 바랍니다. 수건은 이것을 사용하십시오."

"고맙습니다. 이야~, 목욕은 생명의 세탁이죠. 오랜만에 느긋하게 피로를 풀겠구나."

기뻐하며 탈의실로 들어간 제로스는 입고 있던 장비를 벗어 인벤토리에 넣고 수건 한 장만 가지고 욕실로 들어갔다.

욕실은 기품 있는 조각과 식물 몇 가지로 장식되어 있었다. 온천이라도 온 기분이었다.

그러나 그곳에는 먼저 온 손님이 있었으니…….

"앗…….'"

"앗?!"

지금 막 탕에서 일어나려던 세레스티나와 발가벗은 아저씨가 딱 마주치고 말았다.

""……""

한순간이지만 길게 느껴지는 침묵이 흐른 후…….

"끼, 끼야아아아아아아아아아아아아아아아아악?!"

"왜, 왜 여깄어어어어어어어어어어어어어어?!"

당연히 두 사람의 비명과 고함이 울려 퍼졌다.

"댄디스 씨? 뭐 하고 계세요?"

문득 여급에게 불린 집사…… 댄디스가 돌아보자 세레스티나의 전속 여급이 당혹스러운 얼굴로 그를 보고 있었다.

"저 말씀입니까? 손님을 욕실까지 안내해 드린 참인데…… 왜

그러시죠?"

"네에—?!"

경악해 소리 지르는 여급을 보고 댄디스는 일말의 불안함을 느꼈다.

"뭐, 뭔가, 잘못됐나요?"

"지, 지금…… 욕실은, 세레스티나 님께서 쓰고 계신데……."

"뭐라고요?! 설마……."

그때, 욕실에서 놀란 소녀의 비명과 아저씨의 고함 소리가 들렸다.

""…….""

약간의 부주의로 어색한 관계를 만들고 말았다.

욕실로 뛰어들려고 해도 둘 다 벗고 있으니 이 두 사람도 차마 들어갈 수 없었다.

그 후, 댄디스와 여급은 울음을 그치지 않는 세레스티나를 필사적으로 달래야 했다.

더불어 노발대발한 손녀 바보의 잔소리도 들으며…….

제로스는 이날 저녁 식사가 목으로 넘어가는지 코로 넘어가는지 몰랐다고, 후에 한숨을 쉬며 말했다고 전해진다.

제5화 아저씨, 가정교사가 되다

아침 식사는 조용했다.

식사는 정해진 시간에 방으로 옮겨지며, 그 시간까지 일어나 있지 않으면 사용인이 강제로 두드려 깨운다. 덧붙여 음식은 싱거워서 빈말로도 맛있다고는 할 수 없었지만, 그렇다고 맛이 없는 것도 아니었다. 뭔가 이도 저도 아닌 맛에 조금 실망하면서도, 아저씨는 오늘부터 해야 할 일은 생각하면 더 머리가 아팠다.

어제 생각지도 않은 해프닝으로 알몸인 세레스티나와 대면하고 말았다.

그 결과, 할아버지는 혈압이 상승할 정도로 노발대발했고, 그것을 댄디스와 함께 필사적으로 달래는 시련을 극복해야 했다. 문제는 지금부터 그 피해자를 만나야 한다는 것이었다.

제로스는 마법을 가르치는 가정교사로 고용되었고 앞으로 두 달정도 이 고성에 머물러야 하는 처지였다. 솔직히 거북해서 죽을 맛이었다.

그것을 생각할 때마다 몇 번째인지 모를 한숨이 나왔다.

"······그래도 여기서 이러고 있는다고 달라질 건 없지. 세레스티나 양 방으로 가 볼까? ······하아."

마음이 천근만근이었다. 제로스는 그녀에게 빌린 교본과 자료를 보고 이 세계 마도사는 마법식에 관한 지식수준이 낮다는 것을 실감했다. 온라인 게임 시절의 플레이어가 훨씬 앞서 있다고 해도 좋았다. 생산계 직업도 마법 제작이 가능했으니까 이 세계는 마법 연구가 정체되어 있다고 보는 편이 옳았다.

"어디까지 가르쳐야 할까? 적어도 우리가 만든 마법을 가르치면 안 되는 건 확실하지……. 너무 위험해. 아니,【현자의 돌】이 없으니까 어차피 제작도 못 하나? 초기 적층형(積層型)까지는 괜찮으려나."

제로스가 사용하는 오리지널 마법은 연비도 좋고 강력했지만, 제작 방법에 문제가 있었다.

특히 광범위 섬멸 마법의 위력은 이 세계 수준에서는 지나치게 흉악했다. 가령 전쟁에서 사용되기라도 하면 수많은 인명을 무차별적으로 앗아갈 것이다.

그렇게 취급이 곤란한 마법이 많아 남에게 맡길 수 없는 것은 분명했다.

일반마법인 56음식(音式)은 고위력 마법을 제작할 때는 넓은 【마법지】가 필요하지만, 제로스 파티【섬멸자】는 달랐다. 마법지 대신 마법 도구 제작에 사용하는 최고의 소재, 현자의 돌을 쓴 것이었다.

당시 무슨 생각으로 그랬는지 모르겠지만, 그들은 56음 마법 문자가 아니라 숫자를 나타내는 열 개의 마법 문자를 써서 기계어를 이용한 새로운 마법을 탄생시켰다.

그러나 기계어를 이루는 방대한 숫자 나열을 적을 수 있는 마법지가 존재하지 않았기 때문에 당시 여러 마법식을 기록할 수 있던 현자의 돌을 이용했다. 이 현자의 돌을 대량 생산하기 위해 동료와 함께 정신이 아득해질 만큼 전투를 거듭했고, 중간부터 동지를 대거 끌어들여 3년 6개월이란 시간에 걸쳐 제작한 마법이 바로 【어둠의 심판】을 포함한 여러 가지 금술(禁術)이었다.

마법을 이데아 영역에 인스톨한 후, 현자의 돌은 모두 무기와 비약 등을 만드는 데 사용했기 때문에 현시점에서 제로스가 이런 마법을 제작하기란 불가능했다. 현자의 돌은 엄청나게 희귀한 소재를 여러 개 투입해야 하며, 그 소재가 어디 있는지도 알 수 없었다. 게다가 혼자서 이 마법을 제작하려면 끔찍하게 오랜 세월 작업해야 했다.

무엇보다 섬멸 마법 제작 작업이 그야말로 지옥이었다. 몇 번이나 마법지에 기계어로 된 마법식을 적고, 현자의 돌에 새겨 기동하는 수정 작업의 반복…… 끝없이 반복되는 프로그램 작성과 모니터 너머로 버그 수정을 계속하는 디버그 작업을 동시 진행하는 셈이었다.

신(新) 마법도 반쯤 장난으로 도전하지 않았다면 미완성으로 끝났을 것이다.

마법 작성은 괴로워도 즐거운 시간이었기에 가능한 일이었다. 혼자서 제작하기란 불가능하리라. 만약 누군가가 만들었다고 해도 강력한 마법은 그에 걸맞은 레벨이 필요했다.

신 마법은 일부를 제외하면 레벨이 최소 500은 되지 않으면 쓸 수 없을 만큼 어려웠다. 설령 쓸 수 있어도 한 번에 모든 마력을 소비하며, 위력도 그다지 좋지 않을 것이었다. 그러니까 그 부분은 특별히 걱정하지 않아도 되지 싶었다.

이 세계의 섭리를 보는 한 마법식을 이데아에 새기는 것만으로는 마법이 제대로 발동하지 않는다. 충분한 이해가 뒤따르지 않으면 가끔 불발로 끝난다. 마법을 사용할 수 있는 신체 레벨과 스킬 레벨도 관련이 있어서 그 상승효과에 따라 사용할 수 있는 마법이 정해지기 때문이다.

구사하는 마법을 이해하고, 그에 상응하는 수련으로 실전을 경험해 단련한 자만이 마법을 완전히 다룰 수 있다. 세레스티나를 포함한 이 세계의 마도사 레벨이라면 이해는 할 수 있을지언정 완벽하게 다루기 위해서는 처절한 레벨 업이 필요하다. 신 마법도 언젠가 마법식이 해독되어 누군가가 만들어 사용할지 모르지만, 아저씨가 마법을 전수하지 않으면 지금은 아무도 연구하려는 생각조차 하지 않을 것이다.

그리고 무엇보다도 무시무시하게 손이 많이 가는 귀찮은 작업이라서 두 번 다시 이 마법을 제작할 생각이 들지 않았다.

회사원 시절에 겪은 마감 임박 직전의 생지옥은 다시 떠올리기도 싫었다.

제로스는 생각을 정리하면서 돌바닥이 촘촘히 깔린 회랑을 걸었다.

그는 살아생전 선생 노릇을 해 본 적이 없었다. 세레스티나를 제대로 가르칠 수 있을지 불안했다.

게다가 어제 그 해프닝도 있어서 출발이 썩 양호하다고는 할 수 없는 상황이었다.

딱히 소녀에게 몹쓸 생각을 품진 않았지만, 상대방이 어떻게 받아들이느냐는 별개의 문제였다. 그래서 마음이 무거웠다.

마법을 가르치는 것도 그랬다. 이 세계의 마법은 마법지 한 면에 그려진 마법진 평면도를 이용했다. 문명 수준을 고려해도 제로스의 마법이 훨씬 우수했다.

실은 과거에 일어난 큰 전쟁, 후세에 【사신 전쟁】이라고 불리게 된 전쟁으로 고도의 마법 문명은 흔적도 없이 사라졌다고 한다. 그 영향이 지대해서 마법에 관한 다양한 자료와 문헌이 소실된 탓에 이 세계의 문화 수준이 현격히 떨어졌다.

이 시대의 마법은 구시대 마법의 모방이었다. 옛 마법을 재현하기 위해 유적에서 발굴한 【마법 스크롤】이나 구시대의 마도서를 바탕으로 나날이 연구가 진행되고는 있었다.

하지만 아직 큰 성과를 거두진 못한 것 같았다. 잃어버린 위대한 지혜의 재현은 상당히 난항을 겪고 있었다. 제로스는 이러한 사실을 세레스티나에게 마법 교과서(마도서)와 함께 빌린 역사 교과서로 알았다.

그 밖에도 안경 낀 메이드 아가씨에게 부탁해 서고에서 빌린 역사서로 대략적인 세계사를 조사하는 등 어젯밤은 늦게까지 이 세계의 정보를 수집하는 데 힘썼다. 아무런 사전 정보도 없이 대뜸 이세계에 무책임하게 내던져진 신세였다. 빠르게 정보를 얻으려고 하는 것은 당연했다.

이 세계에서 살아가기 위해서 정보는 필수 불가결일 테니까.

"사신의 힘은 대단했지~. 멸망 직전까지 내몰린 것도 이해할 수 있어. 그나저나 그 여신…… 사후 관리 정도는 하라고! 아무런 예비지식도 없이 사람을 이세계에 내팽개치다니……. 같은 전생자 중에서 사망자가 나왔다고 해도 이상할 게 없어…….”

사신에게 죽은 동병상련의 처지이자 그 원인을 제공한 입장으로서 제로스는 동향 사람의 안위가 걱정이었다.

하지만 지금은 제 한 몸 보전하기도 벅차서 타인을 도와줄 여력은 없었다.

그런 생각을 하는 사이 제로스는 세레스티나의 방 앞에 도착했다. 거리낌은 있었지만, 용기를 내서 문을 두드렸다.

◇　◇　◇　◇　◇　◇　◇

아침 식사를 마친 세레스티나는 방에서 정신없이 끙끙거리고 있었다.

어제 그 해프닝으로 제로스에게 알몸을 보여준 그녀는 수치심에 몸부림칠 정도로 창피했다.

누가 뭐래도 한창 감수성이 예민한 소녀가 아닌가. 난생처음 성인 남성의 벌거벗은 몸을 직시한 그녀는 말로 하기 힘든 답답한 감정에 사로잡혀 있었다.

‘할아버지와는 달랐어…….’

구태여 「어디가?」라고는 하지 않겠다. 요컨대 세레스티나는 은근히 그쪽 방면에 관심이 있었다.

어젯밤 본 제로스의 알몸이 머릿속에 달라붙어 떨어지지 않았다.

"아가씨…… 그만 진정하셔야죠. 제로스 님께 이상한 인상을 심어줄지도 몰라요."

"그치만 미스카~, 부끄러운 걸 어떡해요."

"아가씨는 그러셔도 제로스 님이 그렇게 생각하시리란 법은 없답니다. 그분이 보기에 아가씨는 아직 어린아이라고 하던걸요."

"그, 그래요?"

미스카의 말에 세레스티나는 적잖은 충격을 받았다.

그녀의 용모는 사랑스럽기 그지없는 미소녀였지만, 제로스의 취향은 조금 더 성숙한 여인, 덤으로 거유였다. 현시점에서 세레스티나는 어린아이로밖에 보이지 않았다.

제로스가 10대 후반이었다면 상황이 달랐을지도 모르나, 아저씨의 눈에 지금 세레스티나는 채 자라지도 않은 어린아이의 몸이었다.

"아가씨께서 남성에게 관심을 가지신 것은 좋지만, 제로스 님 같은 분은 안 돼요."

"왜, 왜죠? 선생님은 마도사의 재능은 물론이고 직접 마법을 개발하는 유능한 분인걸요? 게다가…… 성격에도 문제가 없다고 생각하는데……."

"이야기를 듣기로 제로스 님은 언뜻 온화하고 점잖은 분 같지만, 다른 관점으로 보면 무섭도록 냉정한 분이세요."

"냉정……? 도저히 그렇게 안 보이는데요?"

미스카의 말에 세레스티나는 고개를 갸우뚱거렸다.

그녀의 눈에 제로스는 우수하고 누구보다 강하면서도 남을 배려

할 줄 아는 인물이었다. 냉정함과는 거리가 멀어도 너무 멀었다. 하지만 미스카의 눈에는 다르게 비친 듯했다.

"한 번 생각해보세요. 전장을 전전하고 마법 실험을 반복해 왔다잖아요? 그건 즉, 자신의 마법적 성과를 확인하기 위해서라면 어떤 희생이나 위험도 돌아보지 않는다, 오히려 제 발로 위험한 장소로 뛰어드는 위험한 일면도 가졌다는 말이에요. 전장의 전사들과 마물이 그분에겐 좋은 실험 재료였고, 피도 눈물도 없이 전멸시켜 마법의 성과를 확인하고 다녔다고요. 냉정보다는 냉혹……. 상당히 잔인한 일도 아무렇지 않게 자행하는 위험인물이기도 해요."

듣고 보니 그럴싸했다. 세레스티나는 표면적인 인간상을 보았을 뿐이었다. 관점을 바꾸면 제로스는 광기 어린 행동을 반복한 사람이었다. 우수함에 주목해 다른 시점에서 보지 못했다. 그 이전에 마법을 쓸 수 있게 되어 들떴다는 이유도 있었지만, 이렇게 들으니 이해가 갔다.

"하지만 조용히 살고 싶다고 하셨는데……."

"나이를 먹어 가면서 생각하는 바가 있었겠죠. 사람은 언제까지고 같은 곳에 머물러 있지 않은 법이니까요."

"미스카, 왠지 엄청 무게 있는 말처럼 들리네요……."

"경험의 차이입니다, 아가씨."

미스카의 표정에 어딘지 모르게 그늘이 진 것처럼 보였다.

"가끔 생각하는데, 미스카는 지금 나이가 어떻게 되나요? 제가 어릴 적부터 얼굴이 전혀 변하지 않아서 예전부터 엄청 궁금했는데……."

"여성의 나이는 묻는 게 아니랍니다. 설령 그게 같은 여자라도……. 아셨죠?"

물어선 안 될 것임을 깨닫기에는 충분할 만큼 위험한 기운을 발산하고 있었다.

미스카에게 나이에 대한 언급은 금기였나 보다.

—똑, 똑.

『실례합니다. 제로스인데, 들어가도 괜찮겠습니까?』

노크 소리와 함께 당사자가 나타나자 세레스티나는 심장이 입 밖으로 튀어나오는 줄 알았다. 어젯밤의 추태가 다시 떠올랐다.

"와, 왔어~!"

"아가씨. 되도록 침착하시고, 가급적 이상한 행동을 하지 않게 주의하세요."

"노, 노력해 볼게여……."

"아, 혀 꼬였다……."

감수성 예민한 소녀는 조금 전 자신이 무엇을 고민했는지 다시 떠올리고 말았다.

그리고 뇌리를 스치는 제로스의 누드—.

그녀의 첫 수업은 이렇게 번뇌 속에서 시작되었다.

방으로 들어온 제로스는 빌린 교본 중에서 한 권을 꺼내 세레스

125

티나에게 건넸다.

이 별장 서고에 있던 오래된 마법 관련 서적이었다. 비교적 제대로 된 마법식 고찰과 이론, 그리고 교과서로 쓰기에 안성맞춤인 기초 이론이 실려 있었다.

그래도 30퍼센트는 이론과 동떨어진 낙서로밖에 보이지 않았지만, 필요한 것은 올바른 지식이 기록된 페이지뿐이므로 그다지 문제는 없다고 판단해 교과서로 정했다.

"오늘은 첫 수업이니까 마법 문자의 인식부터 시작할까 합니다."

"마법 문자요? 아직 해독 불가능한 신성 문자라고 하는데, 선생님은 이미 해독하실 수 있으시죠?"

"의외로 단순합니다. 이건 언어인 동시에 회로이기도 하며, 마력에 간섭해서 그것을 모으기 위한 매개체도 되는 편리한 물건이라고 할까요? 바로 외우실 수 있을걸요?"

"그건 알지만, 정말로 제가 배울 수 있을까요?"

"이해만 하면 쉽습니다. 뭐, 그 과정이 이래저래 귀찮지만."

마법 문자는 56개의 문자와 열 개의 숫자를 나타내는 문자가 존재한다. 56음계는 하나의 기호이기도 하며, 그것을 나열해 말을 만듦으로써 의미를 이룬다. 읽는 방법이나 발음의 뉘앙스는 다르지만 일본어로 해독 가능하며 뜻을 알면 참으로 단순하다. 문제는 가끔 영어나 프랑스어, 스페인어, 독일어…… 심지어는 스와힐리어까지 들어가서 귀찮기 짝이 없다는 것이다.

게임을 하다가 눈치채는 사람은 많았지만, 난해한 말로 이루어진 탓에 해독이 번거로워 제로스도 고생깨나 한 기억이 있었다.

하지만 이 세계에서는 상황이 달랐다. 현지 마도사는 이 언어의 의미를 전혀 이해하지 못하고 있었다. 마법 문자 하나하나에 의미가 있다고 믿고 그림으로만 보고 있으니 마법식을 해독할 수 있을 리 없었다.

문자에 의미가 있는 것은 맞지만, 기본에서 헤매는 탓에 진도가 나가지 않는 것이었다.

마법식이란 물리 현상을 일으키기 위해 의미를 가진 말을 만드는 것뿐이었다. 그 마법식을 마법진에 적용해도 기본적인 물리 현상을 모두 파악하지 않으면 마법은 만들 수 없었다.

"모, 몰랐어요. 설마 이게 말을 만들기 위한 것이었다니……."

"숫자나 기호처럼 인식하는 모양이지만, 이건 고대에 쓰던 언어예요. 문자 하나하나에 의미는 없죠. 뭐, 마력은 조금 움직이니까 착각했는지도 모르겠네요."

"선생님은 이 문자로 마법식을 만들고 계신가요?"

"네. 방법은 조금 다르지만, 주로 적층 마법진을 효율적으로 고쳐 사용합니다. 물론 최대 위력을 내는 마법은 숫자 마법 문자가 대부분이지만요."

제로스는 원래 세계에서 프로그래머였다.

마법 구축은 적층형 마법진 형식을 이용하고 있었다. 하지만 섬멸 마법만은 별개였다. 0과 1만으로 구축하는 마법식은 막대한 노력과 그만한 계산을 할 처리 술식이 필요하다. 제로스, 즉 오사토 사토시는 동료와 생산계 직업 지인들을 모아 현자의 돌에 마법식을 새기는 작업을 인해전술로 해결했었다. 【소드 앤 소서리스】는 유저 자유도가 높아서 평범한 마법 제작에 질려 있던 그들은 마찬가지로 한가한 사람을 모아 다른 방식의 마법 제작에 도전했다.

본래 직업을 생각하면 치트 유저라는 말을 들어도 할 말이 없는 방법이었다. 본인은 두 번 다시 하고 싶지 않다고 생각했지만, 그것은 별문제가 아니었다.

진짜 문제는 게임 자체가 이 새로운 마법을 받아들였다는 것이었다. 자유도가 높다고는 해도 처리하는 정보량이 방대해서 자칫 잘못하면 게임 자체에 버그가 발생할 가능성도 있었다.

'어라? ……왠지 이상한 느낌이……. 뭔가가 마음에 걸리는데, 뭐지?'

자그마한 이질감이 제로스의 사고를 가속시켰다.

마스터 시스템인 전(前) 국방 전뇌 관리 시스템, 통칭【BABEL】은 미완성이긴 하지만 방대한 처리 능력을 가졌다. 그래서 게임에서 구축한 압축 프로그램인 마법식을 사용 가능하다고 판단했다.

그런 원리였을 텐데, 제로스는 그것이 말도 안 되는 이야기임을 지금 처음으로 깨달았다.

'이상해.【소드 앤 소서리스】는 방대한 프로그램으로 구축되었어. 어떻게 생각해도 새 마법이 받아들여질 리가 없는데……. 마법 제작 프로그램도 그렇지만, 이펙트 이미지나 나날이 늘어나는 데이터를 처리하는 것도 하루 이틀이지, 7년이나 이어지면 정보량이 상상을 초월할 거야. 어떻게 시스템이 다운되지 않지? 그건 누가 생각해도 정보 허용량을 초과했어……. 이상해. 말이 안 되잖아…….'

아무리 슈퍼컴퓨터를 쓴다고는 해도 하나의 세계를 구축하는 것도 모자라 NPC가 인간처럼 자유의사를 가진 게임이었다. AI 패턴만으로도 정보량은 엄청나게 방대해진다. 데이터를 압축했다고 쳐도 도저히 처리할 수 있는 정보량이 아니었다.

이때 제로스는, 자신이 즐기던 세계에 격심한 의문을 느꼈다.

"……숫자 문자만으로 그런 것까지 가능하다니…… 대단해요. 응? 선생님, 듣고 계신가요?"

"헉?! 그, 그렇죠. 손도 많이 가고 시간도 걸리지만요. 한 번 만들고 나면 그때부터는 편해요. 문제가 있다면 제작 시간이 엄청 길다는 것과 무지막지한 노력이 필요하다는 점이죠. 괜히 흉내 내지 않는 편이 좋을 겁니다. 그건, 지옥이에요……."

생각의 미로에 빠질 뻔한 아저씨는 당황하며 의식을 현실로 되돌렸다. 지금이 수업 중이란 사실을 잊어선 안 됐다.

하지만 【소드 앤 소서리스】에 품은 의문은 마음 한구석에 응어리가 되어 남았다.

"지금 제가 마법 구축을 할 수 있을까요? 솔직히 자신이 없어요."

"지금은 못 하더라도 서두르지 말고 올바른 지식으로 기본을 배우는 게 좋겠죠. 그럼…… 시험 삼아 【토치】 마법을 분해해 볼까요? 기초보다 중요한 건 없으니까요."

화 속성 마법의 첫 단계 【토치】는 빛을 밝힐 뿐인 마법이다.

이것은 연료가 되는 본인의 마력, 불을 붙이는 점화원인 외부 마력, 그리고 산소처럼 불을 조절하는 마법식으로 구축된다.

불은 연료와 산소가 없으면 화학 반응을 일으키지 않으며 열을 가질 수 없다.

예를 들어 도심의 아스팔트도 계속 가열하면 불이 붙는다. 이 경우는 온도가 점화원이 되고 아스팔트가 연료의 역할을 맡는 것이다. 당연히 온도는 계속 상승하므로 제어하려면 물을 뿌리는 수밖에 방법이 없다.

그러므로 마법 효과를 바란다면 제어 술식은 언제나 중요시된다. 제어 술식은 거의 변화가 없으며 다른 마법에도 차용된다. 제어 술식의 의미를 이해할 수 있으면 남은 것은 물리 현상으로 전환하기 위한 마법식을 지식에 대조하며 해독하는 것뿐이다.

이날, 세레스티나는 새로운 문을 열었다.

그리고 두 시간 후…….

"이렇듯 마법이란 기능을 우선해서 만드는 겁니다. 시전자의 안전이 대단히 중요하죠. 예를 들어 자신의 공격 마법으로 자신이 다치면 의미가 없겠죠? 마법을 만들어 낸 분들은 고심 끝에 겨우 여기까지 도달한 겁니다."

"단순히 빛을 밝히는 마법이라도 그만한 노력이 들어갔다는 말씀이군요?"

"그렇죠. 어느 정도 술식을 이해할 수 있으면 다른 불명확한 술식도 뉘앙스로 해독할 수 있을 테고, 그래도 모를 때는 타국의 언어를 이용해 보는 것도 좋을 겁니다."

"엘프어나 드워프어 말인가요? 언어 사전은 분명히 있지만……
재밌네요."

"언어 퍼즐 같은 거라고 생각하면 즐겁게 해독할 수 있을걸요?

의외로 순조롭게 풀릴지도 몰라요."

마법식에 관해서는 이해했다. 다만, 세레스티나는 이번에 다른 생각에 정신을 빼앗겼다.

"하지만 언어로 현상을 일으킬 수 있다면 왜 이런 마법진이 필요하죠? 현상을 일으킬 뿐이라면 마법 문자만으로도 충분하다고 보는데."

"마법진은 마법에 필요한 마력을 현상으로 구축하기 위한, 비유하자면 달걀 껍데기 같은 거라고 해야 할까요? 이 마법진 안에 필요한 마력을 모으고, 마법식을 써서 현상으로 전환해 발현한다. 이 공정을 하나로 묶는 틀이라고 생각하면 됩니다. 모은 마력이 확산하면 의미가 없으니까요."

발동 효율을 고려한 마법은 비록 작은 것이라도 군더더기가 없으며 예술이라고 해도 과언이 아니었다.

분해한 마법을 보고 세레스티나는 점차 호기심을 부풀렸다.

"그러고 보니 선생님의 마법식은 어떻게 생겼어요? 엄청 궁금해요."

하지만 그 호기심은 이윽고 제로스의 마법에까지 미쳤다.

그것은 동시에 공포와 마주하는 일이었다.

"제 마법…… 말인가요? 흠, 그렇다면…… 여기서 마법의 위험성을 알아 두는 것도 좋으려나. 56음식 마법으로 자칫 위험한 마법을 만들어 내도 곤란하니까……."

"마법의 위험성……이요?"

"완벽에 가까운 마법은 가히 예술적이기까지 합니다. 하지만,

동시에 많은 생명을 앗아가는 극악무도한 무기이기도 하죠…….
제 마법은 그 최첨단을 걷는 극단적으로 위험한 것이고요."

제로스는 그렇게 말하면서도 손바닥에 마력을 모아 마법식을 만들어 냈다.

그것은 너무나도 방대한 마력이 담겨 흉흉함과 신성함, 양극단을 내포한 입방체였다. 내부에서는 무시무시하게 정밀하고 고밀도로 이루어진 마법 문자가 고속으로 끊임없이 순환하고 있었다. 그 밀도는 초보 단계 마법과는 비교를 불허하는 압도적인 차이였다. 이것이 발동하면 그 칠흑빛 구체가 되는 것이다.

고밀도 마법식의 순환은 예술적이면서도 등줄기가 얼어붙을 정도로 강력한 힘을 품고 있었다. 그것은 방출되는 마력만으로도 저절로 느껴졌다.

"……이, 이건…….."

"제 최대 마법인【어둠의 심판】의 마법식입니다. 이게 발동하면 이 일대는 순식간에 소멸하겠죠. 이게 마도사의 위험성입니다. 강력한 힘은 가지고 있는 것만으로도 충분히 위협적이지만, 타국에서 보면 어떻게 해서든 손에 넣고 싶은 보물로 보이겠죠. 만약 발동하면 그 피해가 상상을 초월할 텐데도……."

"이, 이건…… 어떤 마법이죠?! 주위가 소멸한다니, 대체…….."

"광범위 섬멸 마법. 문헌에서 사신이 사용한 힘을 바탕으로 법칙을 조사해서 만든 최대급 파괴 마법 중 하나……. 반쯤 재미로 만든 결과가 이겁니다. 호기심은 때로는 위험한 것을 만들어 낸다는 사실을 기억해 두십시오."

파괴 마법이라는 말에 소녀는 무서운 것을 본듯 경악스러운 표정을 떠올렸다.

사실 문헌 운운은 지어낸 말이었지만, 그렇게 틀린 말은 아니었다.

"왜, 왜 이런 강력한 마법을 만드셨죠?"

"물론 재미있을 것 같아서요. 이해하시겠어요? 마법을 만드는 건 분명히 재밌습니다. 하지만 지나친 호기심은 이런 위험한 것을 무심코 만들어 내요. 그리고 곤란하게도 많은 권력자는 이런 마법을 구하고 싶어 안달이 났죠. 그것이 불러올 피해가 얼마나 클지는 생각하지도 않은 채 말이죠."

국가가 난립하는 이 세계에서 파괴 마법은 많은 나라가 연구하는 것 중 하나였다.

강력한 마법이 있으면 타국에게 침공받지 않고, 동시에 침략 행위를 부추긴다. 그 결과, 수많은 존엄한 생명이 사라지고 대지는 참혹한 모습을 드러내리라.

"호기심에 자극받아 마법을 만드는 건 좋습니다. 그것도 또한 높은 경지를 목표로 하기 위한 원동력이 되니까요. 무조건 안 된다고는 하지 않겠습니다. 하지만 파괴 마법에는 손을 대지 않는 편이 좋을 겁니다. 그 결과 찾아오는 건 비극밖에 없고 죽은 이들의 친족에게는 증오를 살 테니까. 게다가 그 증오는 같은 파괴 마법을 낳아 전쟁의 늪에 빠지게 됩니다. 그야말로 저주받은 연쇄죠. 특히 야심에 물든 권력자는 금방 그런 걸 쓰고 싶어 합니다. 이것이 마법의 위험성이고 결코 타인에게 넘겨서는 안 될 금기라고 생각해주세요."

마도사 파벌도 따지고 보면 파괴 마법 사용을 막기 위한 안전장치였다.

하지만 언제부턴가 파벌끼리 대립하게 됐고, 각 파벌이 서로를 적대시하며 권력을 추구하게 됐다. 동시에 공적을 얻으려고 전쟁을 바라게 됐으며 개중에는 타국과 내통해 암약하는 자까지 나오는 판국이었다. 썩어 버릴 이념이라면 가지지 않는 편이 낫다는 것이 아저씨의 지론이었다.

"저는 그렇게 생각해요. 마도사는 절대 권력을 가지지 않고 항상 중립에 있어야만 한다고……. 마법이 꼭 파괴 마법만 있는 것도 아니고, 꼭 전쟁에 쓰라고 있는 것만도 아닐 겁니다. 달리 할 수 있는 일이 산더미처럼 있을 테니까 그것을 추구하면 가능성이 열리지 않을까요?"

"파괴 말고, 다른 마법이요? 예를 들면 마도구나 마법약 같은 거요?"

"네……. 타인에게 행복을 전해주는 마법, 그런 게 있으면 안 된다는 법이라도 있나요? 생활을 윤택하게 하는, 그런 마법이요. 적어도 저처럼 되진 않는 게 좋죠."

공작가에서 태어난 세레스티나에게 마법이란 나라를 지키기 위한 전쟁 도구였다.

백성을 지킬 힘이 없어서 냉대받았지만, 그 힘을 얻은 지금 그녀의 어깨에는 무거운 책임이 지워졌다. 그런데 제로스는 싸움이 아닌 다른 길을 시사하며 자신과 같은 길을 걷지 말라고 하고 있었다.

세레스티나는 그 사실이 당혹스러웠다.

"세레스티나 양. 당신은 어떤 마도사가 되고 싶죠? 목표가 있나요?"

"네? 제, 제 목표요……?"

"마도사가 싸우면 반드시 사람이 죽습니다. 하지만 싸움만이 마도사의 전부는 아니에요. 잘 생각해 봤으면 좋겠군요. 자신이 어떤 마도사가 되고 싶고, 그 목표를 향해 얼마나 노력할 수 있을지……."

"저, 저는…… 저는 싸움만을 위한 마도사가 되고 싶진 않아요. 그렇지만……."

"목표를 정할 수 없다면 먼저 자신의 주변을 잘 바라보세요. 마찬가지로 자기 자신도 바라보며 항상 자신이 가야 할 길을 생각하세요. 그러지 않으면 답은 나오지 않아요. 저는 당신에게 마법을 가르칠 순 있지만, 명확한 길을 제시할 수는 없습니다. 그렇게 잘난 척 말할 수 있는 입장이 아니니까요. 위험물을 만들어 낸 장본인이 무슨 염치로……."

기껏해야 게임 속 이야기…… 심지어 신에게 얻었을 뿐인, 진짜 자기 것도 아닌 힘이었다.

그런 힘에 도취할 만큼 그는 오만하지 않았다. 무엇보다 제로스는 이 힘이 너무 위험해서 자신이 감당하기 어렵다고까지 느꼈다. 마음대로 써도 될 힘이 아니었다. 종종 잊어버릴 것 같지만…….

그러나 세레스티나가 보기에 제로스는 실로 마도사의 이상적인 인간상이었다.

힘에 도취되지 않고 타인을 편들지 않는 삶은 그야말로 중립이었으며, 마법은 가르치지만 정작 연구 성과를 타인에게 넘기지 않겠다는 자세는 고결했다. 더욱이 자신의 힘을 언제나 똑바로 마주하고 언제나 엄격한 태도로 그 위험한 힘에 책임을 지려는 듯 보였다.

제로스의 설교는 역시나 오해를 낳았고 세레스티나는 점점 그에게 심취했다.

아저씨는 그저 파괴 마법에 눈길을 빼앗기지 않으면 된다고 생각했을 뿐인데…….

"그럼 이론 공부는 이쯤 하죠."

"네. 저도 이제 다른 레슨이 있어서 준비해야 해요."

"내일은 실기로 마력을 소비해 보죠. 간단한 골렘을 제작할 테니까 그걸 표적으로 레벨을 올릴까요?"

"고, 골렘이요?"

"네. 마도사가 만든 골렘을 쓰러뜨려도 경험치는 들어오니까요. 분류하자면 인조 마물일까요? 뭐, 비교적 약한 녀석이니까 안심하고 팍팍 부숴도 상관없어요."

"잘 부탁드립니다. 선생님!"

세레스티나는 마도사의 길을 걷기 시작했다.

그 결과가 어떻게 될지는 아직 알 수 없으나, 그녀는 마도사의 이상형을 보고 최고의 마도사를 목표로 나아가게 된다. 대현자 제로스의 등을 좇아서…….

그리고 그 대현자는 【소드 앤 소서리스】라는 게임에 지금까지 느끼지 못한 의문을 품기 시작했다. 마음속에 싹튼 의문이 명확하게 밝혀지려면 조금 더 유예가 필요하다.

세레스티나에게 그날 수업은 정말로 알찬 시간이었다.

마법식 해독법, 그것을 웃도는 고밀도 마법식. 무엇보다 깊이 생각하게 되는 것은 마도사로서 자신이 나아갈 길이었다.

세레스티나는 지금까지 마법을 쓸 수 없었다. 그래서 그저 막연하게 마법을 쓸 수 있길 바랐을 뿐이었다.

그것은 절대 무익한 노력이 아니었다. 그녀는 결과적으로 이스톨 마법 학교에서 수석의 성적을 거두었다. 하지만 그럼에도 마법을 쓸 수 없던 세레스티나는 낙오자라는 낙인이 찍혀 주위로부터 모욕과 비웃음 섞인 비방을 받는 신세였다.

제로스는 세레스티나의 문제를 해결하고 미지의 세계를 보여줬을 뿐 아니라 그 위험성까지 시사해줬다.

학교에서는 그런 것을 전혀 가르쳐주지 않았다. 오로지 위력만 우선시할 뿐, 마법에 대한 마음가짐을 가르쳐주는 강사는 단 한 명도 없었다. 어디 그뿐인가? 자신이 어떤 마도사가 될지 생각할 시간조차 주지 않고 매일 마법을 쏘고 그 위력을 검정하는 것이 전부였다.

그곳에서 장래를 생각할 여유는 없었다. 바꿔 말하면 매일 단조로운 수업을 반복할 뿐이지, 학생을 성장시키겠다는 시도도 의지도 전혀 없었다. 일정 수준의 조건을 갖추면 불완전한 마법식이라도 발동하고, 조건을 채우지 못하면 낙오자로 버려진다. 마법을 매일 쓰면 보유 마력은 늘어나겠지만, 그것 말고는 아무런 이점도 없었다. 세레스티나는 그런 방치에 가까운 수업을 떠올렸다.

교육자로서는 완전히 실격이었다. 하물며 학교 내에서 파벌 싸움까지 벌이니 구제할 도리가 없었다. 파벌이 다른 학생은 홀대하고 동문이라면 우대하기 때문이었다.

게다가 권력이 있으면 차별대우는 더욱 심해졌다. 세레스티나가 아직 학교에서 쫓겨나지 않은 것은 순전히 각 파벌이 솔리스테어 대공작가의 권력을 바라기 때문이었다.

실제로 그녀의 두 오빠가 현재 양대 파벌에 속해 얼굴마담이 되었다는 소문이 있었다. 자칫 잘못하면 후계자 다툼이 벌어져 영지에서 내란이 벌어질지도 모르는 상황이었다.

그 정도로 그치면 그나마 다행이었다. 방계라고는 하나 왕가의 혈통에 왕위 계승권까지 가진 터라 그들의 포섭 경쟁은 치열함의 극을 달렸다. 자그마한 불씨만 떨어져도 이 나라는 왕위 계승권을 걸고 내전이 벌어질 것이다. 그 틈을 다른 국가들이 놓칠 리 없었다.

그런 이기적인 인간이 권력을 휘두르는 학교가 그녀에게는 정말로 옹졸하고 비열하게 생각됐다.

"학교 강사들이 선생님 같았다면 좋았을 텐데……."

철이 들었을 때부터 계속 추한 모습을 봐 온 그녀는 학교가 그렇게 중요한 곳이라는 생각이 들지 않았다. 결함이 있는 마법식을 추천하고 그 결함조차 눈치채지 못하는 강사들이 많이 재적한 곳이 아니던가.

제로스와 비교해서 훨씬 수준이 떨어지며, 무엇보다 자신이 마법을 쓸 수 있게 가르치지 못한 그들을 존경의 대상으로 볼 수 없었다. 그런 집단이 권력 싸움을 벌이는 파벌 자체에 매력을 느끼지 못했다.

두 달 뒤 그런 곳으로 돌아가야 한다고 생각하자 세레스티나의 기분은 한없이 가라앉았다.

"오오, 티나! 수업은 마쳤느냐?"

"할아버지! 네. 정말 알기 쉽고 즐거운 수업이었어요."

"그거 다행이구나. 어떤 것을 배웠는지 들려주겠니?"

"네. 댄스 레슨을 하려면 아직 시간이 있으니까 조금 여유가 있어요."

"그래. 은거하는 할아비한테는 이게 유일한 삶의 낙이란다."

손녀와의 대화는 크레스톤에게 최고의 오락이었다. 조금 사랑이 지나친 감도 있었지만…….

그렇게 두 사람은 이야기를 주고받았다. 처음에는 손녀의 이야기에 흐뭇해하던 크레스톤의 표정이 어느 순간부터 험악하게 바뀌었다. 광범위 섬멸 마법【어둠의 심판】의 이야기를 들은 다음부터였다.

세레스티나는 그런 줄도 모르고 즐겁게 수업 내용을 이야기했다.

"흠, 마법식 해독 방법이라……. 티나야, 그건 절대로 남에게 말해선 안 된다. 특히 파벌 녀석들에게는…….."

"알고 있어요. 만약 알게 되면 좋은 일이 벌어지지 않을 걸 뻔히 아니까요."

"그래. 그나저나 광범위 섬멸 마법…… 사신의 힘을 모방이라……. 엄청나구먼."

"네……. 솔직히 무서워졌어요. 선생님은 그런 위험한 힘을 짊어지고 계시는군요."

"자신의 위험성을 아니까 겉으로 드러내고 싶지 않은 거겠지."

크레스톤은 제로스의 광기에 찬 연구의 무시무시함과 교사로서 지닌 자세를 저울질하고 있었다.

국가에 속한 중진으로서 그를 그냥 두기에는 위험했다. 무슨 이유를 붙여서라도 목줄을 채워야겠지만, 그랬다간 적으로 돌아서 버릴 가능성이 있었다.

반면, 교사로서 그는 우수했다. 손녀의 장래를 바라보고 마법의 위험성을 설파했을 뿐 아니라 어떤 마도사를 목표로 할지 스스로 생각하게 했다.

일부이긴 했지만, 어떤 파벌들은 마도사는 싸우는 것이 존재 이유며 그것 말고 다른 길은 없다고 단언할 정도로 호전적인 방침을 내걸고 있었다.

하지만 제로스는 『삶을 윤택하게 하는 마법이 있어도 된다』고 잘라 말했고, 백성의 삶을 위한 마법을 모색하겠다는 식으로 말했다.

이런 태도로 미루어 볼 때, 억지로 군부에 넣으려고 했다가는 적대 의사로 간주할 것 같았다. 그리고 섣불리 건드리면 바로 모습을 감추어 버리리라. 황금알을 낳는 오리의 배를 가르는 격이었다. 그러나 그도 전쟁 외의 일이라면 충분히 협력해줄 것 같은 인상이었다.

솔리스테어 마법 왕국이라는 이름을 내세우고는 있으나, 사실상 군사 국가의 경향을 띤 나라라서 섣부른 행동이 생사를 좌우할 수도 있었다. 그래서 크레스톤도 우수한 마도사 후계자를 간절히 원했던 것이다.

더욱이 백성에게 공헌하는 마도사는 생각해 본 적도 없기에 눈이 번쩍 뜨이는 기분이었다.

"권력을 필요치 않고 백성을 위하는 마도사라……. 아무래도 그것만으로는 너무 막연하구먼."

"그렇지만 만약 그런 마도사가 있다면 이 나라 백성들도 마도사를 좋게 받아들여 줄 거예요. 마도구도 그렇지만, 요컨대 마법은 쓰기 나름이지 않을까요?"

"그렇구나. 백성에게 오만하게 굴어 비난받는 녀석이 허다한 게 실정이니 말이다."

마도사는 오만한 귀족과 같은 수준으로 미움받는다. 때로는 나라에서 엄중히 주의 권고를 내리는 경우도 있지만, 비난한들 곁에 있는 귀족들이 그것을 무마시켜 버렸다. 어떻게 보면 국적(國賊)이라고 불러도 될 행위였다. 그러나 사실상 나라를 움직이는 것은 국왕이 아니라 귀족 관료였고, 부정도 뇌물을 주면 쉽게 흔적을 지워주는 판국이었다.

"나 원 참…… 골치 아픈 문제야."

"차라리 선생님이 필두가 되어서 마도사를 관리, 감독하면 좋을 텐데……."

"제로스 공은 그런 일은 맡지 않을 게다. 적대하게 된다면 또 모르겠지만……."

생명의 은인에게 중책을 떠맡기는 것은 도리가 아니었다. 게다가 『조용한 땅에서 은둔 생활을 하고 싶다』고 말하는 이상 강요할 수도 없었다. 하지만 그럼에도 제로스에 대한 평가는 급상승 중이었다.

전 공작은 나라의 앞날을 생각하면 마도사들의 파벌 개혁 때문에 머리가 아팠다.

즐거우리라 기대한 손녀와의 대화는 이렇게 정치적인 이야기로 이어지고 말았다.

이 은거 노인은 아직 직업병이 낫지 않았나 보다.

참고로 제로스는 별장 정원에서 밭일로 땀을 흘리며 오늘 하루를 마무리했다.

아저씨는 뼛속까지 취미 농민이었다.

 ## 제6화 아저씨, 실전 훈련을 시작하다

세레스티나에게 마법을 가르치는 가정교사를 시작한 지 이틀째.

이번 수업은 정원에 나가서 골렘과 싸우는 것이었다.

제로스가 불러낸 것은 진흙으로 만든 【머드 골렘】이었다. 레벨은 모두 3 언저리로 설정했다. 왜 이런 무술 수행이나 다름없는 훈련이 이루어지느냐면…….

「마도사라도 근접 전투를 할 수 있느냐 없느냐로 생존율이 달라집니다. 실제로 전투 중에 마력이 고갈돼서 아무것도 못 한 채 마물에게 쫓겨 다니는 마도사가 많아요. 딱히 검사 수준으로 강해질 필요는 없습니다. 그래도 어느 정도 약한 마물은 바로바로 처리할 수 있는 게 이상적이라고 봐야죠」라는 이유에서였다.

이 의견은 대강 정답이었다. 일반적으로는 게임에서처럼 마력이 떨어진 마도사는 남의 발목만 잡는 존재였다. 이 세계에서는 그것이 공통된 인식이며, 애당초 근본적으로 연구자인 마도사가 격투를 벌이는 일은 좀처럼 없었다.

전쟁터에서 마도사의 역할은 대포와 같아서 마력이 바닥날 때까지 끊임없이 적에게 원거리 포격을 반복한다. 이것은 한때 마도사가 연구자였던 시절의 잔재였다. 하지만 시대의 흐름에 따라 그들이 전쟁터에서 지휘권을 얻게 된 후부터 마도사와 기사단 사이의 대립이 시작됐다.

기사단은 마도사에게 엄호 공격이나 교란 등 후방 지원을 바라는데, 마도사는 그것을 거부하고 포격밖에 쏘지 않았다. 게다가 다른 보조 마법이나 마도구를 병용하면 전선에서도 활약할 수 있을 것 같은데 그들은 그것도 거절했다. 그런 상황에서 그들이 거만한 태도를 취하니 기사단과의 마찰이 생긴 것이었다. 솔리스테어 마법 왕국에서는 이런 기사단과 마도사단의 험악한 관계가 문제시되고 있었다.

왕성 회랑에서 마도사단의 마도사단장과 기사단의 기사단장이 서로 얼굴을 마주치면 시비조로 말이 오가는 것이 일상이었다. 가까운 미래에 내전이 발발하는 것 아니냐며 백성들이 입을 모아 수군거릴 정도였다.

왕족은 어느 쪽도 편들지 않았다. 솔리스테어 대공작도 함부로 개입할 수 없어서 지금은 조용히 지켜보기로 마음먹고 방관할 따름이었다. 그 와중에 귀족들은 파벌을 둘로 나누어 서로 으르렁대고 있었다. 더불어 마도사단 내부에도 여러 파벌이 있어서 사태는 더욱 복잡했다.

불에 기름을 붓고 있는 상태이므로 왕족도 함부로 손을 대거나, 한쪽을 편들지 못하고 있었다. 그렇게 되면 다음으로 주목받는 것은 중립이면서 왕위 계승권을 가진 공작가였고, 기사와 마도사 양 파벌은 모두 공작가를 자기 진영으로 끌어들이기 위해 물밑에서 암약하는 지경이었다.

그 상황에서 마도사의 작은 파벌들이 서로 발목을 잡기 시작하자 정세는 더더욱 혼돈으로 치달았다.

식객인 아저씨 마도사는 이 이야기를 듣고 어이가 없어서 기도 차지 않았다.

"마도사라도 격투는 할 수 있는 게 나아요. 대규모 전투는 살아 움직이는 생물과 같아서 무슨 일이 벌어질지 모르거든요. 언제든 안전한 곳에서 공격할 수 있다고 믿는 건 모자라도 한참 모자란 생각이죠."

"그건 전황에 따라서는 『퇴각조차 하기 어려운 상황이 생길지도 모른다』는 말씀이신가요?"

"그렇죠. 일반적으로 마도사는 전방에서 벽이 되는 중장병이나 유격 담당인 검사와 연계해 보조나 원호를 할 뿐 아니라 때로는 전열을 유리하게 하기 위해 큰 기술로 적진을 흐트러뜨리는 것이 주된 역할이라고 할 수 있습니다. 무대 뒤의 숨은 공신, 현모양처 같은 역할이 마도사 본연의 이상적 싸움 방식이라고 저는 생각해요."

일반적인 마도사는 검사에 비해 방어력이 낮고 중장비를 걸친 중장병이나 매서운 타격이 특기인 전사에 비해 공격력이 낮았다. 하지만 훈련 여하에 따라서는 중장비만큼은 아니더라도 어느 정도 방어력을 갖출 순 있었다. 그렇게 되면 마법뿐 아니라 검으로 공격할 수도 있어서 전략의 폭이 넓어지고, 상황에 따라서 유격에 참여할 수 있는 다재다능한 직종도 될 수 있었다.

바꿔 말하면 이도 저도 아닌 인간이 되기 쉽다는 뜻이었지만, 그 다재다능함을 어떻게 활용하느냐에 따라서 활약할 기회는 늘어날 것이다.

뭐가 어찌 됐건 제 몸을 지키는 기술은 필요했다. 가능한 일이 많으면 전쟁터에서 살아남을 확률도 높아지게 마련이었다. 이 훈련은 싸우는 법을 배움과 동시에 생존율을 높이는 훈련이기도 했다.

"오히려 마도사는 전열에게 고마워할 줄 알아야죠. 후열을 담당하는 마도사는 그들을 엄호하고 상황을 유리하게 이끄는 게 역할이니까요. 서로 입장 차이로 파벌 싸움을 하는 건 부질없는 짓이에요. 물론 엄호뿐 아니라 마법으로 공격도 하겠지만, 주문을 욀 수 있는 건 전열이 막아주는 덕분입니다. 전황에 따라서는 마도사도 전선으로 나가서 엄호하거나 직접 공격하는 일도 있어요. 그런데 서로를 적대시한다니, 그건 나라를 지키는 사람으로서 좀 아닌 것 같은데……."

"역시 선생님이세요. 실전을 꿰고 계신 분답게 말에 뼈가 있네요."

"음…… 기사단과 마도사단도 그런 마음가짐을 가져준다면 좋겠지만, 당분간은 어려워. 그 녀석들 머리가 워낙에 굳어 있어야 말이지."

훈련이 실전 형식이라서 손녀를 지켜보기 위해 크레스톤도 감시 역할로 참가하고 있었다. 실상은 한가한 시간을 때우기 위한 구실에 지나지 않지만……. 이 노인은 손녀를 끔찍이도 아끼기 때문에 조금씩 성장하는 모습을 가까이에서 보고 싶을 뿐이었다.

아저씨는 이 할아버지도 조금 정상은 아니라고 생각하기 시작했다.

"예부터 『마법사는 마력 없으면 시체』라고 하죠. 마력 고갈로 움직일 수 없는 약점을 메우기 위한 훈련을 합시다. 상대방은 약하다고 해도 골렘이니까 거리낌 없이 공격할 수 있고 근접 전투 스킬을 배울 수 있다는 덤까지 따라옵니다. 약해도 수가 많으니까 되도록 적과의 간격을 생각하면서 행동하시고, 때로는 마법도 쓰면서 생각나는 대로 이것저것 시도해 보세요. 공격 마법은 비장의 무기라고 생각하시고요."

"이런 호화로운 훈련은 처음이에요. 골렘을 쓴다는 방법은 생각도 못 해 봤어요."

"머드 골렘은 우수하죠. 공격력은 약해도 계속 재생하니까 성가실 겁니다. 사망자를 내지 않는 실전 훈련에는 이만한 상대가 없죠."

"집단 전투에서는 성가시지만, 그걸 극복하면 근접 전투 능력은 향상되겠지. 게다가 골렘은 인위적으로 만들었어도 마물로 취급되니까 실전을 체험하기에는 딱 좋은 상대란 말이군?"

마물을 쓰러뜨리면 들어오는 경험치는 마물의 영혼을 구성한 원시 마력을 자신의 영혼에 거둬들여서 능력을 높인다는 원리다. 이런 레벨 업을 이 세계에서는【격을 높인다】라고 하며, 마물을 쓰러뜨리면 스킬 레벨과 신체 레벨을 대폭 높일 수 있다. 그리고 마법을 사용해서 마력 고갈 상태가 되면 미미하게나마 자신의 마력을 높이는 효과를 기대할 수 있다.

하지만 그러기 위해서는 레벨이 동떨어져 있어야 하며, 대량으로 골렘을 만들려면 그만한 양의 마력이 필요하다. 그 점에서 제로스는 파격적인 마력과 레벨을 지녀 이 정도 골렘이라면 얼마든지 만들 수 있었다. 물론 실전 훈련이기 때문에 세레스티나는 학교 지정 로브뿐 아니라 그 위에 지정 무구를 장비했다.

그리고 무기는 마도사답게 핸디 타입 메이스였다.

"그럼 바로 훈련을 시작할까요? 약해도 방심하면 다치니까 충분히 주의하세요. 그리고 장기전은 꽤나 힘들 테니까 마력은 스스로 생각하며 아껴야 합니다. 뭐, 위험하다고 판단하면 제가 알아서 멈추겠지만요."

마력 조정은 당연히 자신이 보유한 마력 잔량을 감각적으로 알기 위해서이며, 이것을 게을리하면 생각 없이 마력을 소비해 패배하게 된다.

이것은 훈련이지만, 실전에서는 마력 잔량이 생사를 좌우한다. 그것을 감각적으로 익히고 자신의 한계를 알기 위한 가혹한 훈련인 것이다.

세레스티나는 의욕으로 충만했다.

그녀는 마법을 쓸 수 없었기 때문에 이런 전투 훈련은 늘 견학하는 신세였다. 그래서 이 훈련은 세레스티나 본인이 마도사가 된 증거이자 바라 마지않던 일이었다. 의욕에 불타지 않을 리 없었다. 그런 마음과는 별개로 머드 골렘이 동시에 움직이기 시작했다.

골렘 자체는 생물이 아니므로 핵을 파괴하면 쉽게 쓰러진다. 하지만 쓰러진 수만큼 제로스가 보충할 것이므로 끝없이 싸워야 한다. 이 훈련의 목적은 무기 사용 숙달과 마법 속성 스킬, 체술 스킬을 동시에 올리는 것으로, 꽤나 난폭한 훈련이라고 할 수 있었다.

"에이이이이이이이이잇!"

세레스티나는 메이스로 과감하게 치고 나가 겁먹지 않고 골렘을 분쇄해 나갔다.

귀여운 목소리와는 달리 흉악한 무기를 휘둘렀고, 일격이 들어가면 진흙이 흩어지며 머드 골렘은 금세 흙덩어리로 변했다.

왼쪽에서 달려든 골렘을 날려 버린 그녀는 때로는 단숨에 골렘의 몸 안쪽으로 파고드는 대담함을 보였다.

"왠지 근접전에 익숙해 보이는데……. 호신을 위해 격투술을 가르치셨나요?"

"아니, 가르친 적 없네. 내 짐작이지만, 실전을 상정하며 훈련을 바라보면서 자기 나름대로 어떻게 움직여야 하는지 생각했던 것 아닐까? 발놀림이 어설프고 조금 조마조마하잖나."

"상상 훈련인가요……. 생각지도 않은 재능이네요. 큰맘 먹고 마법 검사를 노리는 것도 괜찮지 않을까요?"

"흠…… 그것도 나쁘진 않네만, 저 아이가 마도사를 꿈꾸는데 억지로 검사로 키울 필요가 있겠나?"

"저는 마법 검사지만, 주먹으로도 싸울 수 있는데요? 같은 레벨의 검사에게는 못 이기지만."

"자네를 기준으로 하는 게 잘못이야, 이 사람아. 보통이면 돼, 보통이면……."

세레스티나는 처음에는 어렵지 않게 골렘을 쓰러뜨렸다. 하지만 그것도 오래 가지 않았다. 훈련 개시 10여 분이 지나자 몸동작은 차차 둔해졌고 머지않아 서서히 내몰리기 시작했다. 원래 검사 훈련을 받지 않은 세레스티나는 페이스 분배 따위 처음부터 염두에 두지 않았으리라. 그 몸놀림은 피로로 인해 느려졌고 차츰 골렘의 공격에도 맞게 됐다.

"여기부터가 고비입니다. 이 궁지를 어떻게 극복할지가 근접 전투에서는 가장 중요한 부분이죠. 마법을 써서 궁지를 벗어나는 것도 하나의 방법이겠지만, 상황을 이해하고 최선의 방법을 선택하는 것이 마도사의 진정한 역량 아니겠습니까."

"그런 건 실전에서밖에 배울 수 없지. 저 아이에게는 괴로운 시간일 될 게야."

"하지만 꾸준히 하면 그만큼 몸에 익습니다. 세레스티나 양의 기량도 연마되고 전투 기술도 현저하게 좋아질 거예요."

"그 전에 근육통으로 드러눕지 않겠나?"

근육통은 더 강한 육체로 변하기 위한 진통이다. 참된 의미로 마도사가 되기 위해서는 신속한 몸놀림과 상황 판단이 필요하다. 이 괴로운 시간은 그것을 배우기 위한 더없이 좋은 기회였다.

아무리 강해도 숫자에 밀려 패하는 강자는 언제나 존재했다. 그것은 자신의 힘에 도취해서 목숨을 건 싸움을 가벼이 여겨 발생하는 인재(人災)였다.

강한 마물도 숫자로 밀어붙이면 질 때가 있었다. 물량을 뒤집을 만한 상황 판단이 가능해야 하고 그 상황 여하에 따라서는 후퇴 또한 중요했다. 이것은 그 사실을 배우기 위한 훈련이기도 했다.

"이거…… 제법, 힘드네요……."

세레스티나는 자기 생각이 안일했다고 실감했다.

골렘은 쓰러뜨려도 다시 솟아나는데, 둘러싸여 공격당하면 손쓸 방법이 없었다. 이찌어찌 마법을 사용해 퇴로를 만들려고 해도 골렘은 멈추지 않고 덤벼들었다.

약하다고 생각해서 처음부터 치고 나간 것이 애초에 실수였다. 접근하는 골렘만 확실하게 대처해야만 했다.

골렘은 핵을 파괴하지 않으면 바로 부활하는 특성이 있었다. 핵을 부수지 못하고 방치한 골렘은 재생했고 세레스티나는 열세에 밀릴 수밖에 없었다.

이것이 이 훈련의 악랄한 점, 약한 적을 끝없이 공격해야 하는 것이었다.

솔직히 끝이 보이지 않아 막막하기 그지없는 훈련이었다.

"이대로 가면 밀릴 거야. 어떻게든 퇴로를……."

공격을 피하고, 때로는 메이스를 휘두르면서도 세레스티나는 이 포위망을 뚫을 최고의 포인트를 찾았다. 점차 초조함이 더해가는 가운데, 그녀는 마법을 날리면서 주위를 계속 살폈다.

이 훈련의 의미를 사전에 들었기 때문에 어느 정도 예상은 했지만, 실제로 체험하자 상상 이상으로 성가신 훈련이었다.

골렘 자체의 움직임이 느려 마법을 쓸 기회는 있었지만, 무턱대고 난발하면 금세 마력이 고갈되어 쓰러질 것이었다. 믿을 것은 메이스뿐이었지만, 초반에 너무 기력을 소모한 탓에 팔이 무거워 생각대로 머드 골렘을 쓰러뜨리지 못하는 지경에 이르렀다.

남은 것은 손에 장착한 버클러인데, 이것은 치명상을 피하기 위한 가벼운 방패라서 움직일 때는 편해도 방어는 영 미덥지 못했다. 이렇게 포위된 상황에서 필요한 것은 기사가 입는 갑옷일 것이다.

세레스티나가 머리를 굴리는 와중에도 골렘이 팔을 휘둘러 공격해 왔다.

"꺅?!"

버클러로 간신히 막았지만, 적이 스톤 골렘이었다면 죽었을 것이다. 그렇게 생각하자 이루 말하지 못할 만큼 분한 마음이 치밀었다.

조금이라도 골렘의 수를 줄이기 위해서 위험을 감수하고 골렘을 메이스로 쓰러뜨리며 퇴로를 확보했지만, 옆에 있는 아저씨 마도사가 머드 골렘을 족족 만들어 냈다.

조금 짜증을 느끼면서 휘두른 메이스가 골렘을 깨부수자 진흙이 세레스티나에게 튀어 옷에 묻었다. 머드 골렘은 몸을 구성하는 물질이 진흙이므로 직격을 맞아도 기본적으로 피해는 없었다. 하지만 재생력이 높아 세레스티나의 자세가 조금이라도 흐트러져 틈이 생기면 태세를 정비하는 사이 포위망을 좁혀 왔다.

다시 휘두른 메이스가 골렘 두 마리를 파괴했다.

"냉정하게, 틈을 내주지 않고…… 마법은 확실하게……."

움직임이 느리다면 그 점을 찌르면 된다고 판단한 세레스티나는 우측 집단으로 함성을 지르며 무작정 돌격했다. 머드 골렘 자체는 연약하고 정확하게 핵을 부수면 쓰러지므로 확실하게 살아남을 수 있는 판단을 내린 것이었다.

이것은 학교 실전 훈련 견학 중에 자신이 포위당하면 이렇게 행동하겠다는 계획을 세우고 머릿속으로 시뮬레이션을 거듭해 왔기에 가능한 일이었다.

견학을 싫어하던 세레스티나가 설마 그 견학 덕분에 초보자보다 능숙하게 싸울 수 있을 것이라고는 솔직히 예상하지 못했으리라. 무엇이 어떻게 도움이 될지, 세상일은 모르는 법이었다.

"마력이여, 순환하라. 내 힘이 되어…… 【파워 부스트】."

세레스티나는 신체 능력을 끌어올리는 마법을 써서 일시적으로 전투력을 향상시켰다.

그리고 무모하지만 머드 골렘을 밀어 버리고 완충 지대를 만드는 데 성공했다. 이제는 가장 포위망이 약한 곳을 찾아 돌파할 뿐이었다.

세레스티나는 마법을 쓸 시간을 벌고자 주위 골렘을 소탕하고 마력을 집중해 마법식을 형상화할 준비에 들어갔다.

"뚫어라, 물줄기. 부정을 씻어라, 사나운 물뱀…… 【아쿠아 제트】."

위력은 약하지만 골렘 정도는 쓸어버릴 수 있는 물 마법이었다. 지근거리에서 관통한 마법은 후방의 머드 골렘까지 쓰러뜨렸고, 세레스티나는 그 틈에 달려 나갔다.

이것은 원래 단발 관통 마법이지만, 숙련도가 높아지면 여러 적을 말려들게 할 위력을 가지게 된다.

머드 골렘을 구성한 요소는 진흙이라서 질량이나 열량이 있는 마법에는 비교적 약했다. 그래서 한 번 공격을 받으면 쉽게 몸이 붕괴했다.

집단으로 포위했어도 방어력은 약하므로 관통력 있는 마법으로 손쉽게 쓰러뜨릴 수 있었다.

포위망에 구멍이 생기자 세레스티나는 그 좁은 길을 향해 뛰었다.

"됐다! 빠져나왔어요!"

"그건 조금 안이한 생각이네요. 방심하는 순간 죽는 경우도 있습니다."

"앗?!"

제로스의 말과 동시에 세레스티나의 발에 무언가가 달라붙었다.

그녀는 그곳에서 발이 묶여 달리던 기세 그대로 고꾸라졌다.

"꺄아아아아아아아아아아아아아?!"

첨벙——!

세레스티나는 자기가 만든 물웅덩이에 그대로 처박히고 말았다.

"아야야…… 뭐야……."

확인해 보자 그녀의 발에 머드 골렘의 팔이 달라붙어 있었다.

그것도 이상하게 길게 늘어난…….

"설마……."

"네, 그 설마가 맞습니다. 【아쿠아 제트】로 쓰러뜨렸다고 생각했
나 보지만, 실은 딱 한 마리 살아남아 있었나 보군요. 완전히 안전
을 확보한 상황이 아니라면 마지막까지 긴장을 풀지 마세요."

"이, 이럴 수가~. 조금만 더 하면 포위망에서 빠져나올 수 있었
는데……."

"그렇게 낙담하지 마세요. 첫 실전 훈련치고는 잘했다고 생각합
니다. 레벨도 오른 모양이고요. 오히려 성공적이에요."

"으으…… 분해요……."

진심으로 풀이 죽었다.

"시작하자마자 너무 열을 낸 게 실수였군요. 움직임을 보면서
싸우면 조금 더 오래 버텼을 텐데……."

"나중에 깨달았어요……. 조금 흥분했었나 봐요."

"실전 훈련이 그렇게 기뻤나요?"

"네. 항상 견학만 하고, 끝나면 동급생에게 바보 취급받았으니
까요……."

"그런 것치고는 잘 움직였어요. 뭐, 아슬아슬하게 합격점이라고 봐야죠."

"턱걸이예요……? 앞길이 머네요."

아무래도 본인이 납득하지 못하겠는지, 진심으로 분해하고 있었다.

세레스티나는 앞길이 멀다고 말했지만, 제로스의 생각은 그렇지 않았다. 그녀는 견학으로 키운 예측력과 상황 판단력만으로 머드 골렘의 포위망을 뚫었다. 한 달 후면 충분한 전력으로 성장하리라 기대할 수 있었다. 그렇게 되면 진짜 실전 훈련도 가능할 것 같았다.

"오늘은 여기까지. 내일도 전투 훈련을 할까요? 마법식 강의는 오후부터 해도 되니까."

"정말인가요?! 꼭 부탁드릴게요."

"알겠습니다. 그럼 오늘 전투 훈련에서 배운 점은 내일 활용해 보세요. 저는 아무 말도 안 하겠습니다. 실전에서는 싸우는 방법을 가르쳐주는 사람이 없으니까 스스로 전투 스타일을 갈고 닦아야죠. 지는 것 또한 공부입니다."

"윽…… 선생님, 엄하시네요. 이게 실전이구나……."

"그런가요? 죽을 걱정 없이 훈련하는 건 행복한 일이라고 생각하는데. 싸우기 전부터 준비할 수 있으니까 전쟁 때처럼 허둥댈 필요도 없고요."

이스톨 마법 학교에서는 전투 스타일이 정해져 있어서 학생들이 모두 똑같은 방식으로 싸웠다.

하지만 그 훈련에는 언제나 개인차가 있었다. 모든 학생에게 그 전투 스타일이 맞다고는 할 수 없었다.

개중에는 검으로 싸우기 좋아하는 사람이 있는가 하면 도끼나 창으로 싸우고 싶은 사람도 있을 것이다. 그런 만큼 정해진 형식을 강요하는 것은 시기상조라는 생각이 들었다.

"자신에게 맞는 싸움 방식을 발견하는 것도 훈련 목적 중 하나죠. 다양하게 시험해 보고 실패하면 돼요. 거기에는 이런저런 교훈이 굴러다니니까요. 그냥 시키는 대로 훈련만 해선 응용력이 성장하지 않아요. 같은 일을 반복하는 정도로는 이도 저도 아닌 사람이 될 것 같으니까 이번에는 구태여 스스로 싸움 방식을 생각하는 방향으로 갑시다."

"실패해도 된다는 건…… 행복한 일이었네요."

"네……. 저도 이런저런 실수를 저질렀죠. 교훈을 얻고 활용할 수 있다면 실패는 절대 부끄러운 일이 아닙니다. 몇 번이든 실패하고 경험하도록 하세요."

제로스는 인생에 실패했다. 그것도 원래 세계에서의 이야기이지만…… 그 말에는 어떤 무게가 실려 있었다.

"그러고 보니 학교에서는 어떤 전투 훈련을 하죠? 그런 시설과는 인연이 없었거든요. 참고삼아 듣고 싶네요."

"고블린을 모아서 훈련장에서 싸워요. 저는 관람석에서 대기했고요……."

"……그게 더 호화롭지 않냐?"

제로스는 무심결에 경박한 말투로 대답해 버렸다.

고블린을 생포해서 우리에 넣고 운반해 오는 수고를 생각하면 예산 면에서는 골렘이 훨씬 효율적이고 좋았다. 무엇보다 필요한 것은 마력뿐이니까 실질적으로 무료였다.

하지만 그렇게 골렘을 생성할 수 있는 마도사가 한 명도 없으며 기껏해야 한 명당 1~6마리를 만들면 다행인 편이었다. 게다가 마력이 고갈되기 때문에 교사가 쓰러지면 골렘이 움직이지 않는다.

마도사 여러 명이 연계하면 군단 규모로 만들 수 있겠으나, 파벌 싸움을 하는 상황에서 서로 손을 잡을 리 없었다. 그런 고로 예산에 맞춰 마물을 잡아 올 수밖에 없기에 상당한 금액을 지출하고 있으리라. 냉정하게 생각하지 않아도 엄청난 적자였다.

"이스톨 마법 학교…… 예산은 괜찮아요? 예상하건대 여기저기서 기부금을 모으고 있겠지만, 예산을 생각하면 적자를 면치 못할 것 같은데……."

"매년 거액을 뜯어내려고 찾아온다네. 흐음…… 많은 마도사로 골렘 군단을 만들어 집단 전투 훈련이라……. 좋은 생각이지만, 파벌 녀석들이……."

"대립이 그렇게 심한가요? 돈이 없어도 연구는 얼마든지 할 수 있을 텐데."

마법 문자를 해독하지 못하는 마도사는 언제나 주먹구구식으로 마법식을 개량했다.

당연히 엄청난 시간을 소요했다. 제로스와 달리 그들은 모르는 것이 너무 많았다.

"자네는 그렇겠지만, 다른 녀석들은 생계가 걸린 문제일세. 돈

없이는 아무것도 못 해. 뭐, 태반은 착복하지만……."

"성과 없는 파벌은 없애면 그만이잖아요? 그걸 이유로 세력을 깎으면 편할 거 같은데. 아무것도 남기지 않고 돈만 축내는 것들은 필요 없잖습니까?"

"흠…… 일고의 여지는 있구먼. 자네가 개량한 교본을 설득 재료로 쓸 수 있을지 모르겠어……."

"이름은 밝히지 마세요. 귀찮은 일은 사양하고 싶습니다."

"선처는 하겠네만, 어디서 정보가 새어 나갈지는 나도 몰라. 자네는 너무 눈에 띄어."

"딴에는 눈에 안 띄게 살고 있는데 말이죠……."

겉모습은 수수해도 행동이 너무 화려했다.

애초에 게임을 시작할 때부터 있는 기본 마법은 효율이 낮아서 제로스는 자작 오리지널 마법이나 개조 마법을 사용했다. 목격당하면 소문나기 십상이었다.

"공격 마법이라도 마력을 제어할 수 있으면 얼마든지 출세할 수 있을 텐데……. 위력을 줄여서 배를 가속하거나 물 마법으로 하수 처리를 하거나, 땅 속성 마법으로 무게를 줄이면 운반도 쉬울 테고요. 응용하려는 생각은 없는 걸까요?"

"으음, 그런 사용법이 있었나. 공격 마법은 전투에만 쓸 수 있다고 생각했어. 레벨이 낮은 마도사라도 수익을 올릴 방법이 늘어나겠군. 참고할 만해."

"요컨대 쓰기 나름입니다. 한 가지 방법에만 구애되니까 시야가 좁아지죠. 마도사는 세상에 받아들여져야 비로소 가치가 있다고 생각하는데 말입니다."

"맞는 말일세. 권력에 집착해서 백성에게 비난이 쇄도하고 있으니 지금 개혁하지 않으면 계속 썩어 갈 게야. 큰맘 먹고 파벌의 힘을 약화시켜야 하나?"

제로스는 속으로 「이미 늦지 않았나?」라고 생각했지만, 입 밖으로 꺼내지는 않았다.

나라에 의견을 내는 것은 정치에 관여하는 일이었다. 생각을 잡담처럼 떠드는 것은 상관없지만, 거기서 한 걸음 나아가면 돌아올 수 없는 미지의 영역이었다.

일개 가정교사에게는 감당하기 어려운 이야기였다.

"마도사 알선 조직이라도 만들면 좋겠지만, 마도사 자체가 적다고 하셨죠?"

"육성에 시간이 걸리는 게 문제라네. 일반적인 마도사는 대다수 전투 특화이고 말일세."

"하지만 일반 마도사가 더 강할걸요? 근접 전투도 가능하고, 용병으로 활동하고 있다면 금상첨화죠."

"마도사단은 근접 전투를 하지 않으니까…… 질이 나쁘겠지."

마도사단은 어디까지나 전투 보좌와 연구가 메인이라서 용병 마도사보다 약한 것은 당연했다.

무엇보다 용병 마도사는 생활과 목숨이 직결되기 때문에 그만큼 진지했고, 경험에 따라서 레벨이 다르지만 삶에 대한 집착이 강했다. 그래서 다양한 전투 경험을 거름 삼은 그들은, 책상머리에서 끙끙거리며 권력욕으로 똘똘 뭉친 마도사보다는 쓸 만한 이들이었다.

"학식은 없어도 쓸 만한 용병 마도사와 엘리트 의식은 강한 주제에 약한 마도사. 어느 쪽을 고르느냐에 따라서 나라의 방향성도 변하지 않을까요?"

"마법 연구를 소홀히 하는 한이 있더라도 병력을 확보하라는 겐가?"

"어차피 자기네끼리 발목 잡기 바쁜 쓸모없는 마도사라면 없는 편이 낫지 않을까요? 기사단과 연계할 수 있는 마도사가 훨씬 중요하다고 생각하는데요."

"이 나라…… 일단은 마법 국가네만?"

"그 마도사가 너무 쓸모없으니까 이러죠. 권력을 얻어서 어쩌자는 건지, 원."

마법 왕국이라고 해 봤자 이 나라의 실상은 군사 국가였다. 마법 연구는 군사력 강화가 주된 목적이었고 그 연구 성과는 백성에게 환원되지 않았다. 파괴력 있는 마법 연구에만 힘을 쏟았지만, 성과가 전혀 나오지 않는다면 없느니만 못하다는 생각이 들었다. 오히려 간단해서 제어하기 쉽고 농민과 상인 등 모든 국민이 쓸 수 있는 마법을 개발하는 편이 좋은 돈벌이가 될 것이었다.

물론 그런 마법이 폭넓게 보급되면 마도사의 가치도 떨어지고 권력에 매달리기 어려워질 가능성이 높았다. 유능한 사람이 위로 올라오고 무능한 자는 떨어져 나간다. 일반 사회에 공헌할 수 있는 제도는 유용하지만, 욕심에 눈이 먼 마도사가 방해할 것이 뻔했다.

실제로 마법 학교 교본이 체가 되어 세레스티나처럼 마력이 낮은 사람은 바로 걸러 냈다. 심지어 교육 자체가 편향된 것이 많았다. 어떻게 생각해도 파벌에게 유리하게 작용하는 시스템이었다.

이래서는 유능한 마도사가 자라지 않고 치우친 생각을 가진 무능력자가 양산될 뿐이었다.

"뭐, 생각해 봤자 소용없죠. 전 그냥 가정교사니까요."

"무책임하구먼. 자네가 필두가 되면 의외로 일이 잘 풀리지 않겠나?"

"무책임하니까 객관적으로 말할 수 있는 겁니다. 공직자가 되면 말을 골라 써야 하잖아요? 잘못하면 불경죄로 죽는다고요. 저는 사양하겠습니다."

성에서 일하면 신경 쓸 일이 많았다. 그런 생활은 극구 사양이었다. 제로스는 무책임한 야인(野人)을 고수하기로 했다. 조직의 수장은 고생이 많고 무엇보다도 성미에 맞지 않는다는 것을 스스로 잘 알기 때문이었다.

"그나저나 세레스티나 양이 조용한데 뭘 하고 있는……."

제자가 생각나서 돌아보자 그녀는 턱에 손을 대고 진지하게 조금 전 전투를 분석하고 있었다.

뭐라고 작게 중얼거리면서도 유효한 방식이나 실패한 경험을 어떻게 살릴지 생각하는 것이었다.

첩의 자식이라고는 하나 공작가 출신인 그녀는 뜻밖에도 이런 연구에 능했나 보다. 탐구자의 소질이 충분히 갖추어진 듯 보였다.

"더러워진 옷을 갈아입지도 않고 생각에 빠졌군요. 귀족 영애로서 할 행동은 아닌 것 같지만, 연구자로서는 충분히 자질이 있어

161

요. 대단한 집중력입니다."

"제로스 공이 보기에 티나에게 재능이 있어 보이는가?"

"충분히 있습니다. 무엇을 이룰지는 그녀의 노력에 달렸지만, 어쩌면 엄청난 재능이 꽃필지도 모르겠는데요?"

"그건 그거대로 기대되는군그래. 성장하는 손녀를 보는 게 내 제일 큰 기쁨이라네."

"그럼 당근과 채찍을 조금 줘 볼까요……."

"무, 무슨 짓을 하려고?"

크레스톤은 제로스를 교사로 고용한 것은 좋으나, 훈련이 조금 엄하다고 생각했다.

그런 제로스가 무슨 생각이 떠올랐는지 악질적인 웃음을 짓고 있었다. 할아버지는 불안해졌다.

"세레스티나 양."

"네, 넷?! 왜, 왜 그러시죠, 선생님."

"만약 두 달 안에 격이 50, 각 스킬이 세 개 이상 레벨 30을 넘으면 제 오리지널 마법 하나를 가르쳐드리겠습니다."

"저, 정말인가요?!"

"네. 위험하지 않고 무난한 마법이지만, 의외로 도움이 되는 마법입니다."

"어떤 마법이죠? 적어도 개요만이라도 알려주시면……."

"그건 목표를 달성했을 때 확인해주세요. 즐거움은 남겨 놓는 편이 좋으니까요."

제로스의 마법은 이 세계 기준으로는 헤아릴 수 없을 만큼 위험한 것이 많았다. 그중에서 도움이 되고 덜 위험한 마법을 전수받는다는 것은 세레스티나에게 특별한 의미를 가졌다.

쉽게 말해서, 사실상 그녀가 제로스의 제자로 인정받는다는 뜻이었다.

마법을 쓰는 귀족 자녀 대부분은 고명한 마도사의 제자이며, 그것은 사교계에서 일종의 스펙으로 작용했다. 그중에서도 오리지널 마법을 전수받는 사람은 후계자와 동일한 의미로 취급받았다. 학교 졸업 후 마도사단에 들어가 곧바로 윗자리에 앉게 되는 경우도 많았다.

하지만 세레스티나에게는 아무런 의미도 없는 칭호보다 마도사계 최고봉의 제자라는 사실이 몇 배나 매력적이었다. 오리지널 마법은 제로스에게 제자로 인정받는다는 증거니까 말이다.

그 사실이 그녀의 의욕을 크게 자극했다.

"열심히 할게요! 반드시 목표를 달성해 내고 말겠어요!"

"네, 열심히 해 보세요. 그런데 어서 옷부터 갈아입는 게 좋겠네요. 진흙으로 얼룩이 남을걸요?"

"앗, 그러네요. 그, 그럼 쉴례한니다!"

"아, 혀 꼬였다……."

이상하리만큼 들뜬 세레스티나는 옷을 갈아입고자 서둘러 뛰어갔다.

"대체 어떤 마법인가? 자네 정도 되는 마도사라면 공격 마법밖에 떠오르지 않네만……."

"음…… 그럼 한번 써 볼까요?"

"뭐야? 여기서 보여줄 수 있나?"

"네. 저한테 마법을 사용해 보시죠. 그것도 피할 수 없을 만큼 강력한 걸 여러 발……."

그것은 즉, 자신을 공격하라는 말이었다.

크레스톤은 제로스의 기량을 생각하면 괜히 걱정할 필요 없다고 판단했다.

늙은 마도사가 겁 없이 웃음을 지었다.

"흠…… 봐주지 않겠네."

"원하시는 대로……."

두 사람의 낯빛이 진지해졌다.

"연옥의 불꽃이여, 한 무리 용이 되어 적을 멸하라. 그는 황천에서 온 악한 파괴자…… 모든 것을 불사르는 자노라! 【드래그 인페르노 디스트럭션】!"

크레스톤 본인도 화염 계통 마법에 능하며 많은 무훈을 세운 실전파 마도사였다. 왕년에는 【연옥의 마도사】라는 이명(異名)까지 가졌었다.

그런 그의 마법 앞에서 제로스는 특별한 동작 없이 자연스럽게 선 채로 불꽃을 두른 용과 대치했다.

무리 지은 화염의 용은 사방팔방에서 사나운 파괴의 이빨이 되어 제로스에게 달려들었다.

"【백은의 신벽(神壁)】."

하지만 그 순간, 진홍색 화룡들은 보이지 않는 무언가에 꿰뚫려 순식간에 안개처럼 흩어졌다.

전방에서 다가온 화룡이 제로스가 아무렇게나 휘두른 팔 앞에서 양단되어 소멸했다.

"무, 무슨 일이…… 그렇군, 실드 마법이로군!"

"바로 맞추셨습니다. 사용자가 임의로 형태를 바꿀 수 있는 장벽, 그것이 이【백은의 신벽】입니다."

"이건…… 방패가 아니라 칼이지 않은가?! 마도사의 천적이라고 해도 과언이 아니야."

【백은의 신벽】은 특성상 사용자의 의지에 따라서 형태를 마음대로 바꿀 수 있었다.

마력 소비도 비교적 적으며 방출계 마법에 대한 막강한 카운터 능력을 갖췄다.

원래 방출계 마법은 마력을 집중해서 속성을 변이한 것이 많다. 그리고 방금처럼 생물의 형태로 구현하는 마법은 한 점을 찌르면 마법 구성이 파괴되어 흩어져 버린다.

제로스는 이 장벽으로 주위에 침봉 같은 무수한 가시를 세워서 화룡을 없앤 것이었다. 동시에 이 공격은 근접전에서도 쓸 수 있어서 설령 검술 실력이 형편없더라도 원거리에 있는 적을 난자할 수 있었다.

"이건 파격적인 마법일세. 마도사는 상대할 방법이 없지 않은가?"

"광범위 마법으로 집중적으로 노리면 끝입니다. 하지만 실용적인 마법이라서 비장의 무기로도 쓸 수 있죠. 연비도 좋고 무엇보다 귀찮지 않아요."

"귀찮지 않아? 무슨 말인가?"

"무기가 닿지 않는 곳에서도 공격할 수 있거든요. 먼저 적을 쓰러뜨리면 안전은 보장되는 셈이니까요. 마력 조작을 못 하면 의미가 없지만 말이죠."

"끄으응…… 보이지 않는 칼을 늘려서 공격할 수 있단 건가."

"사용한 마력량에 따라서 강도는 변하지만, 처음 보는 상대는 거의 확실하게 쓰러뜨릴 수 있습니다. 대처할 수 있는 사람은 어지간히 실력이 뛰어나거나 단순히 엄청나게 높은 공격력으로 밀어붙이는 마도사 정도겠죠."

성가신 마법이었지만, 그것을 귀여운 손녀가 얻을 수 있다니 크레스톤은 웃음을 감출 수 없었다.

그야말로 공방 일체의 장벽이었다. 세레스티나가 이 마법을 배우면 일정 수준 이하의 마도사는 절대 그녀를 이길 수 없으리라.

"점점 티나의 장래가 기대되는구먼. 그 아이는 장래에 뭐라고 불리게 될까……."

"이명이라니 부끄럽네요. 세레스티나 양의 성격으로 봐서 만약 별명이 붙으면 부끄러워서 침대에서 못 나오지 않을까요?"

"그건 그거대로 보고 싶어. 앞으로 두 달간 참 즐거워질 것 같은 예감이 드는구먼."

"그게 보고 싶으세요?"

크레스톤의 손녀 사랑은 끝이 없었다. 이쯤 되면 이제 무슨 병인지도 모르겠다.

아저씨는 그런 노인의 모습에 한숨을 쉬면서 저택 안으로 돌아갔다.

정원에 대량의 진흙을 남긴 채로…….

 ## 제7화 아저씨, 마을로 나가다

이세계 생활을 시작한 지 벌써 2주일이 지났다. 이 환경에도 익숙해지기 시작한 제로스는 이제야 하나의 문제를 깨달았다. 그것은 그가 이 세계에 와서 아직 한 번도 마을을 돌아보지 못했고, 동시에 이 세계의 화폐를 가지지 못했다는 것이었다.

평소에는 세레스티나의 가정교사 노릇과 공작가의 별장인 고성에 있는 농장에서 땀을 흘렸고, 여유가 있으면 서고에서 책을 읽거나 지식을 찾아 정보를 수집하며 시간을 보냈다. 사람과의 교류도 종종 기사들과 검으로 대련하는 게 고작이었다.

이 세계 사람들의 삶을 모른 채 어떻게 이 세계에서 살아가겠는가?

마치 어디 사는 위정자가 깨달음을 얻은 것처럼 제로스는 바로 마을에 나가기로 결심했다. 사실 단순히 금연 생활이 이어져서 담배가 피고 싶었을 뿐이었지만 말이다.

마음을 굳힌 제로스는 저택 문을 열고 나갔다.

"자, 그럼 가 볼까? 담배…… 팔고 있으려나 모르겠네."

참고로 크레스톤은 본가인 영주 저택으로 갔고 세레스티나는 실전 훈련 후 레슨이 있어서 보지 못했다. 참고로 그녀는 근육통에 시달리고 있었다.

때때로 스쳐 지나가는 사용인에게 인사를 건네며 제로스는 정문을 통해 밖으로 나갔다.

솔리스테어 대공작가 별장에서 나온 지 30분, 제로스는 드디어 도시로 나올 수 있었다.

넓은 숲 하나를 방벽으로 둘러싼 이 도시는 깎아지른 바위산을 등져 외적에게 절대로 공격받지 않는 요새였다. 그런 숲 옆은 상업 지구로 이어졌고, 그곳에서 공업 지구와 일반인이 사는 주거 구획으로 갈 수 있었다. 교통의 요충지인 만큼 거리는 많은 사람으로 활력이 넘쳤다.

아무래도 산 위에 선 도시인지라 비탈이 많았고 도시 정면에는 절벽을 이용한 거대한 방벽을 세워 놓았다. 그런데도 이 도시가 상업 요충지로 발전할 수 있었던 이유는 배로 오가는 상인들이 지날 수 있도록 일부러 운반용 길을 파냈기 때문이었다. 당연한 이야기이지만 많은 사람의 왕래가 잦은 도시이므로 용병 길드가 설치되었고 호위 의뢰도 성행했다.

여행에는 위험이 따라붙는 법이며 실제로 가도에서는 산적이나 도적이, 강에서는 수적(水賊)이라고 불리는 범죄자가 이따금 출몰했다. 기사단의 수가 정해져 있는 이상, 용병들에게 상금을 걸어서 범죄자를 단속하는 사회 체제가 성립된 것이었다. 그래도 다람쥐 쳇바퀴 돌듯 범죄자가 줄지 않는 것은 어느 세계든 마찬가지인 모양이었다.

도시 치안은 일정 수준 유지되었지만, 밖으로 한 발자국 나가면 그곳은 위험이 도사리는 데인저러스 존이었다.

그래서 이 평화가 금방 부서져 버릴 환상처럼 느껴졌다.

"우선은 마도구점이나 가 볼까. 마석을 팔아서 목돈을 마련해야
지……."

이전에 지도는 받았지만, 개괄적이라서 가게의 정확한 위치는
표시되어 있지 않았다.

다행히 이 도시는 개척 당시에 효율을 중요시해서 길이 완벽하
게 정비되었고, 처음 이 도시를 찾은 상인을 위해 주변 지도가 세
워져 알기 쉬웠다.

문제는 건물 사이사이로 난 보이지 않는 골목길이었다. 그 근처
에는 대부분 불량배가 눌러앉아서 주민이나 상인을 끌어들여 금품
을 갈취한다는 말이 있었다.

저택 사용인에게 사전에 정보를 얻었기 때문에 위험한 장소에는
가지 않도록 했다.

귀찮은 일은 누구나 피하고 싶기 마련이니까.

제로스는 가벼운 발걸음으로 마도구점을 찾아 걸었다. 마음은
동심으로 돌아간 듯 모험심으로 부풀었다.

목적지인 마도구점은 금방 찾았지만…….

"여기…… 맞아? 이거 엄청…… 수상하네."

마도구점은 상업 지구와 공업 지구 한쪽 구석, 도시 사거리 모퉁
이에 있었고 쉽게 눈에 들어오는 외관이라서 금방 찾을 수 있었
다. 원래 이 부근은 선착장이 가까워서 재료 반입이 수월하고 도

시 주민들의 눈에 띄는 거리였지만, 이 가게를 발견하게 된 이유는 따로 있었다. 외관이 특이해서 모르고 지나치려야 지나칠 수 없었던 것이다.

검정 일색으로 칠한 가게는 감탄스러울 정도로 거리 분위기를 무시했고 그야말로 수상한 저택을 연상하게 했다.

마치 문을 열면 마녀가 나올 것 같은 이상야릇한 분위기의 가게였다.

너무 노골적이라서 할 말을 잃게 하는, 이상하다 못해 기괴하기까지 한 임팩트가 있었다.

"가게 처마 끝에 사람 머리가…… 인형이겠지만, 손님을 부를 생각이 있나? 게다가 산양 머리 박제까지 있잖아? 이런데 손님이 올 거라고 생각한다면 장사를 몰라도 너무 모르는 거지. 가게 경영은…… 괜찮을까? 그 이전에 들어가도 괜찮나?"

그 밖에도 소녀 인형을 못으로 박아 놨고 창 안쪽에는 두개골이 놓여 있었다.

장사할 생각이 있는지 당최 의심스러운 가게였다.

─꺄아아아아아아아아아아아아아아아악!

도어 벨이 비명 소리였다.

머뭇거리며 문 앞에 서 있자 가게 안에서 용병으로 보이는 이들이 몇 명 나왔다. 그들은 하나같이 복잡한 표정이었고 개중에는 심하게 화가 난 사람도 있었다.

건물부터 접객업으로써 뭔가 잘못되어 보였는데, 다른 손님도 같은 인상을 받은 모양이었다.

하지만 돈을 융통하지 않으면 쇼핑도 할 수 없었다. 설사 겉모습이 이상해도 들어가야만 했다. 아저씨는 주저하면서도 마음을 굳게 먹고 발을 내디뎠다.

"어서 오세요~♪"

점원은 마녀 복장에 안경을 낀 여성이었다. 그녀는 겉모습이 무척 음산한 이 가게의 점원답지 않게 밝은 어조로 아저씨를 맞이해 줬다.

의외로 내부는 평범했다. 여기저기에 케이스에 들어간 마도구들이 예쁘게 진열되어 있었다. 바깥 외관은 대체 무슨 생각으로 그렇게 한 것인지 이해하기 어려웠다.

"마석을 팔 수 있을까요?"

"마석 말이시죠? 양이 얼마나 되나요?"

"고블린이 200개, 하이 고블린이 50개. 고블린 메이지가 열다섯, 고블린 킹이 하나."

"……제, 제정신이신가요? 수가 너무 많은데요?"

"지극히 정상인데요? 여기 있습니다."

미리 따로따로 가죽 주머니에 넣어 둔 마석을 건네자 눈앞에 있는 마녀 점원은 확대경을 꺼내서 찬찬히 감정에 들어갔다. 하나하나 정성스럽게 조사하는 동안 한가한 제로스는 마도구를 구경했으나, 무엇 하나 좋은 물건이란 생각은 들지 않았다. 이럴 거면 자신이 만드는 편이 나을 것이다. 조금 허탕 친 기분이었다.

누가 뭐래도 게임에서는 최강의 섬멸자 중 한 명으로 꼽혔지만, 원래는 생산 계열 직업이며 수많은 마도구를 만들어 낸 크리에이터이기도 했다.

감정도 해 보았지만, 모두 신체 능력 일부를 미미하게 향상시키거나 마력을 소량이나마 보충하는 보조 아이템 같은 것뿐이었다. 이런 종류의 아이템은 소비품이며 마석의 마력이 고갈되면 바로 고물이 된다.

내부에 마법식을 새기고 마력을 공급해 반영구적으로 마력이 고갈되지 않도록 하는 가공은 되어 있지 않았다. 겉 부분의 세공은 평가할 만했지만, 반대로 말하면 그게 다였다.

아저씨가 살 필요는 전혀 없는 물건뿐이었다.

"……손님. 이 마석, 어디서 훔치셨어요? 이 크기와 빛깔, 아무리 봐도 대산림 지대 물건이잖아요!"

"……뜬금없이 생사람 잡으시네. 당연히 제가 잡아 왔죠."

말도 안 되는 트집이었다. 접객업을 한다고는 도저히 생각할 수 없는, 아무런 근거도 없는 그냥 생트집이었다. 마도구에 필요한 마석을 팔러 왔을 뿐인데 도둑 취급이라니? 잘못하면 손님이 격노해서 두 번 다시는 찾아오지 않을 일이었다.

"거짓말이죠! 회색 로브나 걸친 얼치기 마도사가 파프란 대산림 지대에서 살아서 돌아올 리가 없죠. 자, 이실직고하세요. 어디서 훔쳐 왔어요!"

"아무 증거도 없이 사람을 도둑 취급합니까? 그냥 잡아서 얻어 온 겁니다. 실수로 숲에 들어갔을 때요."

"실수로? 숲에? 으, 응~? 설마 외국에서 온 마도사분이신가요?"

"네. 일주일 전에 이 도시에 와서 영주님 댁 별장에서 신세 지고 있습니다. 크레스톤 씨가 이 가게를 소개해줘서 왔더니……."

거래는 밉보이면 끝이었다. 지금은 고압적으로 교섭해야 한다고 생각해 당당하게 정면 승부를 노렸다.

여성 점원의 얼굴이 순식간에 창백해졌다.

"네……? 크레스톤 님 저택에 고용되셨어요?"

"네. 여행 도중에 우연히 만나서 몸을 의탁했는데, 그게 왜요?"

"진짜요?"

"그럼 진짜지 가짜겠어요? 의심스러우면 확인해 보셔도 됩니다."

"거, 거짓말하지 마세요! 그분이 당신처럼 수상쩍은 마도사를 편들 리가……."

행여라도 손님에게 할 소리는 아니었다.

아직까지도 꺾이지 않는 고집 하나는 대단하지만, 그 행위가 반드시 결실을 보리라고는 장담할 수 없는 법이었다.

"하아~, 왜 손님을 범죄자로 못 몰아서 안달입니까? 그것도 이렇게 완고하게……. 그렇게까지 말한다면 확인해 보시죠? 추리 소설에서도 확증을 얻고 난 다음 범인을 단정하지 않던가요?"

"윽?!"

제로스가 조금 어이없어하면서도 침착하게 조곤조곤 사실을 짚어 나가자 여성 점원은 차츰 몸을 부들거렸다. 훔쳤다는 증거가 없다는 사실을 에둘러 지적했기 때문이었다.

제로스의 풍모가 수상쩍다는 것은 그렇다 치더라도, 솔리스테어 대공작가에 기거한다는 사실을 알기 위해서는 그녀가 직접 공작가를 찾아가서 진위를 확인할 수밖에 없었다.

그렇게 확인했는데 그것이 만약 사실이라고 판명되면 공작가의 손님을 모욕한 셈이 된다.

자칫 잘못하면 종신형, 어쩌면 사형당할지도 모른다. 완전히 벼랑 끝에 몰린 것이다.

"되게 시끄럽네…… 작업하는데 뭘 그렇게 떠들어 대~."

"점장님?!"

"쿠티…… 너 또 손님을 도둑 취급했어? 제발 추리 소설을 현실에 대입하지 좀 마. 가뜩이나 네 행동 때문에 손님이 줄었다고. 진짜 급료를 확 줄여 버린다?"

안쪽에서 나온 여성은 매춘부— 가 아니라 이 가게의 주인 같았다.

붉은 드레스를 입고 가슴팍을 대담하게 드러낸 여성은 겉만 봐서는 도저히 마도사 같지 않았다. 아무리 생각해도 유흥업 관련자로밖에 보이지 않았다.

좋게 말하면 요염하고, 나쁘게 말하면 제로스와는 다른 방향으로 단정하지 못한 복장이었다.

"그렇지만 회색 로브라구요. 그런 사람이 파프란 대산림 지대에서 마석을 가지고 돌아왔다는 거잖아요. 설령 다른 나라에서 온 마도사라도 어림없는 소리죠. 이쯤 되면 훔쳤다고밖에 생각할 수 없잖아요? 간단한 추리라구요, 경위님."

"누가 경위야? 그나저나, 얼씨구? ……쿠티, 그 이야기, 아마 사실일걸?"

"네……?"

"겉을 일부러 더럽혀 놨지만, 저 로브…… 기가 막힐 정도야. 보통 마물로 만든 게 아닌걸……."

"무슨 마물인지는 묻지 않는 걸 추천합니다. 제정신인지 의심할 것 같으니까."

"그러게. 아마도 베헤모스겠지……. 전설급 소재 제품은 처음 봤어."

한순간 분위기가 얼어붙었다.

"네……? 네에에에에에에에에에에?!"

"무슨 소리인지 모르겠네요. 그냥 더러운 로브인데."

"그렇다고 치지 뭐. 나도 아직 죽긴 싫으니까……."

"현명한 판단이군요. 괜히 남의 일에 파고드는 사람만큼 불쾌한 건 없으니까요."

"동감이야."

두 사람은 아직 정신을 차리지 못한 쿠티를 슬쩍 보고는 서로의 의견이 일치했음을 이해했다.

베헤모스의 소재를 쓴 장비를 가진 사람은 전설로 전해지는 용사 정도밖에 없었다.

여자 점장은 그런 장비를 입은 이 마도사가 아마 정상은 아닐 것이라고 직감했다.

"어쨌든 마석 매입 말인데, 우리 점원이 버릇없이 굴었으니까 조금 후하게 쳐줄게. 어때? 거래해줄래?"

"그건 문제없지만, 그보다 괜찮습니까? 제가 말하기도 뭣하지만, 이렇게 손님을 막 대하는 사람한테 가게를 맡기다니……. 가게 평판에도 조금 악영향을 주는 것 같은데……."

"그거 때문에 나도 머리가 아파. 몇 번 주의를 줬는데도 고칠 기미가 없다니까……. 게다가 이미 늦었어."

"늦어요……? 뭔가 고생이 많으신가 보군요……. 다른 사람을 알아보는 게 좋지 않습니까?"

"생긴 것부터 수상쩍은 이런 가게에서 일하고 싶어 하는 괴짜가 어디 있겠어? 이 모양이라도 귀중한 인력이야."

"자각하고 계셨군요……."

「그럼 가게 외관을 고치면 될 것을」이라고 말하려고 했지만, 아무래도 이 가게의 악질적인 외관은 점장의 취향이라서 고칠 생각은 없는 듯했다.

그런 점장 옆에서 점원인 쿠티는 「이 모양이라도…… 이 모양이라도……」라며 비 맞은 중처럼 중얼대고 있었다.

그 점장에 그 점원이었다.

"뭐, 그건 그렇다 치고…… 마석 매입을 부탁드립니다. 돈이 없어서 담배도 못 사고 있어요. 솔직히 죽을 맛입니다……. 주로 니코틴 중독 때문에……."

"어휴…… 우리 점원 때문에 정말로 미안해. 잠깐만 기다려, 바로 돈을 준비할 테니까……. 쿠티, 언제까지 그러고 있을래? 얼른 일해!"

"네, 네에엣—!"

쿠티는 부랴부랴 가게 안쪽으로 들어갔다. 그리고 잠시 후 무슨 셈을 하는 소리가 들려왔다.

아마 지급할 금액을 필사적으로 계산하는 것이리라.

조금 불안함이 남는 가게였다.

점장은 계산대 앞에서 조금 큰 마석을 손에 들더니 서서히 표정이 변했다.

겉모습이 매춘부 같아서 그 황홀한 웃음은 쓸데없이 요염했다.

"좋은 마석이야. 창작 의욕이 솟을 것 같아. 우후후후……."

"그, 그거 다행이네요……. 우연이지만, 쓰러뜨린 보람이 있군요."

"당신도 마도사지? 마도구는 안 만들어?"

"필요하면 만들지만, 지금은 아는 사람 저택에 얹혀사는 몸이라서 힘듭니다. 텃밭 딸린 집을 얻으면 여생을 창작 활동에 쏟는 것도 좋을지 모르겠군요. 그래 봤자 취미의 범주겠지만."

"그래? 경쟁 업체가 생기지 않아서 다행이야. 왠지 비상식적인 물건을 만들 것 같으니까……."

진심으로 안심했는지, 점장은 묘하게 요염하고 나른한 표정으로 한숨을 쉬었다.

이 여성은 겉모습보다 능력 있는 마도사 같았다.

"계산 끝났습니다~. 이쪽이 마석 가격 되겠습니다."

"얼마죠?"

"그게…… 249만 8천 골입니다."

하루아침에 백만장자가 되었다.

"이상하게 금액이 큰 것 같은데……."

"말했지? 점원이 실수한 사과로 서비스했어. 그리고 대부분은 고블린 킹 마석 가격이야. 설마 이렇게 큰 마석이 들어올 줄이야~♡"

여성 점장이 큰 마석을 들고 황홀하게 뺨을 붉혔다.

제로스는 왠지 위험한 느낌을 받았다.

"그럼 저는 이만 가보겠습니다. 또 좋은 마석을 구하면 가져오죠."

"부탁할게. 나는 점장인 벨라돈나, 마도구로 그럭저럭 유명한 마도사야."

"제로스라고 합니다. 생각나면 또 들르겠습니다."

"이용해주셔서 감사합니다아……."

활동 자금을 얻은 제로스는 속으로는 싱글벙글하면서도 태연한 척하며 가게를 나섰다.

제로스가 가게를 나간 것을 확인한 후 벨라돈나는 한숨을 푹 쉬었다. 그리고 쿠티를 노려보며 무언의 압박을 가했다.

"왜, 왜 그렇게 보세요? 점장님……."

"쿠~티~! 너, 저런 괴물한테 시비를 걸어서 어쩔 생각이야!"

"네, 네에엣~?!"

"처음 보는 순간 등줄기가 오싹했어! 저건 적으로 돌리면 안 될 인간이야. 상당한 실력자야……."

"그치만 회색 로브였는데요? 최하급 마도사잖아요? 다른 나라 마도사가 이 나라에 오진 않을 거고, 저런 수상한 차림새로 돌아다니지도 않아요."

"어떻게 봐도 위험한 마도사잖아. 넌 눈이 어디 달린 거니……. 세계는 넓어. 베헤모스 가죽은 회색으로 물들일 수 없어. 게다가 일부러 더럽혀서 별 볼 일 없다는 인상을 심어 속이고 있는 거야."

벨라돈나가 제로스의 힘을 직접 본 것은 아니었다. 하지만 몸을 타고 흐르는 마력을 통해 그 실력을 알 수 있었다. 그것은 그녀가

태어나서 처음 느낀 경악스러운 기운이었다.

마력에 민감하지 않으면 마도사라고 할 수 없으며 마력을 감지하는 스킬이 있으면 상당히 우대받는다.

벨라돈나는 아마 【마력 감지】 스킬을 가졌을 것이다. 그리고 제로스가 가진 방대한 마력 농도에 숨이 턱 막히는 경악을 억누르고 애써 태연한 척 대응했다.

절대로 이길 수 없다는 압도적인 패배감과 공포를 느끼면서······.

"그, 그렇게 대단해요? 척 봐도 방랑 마도사 같았는데~?"

"널 단숨에 죽일 수 있을 정도로 강해. 가능하면 다시 만나기 싫어······."

"히, 히이익~!"

"이제 와서 공포로 떨어 봤자 늦었어. 전장이었으면 넌 진작 시체가 됐어."

벨라돈나는 자신이 맛본 공포를 조금이라도 쿠티에게 맛보게 하려고 구태여 놀렸다.

"하여튼······ 대공작 할아버지는 어디서 저런 거랑 알게 됐나 몰라. 어우, 심장 떨려······."

그리고 지인인 크레스톤 옹에 대해서도 푸념을 늘어놓았다.

기분 전환 삼아 시장 등지를 구경하다가 판명된 사실이지만, 이세계는 물가가 엄청나게 쌌다.

대략 100골이 있으면 한 달은 먹고살 수 있을 정도였다.

아무래도 2차 세계 대전 전의 일본과 비슷한 물가인지, 식료품이 특히 쌌다. 이런 물가라면 당분간은 걱정 없이 살 수 있겠다고 생각했지만, 대신 금속류가 비싸서 단순한 철도 꽤 높은 가격에 거래되는 듯했다.

광산 등 희귀 금속이 채굴되는 곳은 마물의 서식지인 경우가 많기 때문에 채굴하기 위해서 큰 위험을 감수하지 않으면 많은 양을 구할 수 없었다. 그래서 수요와 광부의 안전 문제 때문에 용병 길드에 호위 의뢰를 내서 마물을 소탕하고 안전이 확보되면 채굴하기 때문이었다.

인건비나 의뢰비를 합치면 상당한 자금이 필요하며 결과적으로 금속 물가지수는 상향 곡선을 그리게 됐다. 또한, 광산 수도 한정되어 운송료를 포함하면 물가는 고공 행진을 이어갈 수밖에 없는 구조였다.

물론 금속만큼은 아니더라도 도자기를 만들기 위해 필요한 도석(陶石)도 값이 비싸서 식기 가격도 높았다. 그래서 일반 시민 가정에서는 목제 식기가 주류였다. 이런 광물 자원 확보는 어느 나라에서나 고생하고 있는지, 그 판매 균형을 상인 길드가 관리해서 각국에 균등하게 돌아가도록 시스템을 만들었다. 하지만 자국 내에 광산을 보유한 나라도 적지 않았으며 대개 인근 나라는 식료품 부족에 빠지기 일쑤였다. 그 상품 유통을 담당하는 상업 길드에게 전쟁과 도적은 골치 아픈 문제였다.

전쟁은 확실하게 돈이 되지만, 득을 보는 것은 일부 상인뿐이었다. 상업 길드 입장에서 보면 거래 상대나 노동자, 유통이 대폭 줄어드는 악행이었다. 그래서 전란을 조장하는 귀족이나 상인은 철저한 미움의 대상이 됐다. 전쟁을 일으키는 것도 오랜 시간을 들여 계획을 세워야 하며, 식량 및 자원을 스스로 공급할 수 있는 기반을 다지고 무기를 조금씩 모아야 비로소 가능한 일이었다. 물론 그런다고 전쟁에서 이긴다는 보장도 없었다.

좌우지간 물밑에서 벌어지는 정보전은 둘째 치고, 지금은 평화가 이어지고 있어서 다행이었다. 내전이 벌어질 가능성은 높다는 것 같지만…….

"뒤숭숭한 이야기네요. 이 나라, 정말 괜찮을까요?"

"글쎄, 나야 모르지. 왕족 계승권 문제는 괜찮다고 하지만……."

"기사단과 마도사단 말인가요? 사이가 안 좋다죠? 특히 위쪽이……."

"그렇다나 봐. 제발 군 내부에서 쿠데타는 일어나지 말아야 할 텐데."

"그러게요. 조용하게 살고 싶은데 말이죠."

노점을 연 상인과 한가하게 수다를 떨며 국내 정세를 들었다.

정보는 자신의 앞날을 결정할 판단 재료였다. 조금이라도 정보가 부족하면 사활이 걸린 문제로 이어질지도 몰랐다. 작은 방심이 상상도 하지 못한 일에 휘말리는 원인이 되기 때문이었다.

"그런데 당신, 우리 집 꼬치구이는 안 살 거야?"

"무슨 고기죠? 유난히 향긋하고 좋은 냄새가 나는데……."

"와일드 홀스타인이지☆ 요번에 힘 좀 써서 사냥해 와 달라고 했어."

"오오…… 그 녀석 우유는 최고급이라고 들었는데, 고기도 먹나요?"

"같은 소인 머더 버팔로도 먹는데 홀스타인이라고 못 먹겠어?"

시험 삼아 하나를 사서 천천히 한입 먹었다.

이가 고기를 무는 순간, 육즙이 죽 흘러나오고 향신료와 과일을 조린 소스가 그 감칠맛을 몇 곱절이나 끌어올렸다.

"이, 이건…… 육즙의 보물상자여어어어어어어어어어!"

무심결에 모 연예인[#1]이 빙의할 정도로 맛있었다.

"이, 이봐, 당신 괜찮은 거야……?"

"아, 맛있어서 저도 모르게 유행어를……. 50개만 주세요."

"너무 사잖아아아아아아아아아아아아!"

결국 꼬치구이를 50개 구매했다. 그 후, 제로스는 식재료나 향신료를 이것저것 사들이고 콧노래를 흥얼거리며 거리를 산책했다. 그렇게 잠깐 걷는 사이, 파이프 모양 간판이 눈에 들어왔다. 아저씨는 몸을 부르르 떨었다.

"서, 설마, 저건 담배 전문점?! 담배가…… 담배가 있어?"

그는 애연가이자 골초이기도 했다.

최근 며칠 강제 금연 상태라서 정신이 안정되지 않았고 금단 증상이 나올 정도로 담배를 피우고 싶었다. 그런 그의 눈앞에 담배

#1 모 연예인 맛집 리포터로 유명한 히코마루. 「~의 보석상자여.」라는 표현을 자주 사용한다.

전문점이 나타났다. 어떻게 들어가지 않고 배기겠는가?

실제로 제로스는 벌써 문을 열고 가게 안으로 들어가는 중이었다.

가게 내부에는 방대한 수의 서랍이 달린 서랍장과 무수한 담배 파이프가 진열된 케이스가 있었다. 담배가 기호품으로 거래되고 있다는 사실에 기쁨을 감출 수 없었다. 현대 사회에서는 어디든 금연이 권장되어 담배를 좋아하는 애연가는 방구석이나 건물 밖으로 나가서 담배를 피워야만 할 정도로 입지가 좁았다. 지금은 흡연실이 있는 장소 따위 거의 없었다.

"어서 오세요. 뭘 드릴까요?"

"담배…… 특히 지궐련이 있으면 좋겠는데요."

담배에도 종류가 있어서 물담배, 담뱃대, 파이프로 피는 살담배에 시가 등이 존재했다. 일반 시민에게 보급된 것은 지궐련이며 시가와 파이프는 상인이나 귀족이 애용했다. 물담배는 왕족이나 신관 등이 좋아하는 경향이 있었다. 아저씨는 망설이지 않고 지궐련을 주문했다.

"손님, 애연가시구만. 그것도 중증이야……."

"알아보시네요? 최근 담배가 떨어져서 얼마나 불안했는지 모릅니다. 이 도시에 처음 와서 아는 가게가 없었거든요."

"훗…… 우리 가게는 종류가 다양하지. 어떤 담배를 좋아해? 같은 궐련이라도 원산지에 따라서 맛이 달라."

"조금 매운 게 좋습니다. 단맛은 피하고 싶군요. 그리고 가능하다면 향이 좋은 거요."

"흠, 아멜산(産)은 어때? 궁금하면 피워 보겠어?"

"예. 한번 피워 봅시다. 종류가 이렇게 많으면 감이 안 잡히니까요."

담뱃가게 주인은 서랍장에서 담뱃잎을 몇 개 꺼내서 제로스 앞에 소량씩 주르륵 놓았다. 그것을 본 제로스는 인벤토리에서 담뱃대를 꺼냈다.

"별난 파이프군. 하지만 뭔가 분위기가 있어……. 은근한 멋이 있는데?"

"거의 쓸 일이 없지만, 운치를 즐기려면 이게 제일이죠."

"마니아군. 마음에 들었어. 댁 취향에 맞을 만한 걸 몇 개 골라 주지."

아저씨는 몇 가지 담뱃잎을 담뱃대에 채우고 불을 붙였다. 오래간만에 맛보는 담배 맛을 한껏 만끽했다.

제노스는 그중에서 마음에 드는 것을 골라 자신의 취향에 맞춰 엄선해 갔다.

"노르매트산에 이사락산이라……. 좋은 걸 고르는군. 점점 더 마음에 들어."

"이런 쪽이 제 취향이네요. 산벨 건 좀 세군요. 조금 더 젊었다면 즐길 수 있었겠는데 말입니다."

"그건 향을 즐기는 거지 맛은 별개야. 댁 나이에는 조금 힘들지도 모르지."

"노르매트와 이사락이 좋군요. 이걸로 지궐련을 만들어주시겠습니까?"

제로스는 염원하던 담배를 찾은 기쁨에 기꺼이 돈을 냈다.

"알겠네. 서비스해주지. 단골이 늘어나는 건 좋은 일이니까."

그렇게 말하면서 점주는 안쪽으로 사라졌고 아저씨는 오랜만에 얻은 담배를 마음껏 만끽했다. 잠시 후 점주가 종이에 만 담배를 가지고 나타났다.

"이번에는 싸게 해줄게. 또 와주면 고맙겠어."

"덕분에 좋은 물건을 얻었습니다. 앞으로도 자주 오겠습니다. 그럼 이만 가보죠."

"고맙수⋯⋯. 다음에 또 와."

아저씨는 꿈에 그리던 담배를 구하고 가게를 뒤로했다.

길거리 매너를 무시할 정도로 들뜬 아저씨는 담배를 입에 물고 거리를 걸었다.

담배를 입에 물어서 기력이 회복됐는지 경쾌한 발걸음이었다. 그렇게 거리를 슬렁슬렁 산책했고, 정신을 차렸을 때는 미아가 되어 있었다.

활기차던 도심지와는 달리 참으로 한산한 거리였다.

그곳은 낡은 집이 늘어섰고 유난히 어두운 표정을 지은 어른들과 고아, 번들거리는 눈으로 사람을 물색하는 듯한 불량배가 많은 장소였다.

"슬럼가? 아니, 구시가인가?"

슬럼 치고는 거리가 정비되어 있었지만, 치안은 좋지 않아 보였다.

스쳐 지나가는 사람들은 제로스를 수상쩍게 보고는 가끔 바닥에 앉은 남자에게 말을 건넨 뒤 길모퉁이로 사라졌다. 틀림없이 소동이 벌어지리란 예감이 들었지만, 이곳이 어디인지 알 수 없으니 어쩔 도리가 없었다.

애초에 제로스가 받은 지도에는 산토르의 3분의 1 정도밖에 나와 있지 않아서 현재 위치를 알 수 없었다.

"길이 복잡한 곳이 많아……. 일단 상태를 지켜볼까?"

허둥댄다고 뾰족한 수가 생기지는 않는다. 정처 없이 길을 따라 걷자 분수가 있는 광장이 나왔다. 분수에서는 이미 물이 나오지 않았고 한때는 물이 차 있었을 수조도 지금은 옛 모습을 찾아볼 수 없을 만큼 허름해졌다. 인기척 없는 민가가 많아 활기찬 큰길과는 정반대로 폐허 같은 이미지를 줬다.

제로스는 이미 식어 버린 꼬치구이를 먹으면서도 주위를 경계하며 산책을 계속했다.

'웅~? 세 명…… 아니, 네 명인가?'

암살자 스킬이기도 한 기척 감지는 그의 뒤를 쫓는 인기척을 민감하게 포착했다.

너무나도 형편없는 미행이었다. 아무리 초보라도 이렇게 심하지는 않을 것이다.

실제로 잠깐 옆길로 빠지자 뒤를 쫓던 기척은 우왕좌왕하며 어쩔 줄 몰라 했다. 제로스는 그 시점에서 미행하는 사람이 어린아이일 가능성이 크다고 짐작했다.

이런 쇠퇴한 거리니까 부랑자일 수도 있을 것이고, 가령 아이라면 무슨 용무인지 궁금했다. 제로스는 무심히 봉투에서 꼬치구이를 꺼내 입으로 가져갔다.

"아찌!"

문득 아이 쪽에서 말을 걸어왔다. 돌아보자 지저분한 옷을 입은 아이가 정말로 해맑은 웃음을 지은 채 제로스를 올려다보고 있었다.

"아찌라니…… 적어도 아저씨라고 하렴."

"둘 다 똑같잖아, 아찌."

"뭐, 그렇긴 한데…… 왠지 인정하기 싫단 말이지……. 그나저나 무슨 볼일이라도 있니?"

"고기 줘!"

붉은 머리 아이는 참으로 기운차게, 미안한 기색은 눈곱만큼도 없이 당당하게 고기를 요구했다.

보기에는 여자아이 같은데 꼬질꼬질한 모습과 베인 상처가 난 피부 때문에 남자아이처럼 보이기도 했다.

햇볕에 그을린 피부가 건강미를 느끼게 했지만, 또 그런 것치고는 깡말라 보였다.

"고기를 달라고? 왜?"

"줘도 되잖아! 구두쇠!"

"아니, 처음 보는 애한테 나눠주는 건 상관없지만, 거기에 맛 들여서 다른 사람에게 손을 벌리는 버릇이라도 생기면 내가 부모님께 죄송하잖아."

"부모님 없어. 우리 보육원에 살아!"

"보육원? 이런 곳에 보육원이 있어?"

"있는데? 영주님이 돈 내줘."

아무래도 영주가 운영하는 보육원이 있는 모양이었다. 하지만 구시가를 쭉 둘러본 느낌으로는 치안이 나빠서 도저히 아이를 키울 만한 환경처럼 보이지 않았다.

최악의 경우 범죄자 예비군이 태어나 가까운 미래에 이 일대 치안이 더욱 악화할 것 같았다.

"으음…… 아이는 몇 명 정도 있니?"

"나 포함해서 네 명. 한 명 더 있는데 어려서 집 보고 있어."

"너도 어리면서……."

"난 벌써 열세 살이야! 다 컸다구!"

"정말로?! 더 어린 나이로밖에 안 보이는데……."

아무리 봐도 어렸다. 아마 영양실조로 인한 성장 부진이지 싶었다.

그런 생활 속에서 씩씩하게 살아가는 모습이 눈물겨웠으나 제로스는 꾹 참았다.

"그런데 여기서 먹으면 혼나지 않을까? 일단 보육원이니까 어른이 있지 않아?"

나눠주는 것은 상관없었지만, 그 후가 문제였다.

함부로 동냥을 베풀었다가 결과적으로 아이들이 도둑 취급이라도 받으면 큰일이었다.

어린 마음에 상처가 될 일은 피하는 것이 상식적인 어른의 대응이라 하겠다.

"수녀님한테도 가져갈 건데?"

"되레 혼날 것 같은데……. 흠, 그럼 나를 그 보육원에 안내해줄래?"

"뭐어~? 왜?"

아이는 불만스럽게 되물었다. 열세 살치고는 생각이 어리숙해 보였다. 하지만 제로스에게도 명분이 있었다.

만약 이 아이들에게 꼬치구이를 줬다고 치자. 과연 수녀란 사람은 「받았다」라는 아이들의 말을 믿어줄까?

만약 이 아이들이 훔쳤다고 생각하면 어린 마음에 깊은 상처가 될 것이다.

아무리 모르는 아이들이라지만 그렇게 되면 뒷맛이 씁쓸하다. 애프터케어를 확실하게 하지 않으면 상식적인 어른이라고는 할 수 없다. 고아라면 더더욱 행복해져야 할 권리가 있는 법이다.

"……그런 고로 내가 똑바로 설명할게. 게다가 이런 큰 봉투를 안고 가다가 넘어지기라도 하면 고기를 못 먹게 되잖아?"

"땅에 떨어져도 3초 정도는 괜찮아!"

"맞아, 맞아! 아찌는 걱정도 팔자야."

"우리 배는 그렇게 안 약해."

"설마 3초 룰?! 이 세계에도 그게 있다니!"

아이들은 다부졌다. 그리고 평소 식생활이 궁금했다.

"식사 전에 손을 댈 가능성도 고려하면 내가 따라가는 편이 낫겠어. 무엇보다 이 도시는 치안이 나빠 보여. 도중에 빼앗기지 말란 법도 없잖아."

"다 착한 사람들인데?"

"응. 외부인한테는 쌀쌀맞지만."

"가끔 채소도 나눠줘."

"아찌, 인간 불신?"

아이들은 기운이 넘쳐도 너무 넘쳤다. 게다가 의외로 이 구시가는 인정이 넘치는 곳인 모양이었다.

제로스를 먼발치에서 바라보던 것은 외부인이었기 때문인가 보다. 일단 그렇게 이해하기로 했다.

"그보다 보육원으로 안내해줘. 똑바로 설명하고 흔쾌히 받아주면 오늘 밥은 고기가 될 거야."

""""썰, 옛썰!""""

"그런 말은 어디서 배워 온 거야……?"

아이는 모르는 사이 이상한 말을 배우곤 한다.

제로스는 결혼하면 자기 자식에게는 말을 조심하게 하자고 마음속으로 맹세했다. 뭐, 그래도 이상한 말은 배우겠지만.

여하튼 제로스는 아이들에게 안내받아 보육원으로 향했다.

이것으로 이 아이들과의 오랜 인연이 시작되리라고는 생각하지 못한 채…….

잘 보니 보육원으로 가는 길에 크레스톤이 사는 별장이 보였다.

왕족이란 이유로 보는 이에게 미치는 심리적 영향을 고려해 성과 같은 형상을 한 별장은 구시가지 안에서도 눈에 띄었다. 길을 잃었지만 비교적 쉽게 돌아갈 수 있겠다며 제로스는 안도했다.

어쨌거나 이대로 가면 보육원은 신시가에서도, 구시가에서도 떨어진 곳에 있을 것 같았다. 아이들을 키우기에는 조금 불편한 입지 조건이었다.

치안이 불안해 보이는 구시가는 솔직히 위험하므로 시장에 가려면 구시가와 신시가를 우회해서 멀리 돌아가야 했다.

그리고 거리를 산책할 때 노예 상인을 보았다. 이 세계는 노예 제도가 용인되는 정치 상태 같았다. 납치범 같은 범죄자가 있어도 이상하지 않았다.

그렇다면 그들에게 고아는 최고의 표적일 것이다. 아무것도 모르는 아이들을 잡아가서 팔아치우는 족속이 있을 가능성이 대두되었다. 노예가 되는 자의 전제 조건으로 일할 수 없는 어른이나 범죄자가 노예로 전락한 경우를 들 수 있지만, 매춘부나 성적 기호를 채우기 위한 노예로 팔리는 경우도 있었다.

성별과 나이에 따라 가격이 정해지고 표면적으로는 금지된 불법 노예 매매가 음지에서 이루어지며, 동시에 그것을 단속하지 않고 묵인하고 있을 가능성도 높았다.

그도 그럴 것이 고아는 쓸모없는 존재로 여겨졌다. 교육을 받지 않으면 범죄자 예비군으로 바뀔 것이며 보육원에서 교육해서 사회로 내보내기 위해서도 돈이 들었다. 오히려 노예로 팔아 버리면 수고도 돈도 들지 않는다. 크레스톤 별장에서 정보 수집에 여념이 없던 그는 이런 정보를 이미 알고 있었다.

"각박한 세상이야……."

제로스는 착잡한 기분으로 중얼거린 뒤 깊이 한숨을 쉬었다.

그는 기본적으로 노예 매매에 부정적이었다. 제로스의 생각은 현대 사회에서 키운 상식을 전제로 했지만, 그 생각이 이 세계에서도 유효하다고 보장할 수는 없었다.

그래도 돈을 위해 아이들의 미래를 가지고 노는 행위는 용인하기 어려웠다.

"아찌, 저기!"

붉은 머리 소녀가 가리킨 방향에 유난히 낡은 교회가 있었다.

저 교회가 보육원이겠거니 생각했을 때, 그 문 앞에 고풍스러운 차림새의 청년과 기사들이 보였다. 그들과 대치한 사람은 신관복을 입은 10대 후반의 여성이었다.

"저 녀석들, 또 왔어……."

"저 사람들은 누구야? 보아하니 귀족 같은데……."

"영주님 아들. 엄청 짜증 나……."

그렇다면 크레스톤의 손자이자 세레스티나의 오빠였다.

'정말? 이 전개, 너무 작위적이지 않아? 설마 신의 안배인가?'

귀찮은 일이 벌어질 기운이 풀풀 풍겼다. 가능하면 피하고 싶었지만, 아이들이 자신을 짜증 나는 어른과 똑같이 생각하는 것만은 원하지 않았다.

'평화롭게 조용히 살고 싶을 뿐인데 말이지…….'

아무래도 귀찮은 일에 휘말린 것 같다며, 제로스는 인생을 체념한 듯한 무거운 한숨을 쉬었다.

이날, 제로스는 자신이 귀찮은 일에 휘말리기 쉬운 운명이라는 슬픈 깨달음을 얻었다.

제8화 아저씨, 남의 사랑에 참견하다

보육원 앞에 버티고 선 것은 이 도시의 영주이기도 한 솔리스테어 공작의 아들, 【츠베이트 반 솔리스테어】라는 청년이었다.

그는 호위 기사 두 명을 대동해 보육원인 교회 앞에서 수녀와 입씨름 중이었다.

이스톨 마법 학교 고등부에 소속한 그는 성적은 우수하나 성격이 난폭하여 강사진이 치를 떨 정도의 문제아였다. 이는 학교 자체가 마도사의 파벌 싸움과 인원 확보를 위한 사교장으로 변질된 것이 원인이었고, 그는 양대 파벌 중 하나에 속해 있었다.

그 대표적 파벌이란 【위슬러파(派)】와 【생제르망파(派)】였다.

위슬러파는 실전을 주축으로 한 공격형 마도사를 많이 배출했고 주로 군사 활동에 활용할 계략을 연구하는 일파이자 기사단과 가장 첨예하게 대립하는 파벌이었다. 반면, 생제르망파는 연구 제일주의의 이론파 마도사를 많이 배출했고 주된 연구는 마법 구축과 마법약 제작 등 마법학 전반을 추구하는 일파였다. 두 파벌은 이 나라에 크나큰 공헌을 한 실적이 있었다.

하지만 그것은 과거의 이야기로, 현재는 두 파벌 모두 권력에 집착하며 서로 눈싸움을 벌이는 사이였다. 공통된 정적(政敵)으로 기사단이 있었지만, 표면적으로 대립할 수 없는지라 현재는 냉전 상태가 이어지고 있었다. 츠베이트는 그중 위슬러파에 속해, 솔리스테어 대공작가의 장남이란 이유로 우대받으며 주위에서 호의적인 대접을 받았다.

그의 실력은 학교 순위 최상위였지만, 그것이 한층 더 그의 과격함을 조장하는 결과로 이어졌다. 아니, 그의 행동이 묵과할 수 없는 수준에 이른 것은 최근 2~3년 사이의 일이었다.

위슬러파는 그의 조부이기도 한 크레스톤이 재적했던 곳이기 때문에 츠베이트는 【연옥의 마도사】의 뒤를 잇는 것은 자신이라고 생각했고, 조부의 위업을 알기에 동경하며 목표로 삼고 있었다.

문제는 주변에서 하도 치켜세우다 보니 콧대가 하늘을 찔러 인간 말종이 되기 일보 직전이라는 것이었다.

츠베이트를 잘 아는 사람들은 그의 행동을 다소 이상하게 여겼지만, 본인은 자각하지 못하고 있었다.

그런 공작가의 후계자 도련님도 한창때의 젊은이였다. 작년 여름, 보육원에서 아이들을 보살피는 수녀를 우연히 보고 한눈에 폴인 러브— 그날부터 열렬하게 구애하며 반쯤 심술처럼 추근거리게 되는 것도 시간문제였다. 현재는 스토커 상태였다.

츠베이트의 행동은 이 세계에서는 일반적인 것이었다. 【천사의 장난】, 【큐피드의 변덕】이라고 불리는, 몸속을 순환하는 생체 마력이 자신에게 적합한 이성의 마력 파장에 반응해 일어나는 생리 현상— 항간에서는 이 증상을 연애 증후군이라고도 불렀다. 속되게 말해서 발정기라고 하면 알기 쉬울 것이다.

보통은 자신과 가장 상성이 좋은 이성에게 정열적으로 구애하게 되는데, 그의 행동은 상식을 벗어나 있었다.

"글쎄, 그만 포기하고 내 여자가 되라니까~? 언제까지 이런 보육원에 있을 생각이야?"

"제가 보육원에 헌신하는 건 제 의지로 정한 일이에요. 당신이 이래라저래라 할 일이 아니라고요!"

"그 당돌함이 언제까지 이어질까? 나는 원하는 것은 무슨 수를 써서라도 손에 넣을 생각이야. 물론 【루세리스】, 너도 포함해서."

루세리스는 보육원에 거두어져 보육원에서 자랐다.

어릴 적 기억은 모두 보육원 생활에 관한 것뿐이었으며 부모에 대한 기억은 남아 있지 않았다.

그녀에게 보육원은 자신의 집이나 마찬가지였다. 그래서 언젠가는 자신을 키워준 신관이나 사제들처럼 의지할 곳 없는 아이들을 키워 지금까지 키워준 은혜를 갚자고 생각했다.

당시에는 아직 같은 처지의 아이들과 자신을 돌봐준 수도사 및 신관이 있었지만, 루세리스가 신관 수업을 마치고 보육원으로 돌아왔을 때부터 상황은 일변했다.

보육원 재정은 나라에서 나오는 지원금으로 충당되며 4신교의 신관이 대리로 운영했다. 그래서 루세리스도 수습 신관이었지만, 보육원을 돕는 한편 이웃 주민들을 저렴하게 치료하는 수행 중이었다.

그러던 때 나타난 것이 이 츠베이트였다.

원래부터 영웅 심리가 강한 그는 백성을 적은 보수로 치료하는 그녀를 성녀시하며 진심으로 자신의 소유물로 만들기 위해 행동에 나섰다. 처음 건 말이 「어이, 너. 이 몸의 여자가 돼라!」였으니까 말 다했다. 뜬금없이 지독한 작업 멘트를 날린 셈이었다.

　루세이스는 그 후 계속 정중하게 거절했다. 하지만 츠베이트는 그것이 아니꼬웠는지「차기 영주로서 경험을 쌓는다」는 등 수행을 명목으로 보육원을 네 곳으로 분할해 버렸다.

　표면적으로는『보육원이 도시 미관을 해칠 수 있다』는 이유였지만, 실상은 루세리스를 고립시키는 것이 목적이었단 건 명백했다. 본인도 당당하게 루세리스 앞에서 그렇게 공언했고 그 행위가 도리어 미움을 사는 결과로 이어졌다. 그 후 루세리스는 이런저런 이유를 들며 추근대는 츠베이트를 완고할 정도로 쌀쌀맞게 대하게 됐다.

　그것이 더욱 츠베이트를 옹고집으로 만들었고 강경한 자세를 부추겼다.

　오는 말이 고와야 가는 말이 곱다지 않은가. 쉽게 말해 악순환에 빠진 것이었다.

　"애당초 저는 당신이 끔찍하게 싫어요. 사람의 약점을 찌르는 비겁하고 저열한 사람에게 어떻게 마음을 허락하리라 생각하죠? 비루한 인간 같으니!"

　"큭, 하지만…… 그렇게 입을 놀릴 수 있는 수 있는 것도 지금뿐이야. 신규 사업 허가가 떨어지면 너는 여기에 머물 수 없어. 결국 나한테 울며불며 매달리게 되겠지. 꼬맹이들을 위해서라도 말이야."

　아무리 그녀가 온화한 성품의 사람이라도 도를 벗어난 츠베이트의 행동에는 화가 났나 보다.

　그 언동은 신관이라고는 생각할 수 없을 정도로 신랄했고 시선에는 경멸의 감정이 가득했다.

"……정말로 저열한 인성이네요. 이런 인간이 차기 영주라고 생각하면 백성들이 불쌍해요. 저는 동생분인 【크로이사스】님을 지지하겠어요."

"이 자식이…… 나보다 그 능구렁이 같은 방구석 폐인이 좋다고?!"

"생각 없이 권력을 휘두르는 비열한 사람보다는 훨씬 나아요!"

이것을 사랑싸움이라고 불러도 될지는 모르겠으나, 두 사람은 상당히 감정적으로 충돌하고 있었다. 자칫 잘못하면 그냥 다치는 정도로 그치지 않을 것이다.

예를 들어, 츠베이트가 루세리스를 죽인다면 4신교 전체를 적으로 돌리게 된다. 그러면 종교 국가와 국제 문제로 발전할 수도 있다. 만일 그런 사태가 벌어지면 왕족의 말석인 솔리스테어 대공작가라도 멸문당할 가능성이 있다. 본가인 왕족의 옹호는 받을 수 없으므로 어찌 보면 가문의 위기건만, 츠베이트는 그 사실을 알아차리지 못했다.

좋아하는 여자아이를 괴롭히는 소년 같은 논리로 행동하는 데다 쓸데없이 자존심이 강해서 더 악질이었다.

"흠…… 그렇다면 저 사람은 이미 차였는데도 불구하고 끈질기게 수녀의 꽁무니를…… 아니, 이 경우에는 가슴인가? 그걸 쫓아다닐 정도로 미련이 넘친다, 그런 뜻인가?"

"응, 맞아. 순 어린애라니까~."

"어린애한테 어린애 취급을 받다니…… 저 사람도 억울하겠어."

"몇 번이나 돌아보게 하려고 발버둥 치는데, 이미 글렀지?"

"비겁한 수단을 쓰니깐 그렇지. 아무리 애써도 친구 이상은 못 될 거야. 방향성이 어긋난 노력은 그렇다 치더라도 저 청년의 첫사랑은 자기 행동 때문에 완전히 파탄났어. 관계 회복은 불가능해. 아이고, 어쩌다 저 지경이 되었을꼬……."

츠베이트와 루세리스가 돌아보자 보육원 아이들과 함께 회색 로브를 입은 초라한 마도사가 이야기꽃을 피우고 있었다. 심지어 자신들을 바라보면서 지금 상황을 냉정하게 관찰하며 설명, 분석하는 중이었다.

루세리스의 얼굴이 순간 새빨갛게 달아올랐다. 쥐구멍이라도 찾고 싶은 심정이리라.

"만나자마자 『내 여자가 돼라』라고? 호기로운 건지 멍청한 건지, 아니면 둘 다인지 이해하기 어려운 작업 멘트네. 우선은, 그래…… 우연인 척 자연스럽게 대화를 해야지. 예를 들어 『고생을 끼쳐 미안하오, 수녀. 우리가 지켜야 할 백성을 위해 치료라는 은혜를 베풀어주니 감사할 따름이오』 같은 식으로 말이지."

"오~. 멋있어!"

"첫인상이 얼마나 중요한데……. 처음 만난 사이라면 더더욱. 이러면 백성을 생각하는 마음씨 착하고도 고귀한 차기 영주라는 인상을 줄 수 있잖아?"

"처음부터 틀렸어?"

"쪽팔려~!"

"추하다~. 저렇게는 되기 싫어."

게다가 두 사람의 만남을 객관적으로 분석해 훈수를 두고 있었다.

"그리고 그 뒤 대응이 안 좋았어. 만날 횟수를 늘리려고 보육원을 분할한 것도 모자라 치안이 나쁜 구시가 보육원을 맡겼다고? 자기한테 의지하게 하려는 흑심이 빤히 보여서 솔직히 별로야~."

"수녀님도 똑같은 말 했어."

"그렇겠지. 그래도 차기 영주니까 세간의 눈을 신경 썼으면 좋겠군. 만약 소문이라도 나면 망신도 이런 망신이 없고 백성의 신뢰가 떨어지잖아. 차기 영주로서 해선 안 될 무계획하고 무모하고 무지한 실수야."

"호감도가 쭉쭉 떨어진다~."

"사랑도 영주 자리도 안녕~."

"이미 끝장났구나~ ♪"

자기 좋을 대로 떠들고 있었지만, 세간의 평가를 생각하면 바른 의견이었다. 그래서 츠베이트는 어깨를 부들거리며 분노를 억누르고 있었다. 조금은 자각하고 있었는지, 혹은 나중에 깨달았는지는 모르겠지만, 그는 완전히 실패해서 돌이킬 수 없는 상황임은 재인식했다.

그런 만큼 남에게 지적당하자 괜히 더 화가 났지만…….

"이 시점에서 이미 호감도가 바닥을 치는데, 이제는 개발을 이유로 협박이라……. 이건 이미 틀렸네. 수정 불가능한 최악의 선택이구만~."

""""실패했대요~, 실패했대요!""""

"그래도 포기하지 않고 만나러 오는 걸 보면 끈기는 있나 보군.

하지만 이미 손쓸 방도가 없을 만큼 파탄났단 말이지. 만날 때마다 호감도가 폭락하니까 차라리 자기가 유치했다고 반성하고 깔끔하게 포기하면 좋을 텐데~. 아이고, 부질없다!"

"""실연, 실업, 인생이여 안녕!"""

"아니, 자살은 안 했으니까 그건 실례지. 뭐, 앞으로 치욕을 끌어안고 살아가야 하겠지만……."

아이들은 가차 없었다. 그리고 아저씨도 가차 없었다.

"지금까지 있었던 일을 반성하고 머리 숙여 사과한다면 조금은 호감도가 변하겠지만, 이 단계까지 와 버리면 무슨 수를 써도 늦었어~. 수정할 수 있는 단계는 진작 지난 것 같으니까 깔끔하게 포기하는 게 상책이지. 그나마 지금이라면 영주가 되는 길은 지킬 수 있을 테니까……."

"실연을 극복하고 일에 인생을 바치는 거구나?"

"오히려 그게 행복하겠네~."

"섣부른 행동, 치명상! 1초의 주의가 체면을 지킨다."

"어른이 되고 싶은 거야, 아이로 돌아가고 싶은 거야? 이해를 못 하겠어~."

아이들에겐 잡담이겠지만, 입방아에 오른 본인에겐 사활이 걸린 문제였다.

애당초 이런 길 한복판에서 고래고래 말싸움을 벌인 탓에 목격자도 있었다.

게다가 평판을 신경 쓰는 귀족이 체면을 챙기는 것은 당연지사. 누가 들을지도 모르는데 민간인을 뻔뻔하게 협박한 시점에서 이미

선을 넘었다.

그렇다, 지금 그는 심각하게 비참한 상황이었다. 소문이 퍼지면 영주 자리는 동생에게 넘어갈지도 몰랐다.

"행동에는 책임이 따르지. 그걸 잊고 감정대로 행동하다가 이렇게 된 거야. 이미 사랑도 차기 영주 자리도 벼랑 끝에 몰렸구나~."

"이런 걸 비참하다고 하는 거지? 불쌍하다고 하는 거지?"

"그보다 꼬치구이 먹고 싶어. 밥 아직 멀었어?"

"아찌, 빨리 먹자. 나 배고파~."

"영주 아들이 죽든 말든 알 바 아니야. 고기~."

아이들은 꼬치구이에밖에 관심이 없었다. 이 상황은 아무래도 상관없는 모양이었다.

"""""……."""""

한편 티격태격하던 두 사람과 호위 기사들은 말문이 막혔다.

아저씨와 아이들의 대화는 타인에겐 잡담으로 끝날 문제겠지만, 당사자들에게는 크나큰 문제였다.

루세리스는 피해자이기 때문에 그다지 문제없겠지만, 츠베이트에게는 심각한 문제이거니와 민중에게도 밉보이고 있었다. 게다가 지금까지 많은 목격자가 있었던 것을 고려하면 이미 소문이 퍼졌을 가능성이 컸다. 잘못하면 범죄자로 처형당할지도 모를 사태였다.

"저, 저기……."

"뭐죠? 수녀 아가씨."

"실례지만, 당신은…… 누구시죠?"

"우연히 이 아이들에게 붙잡힌 일반 시민인데요? 『아찌, 고기 줘』라면서……."

루세리스가 아이들에게 눈을 치켜뜨자 아이들은 하나같이 제로스를 방패로 삼았다.

의외로 뻔뻔한 아이들이었다. 다부지게 살고 있나 보다.

"……정말로 죄송합니다. 아무래도 기부금이 나오지 않아 생활이 어렵다 보니……."

"와…… 설마 그런 짓까지 했어요?"

"비겁한 수단이에요! 인간다운 감정이 있는지 의심스러워요! 이런 일을 신께서 용납하실 리가 없죠."

"원하는 건 억지로 빼앗나 보죠? 세상에는 힘이나 권력에 굴하지 않는 사람도 있을 텐데……. 실패했으면서 왜 강압적인 수단을 고수하는지 모르겠군요."

"공교롭게도, 저 사람은 그걸 모른답니다."

"그나저나 이 꼬치구이 말입니다만……."

"처음 뵙는 분께 죄송합니다아앗! 고깃값은 꼭 갚을게요……."

"딱히 상관없어요. 기부라는 셈 치고 받아주십시오. 아이들은 많이 먹지 않으면 건강에 문제가 생기니까요."

"정말로 죄송합니다! 하지만 괜찮으신가요?"

"저도 모르게 50개나 사 버렸지 뭡니까. 생각해 보니 다 먹을 수 없겠더라고요. 아하하하하하!"

"호, 호탕하게 사셨네요……."

"맹탕 산 거죠. 생각보다 수입이 많아서 무심결에 왕창 사 버렸습니다. 마석 가격이 급락하지 않으면 좋겠는데……."

"이봐! 거기 너, 귀족…… 하물며 공작가의 혈족인 나를 모욕하고 그냥 넘어갈 줄 알아!"

츠베이트가 대화 도중에 끼어들었다. 이상하게 콧김이 거칠었다.

"……빨리도 지적하시네요. 일부러 이야기가 끝나갈 때까지 기다려 줄지는 몰랐군요. 의외로 지킬 건 지키는 사람인가? 아니지, 개그맨 체질일지도……."

"닥쳐! 어느 파벌 마도사인지 모르겠지만, 회색 로브 주제에 날 우롱했겠다……."

"……회색 로브? 흠…… 혹시 이 나라에서는 로브 색으로 마도사의 순위를 정하나요?"

"뭐? ……그렇군, 다른 나라에서 온 마도사인가? 그렇다면 알려 주마. 마도사의 서열은 회색, 검정, 빨강, 흰색 순으로 변하며 회색 로브는 최하급 마도사를 나타낸다. 회색 로브는 풋내기나 마찬가지인 저급 마도사, 붉은 로브인 나와는 격이 다르지."

츠베이트는 자신만만하게 말했지만, 이 이야기에 큰 오류가 있다는 사실을 눈치채지 못한 모양이었다.

"저기요~, 잠깐 괜찮으십니까?"

"뭐지?"

"저는 외지에서 온 마도사인데요? 이 나라에서 능력순으로 로브 색을 정하는 건 알겠습니다. 하지만 그 상식은 저한테 해당 사항이 없지 싶은데……."

"……."

그랬다. 색으로 실력을 분간하는 것은 어디까지나 이 나라의 사정일 뿐이고 타국의 마도사에게는 적용되지 않았다. 대단히 레벨이 높은 탐지 스킬이라도 없는 한 상대방의 실력을 가늠할 방법이 없었다.

"흐, 흥, 그게 뭐 어쨌다는 거지? 나, 나는 고위 마도사다. 그런 내가 어디서 굴러먹다 온 개뼈다귀인지도 모를 마도사 따위에게 질 거라고 생각하나?"

"얼굴 빨갛게 물들이고 더듬거리면서 말해도 말이죠~. 게다가 그 근거 없는 자신감은 어디서 나오는 건지……. 실력을 모르는 상대에게 싸움을 거는 건 바람직하지 않군요. 상대방을 얕보는 건 위험한 행동입니다. 그리고 이제 와서 모욕이고 자시고 이미 민중에게 소문날 만한 행동을 한 건 본인 과실이죠. 이건 그냥 방귀 뀐 놈이 성내는 꼴 아닌가요?"

"다, 닥쳐! 비천한 것. 보나 마나 낮오 마도사겠지! 그런 나약한 녀석이 날 이길 수 있으려고! 【파이어 볼】!"

그는 제로스가 보육원 입장을 허락받아 어지간히 비위가 상했나 보다.

느닷없이 무영창 마법을 발동해서 제로스를 향해 발사했다. 하지만…….

"호잇!"

―푸쉭…….

제로스가 대수롭지 않게 주먹을 뻗은 순간, 눈앞에서 【파이어 볼】이 순식간에 무산되어 소멸했다.

"뭐야?! 네, 네 이놈, 마도사가 아니었나?!"

"마도사 맞는데요? 전투 계열 직업도 겸하고 있는데, 그게 뭐 잘
못됐습니까?"

"그러고 보니 쌍검을…… 설마…….."

"마법 외에는 검을 잘 쓰는 편이죠. 뭐, 그쪽 정도는 주먹으로도
충분하겠죠. 마법도 검도 필요 없겠군…….."

웬만한 마도사가 권신 직업 스킬을 가진 제로스를 이길 수는 없
었다.

최상급 직업일뿐더러 마도사가 가장 어려워하는 전투를 하니까
말이다. 정면으로 맞붙으면 압도적으로 불리하다.

"후우…… 마도사라면 근접전 능력은 필요하잖아요? 그렇게 놀
랄 일입니까?"

"이봐, 너희…… 시간을 벌어. 이 괘씸한 녀석을 태워 죽이겠어!"

"옛! 알겠습니다!"

"맡겨주십시오, 츠베이트 님!"

기사들은 칼에 손을 대고 제로스의 동태를 살폈다. 주먹으로 싸
울 줄 안다면 무기를 뽑지 않은 기사가 불리한 상황이었다. 게다
가 상대방은 칼도 소지하고 마법까지 쓸 수 있었다.

"칼에 손을 대셨군요. 그런데, 괜찮겠습니까?"

"뭐, 뭐가……?"

"그걸 뽑으면…… 죽을 각오가 됐다고 생각하겠습니다?"

""……?!""

그들의 등으로 식은땀이 흘렀다. 언뜻 봐서는 아무런 변화도 없

어 보였지만, 확연하게 분위기가 달라졌다. 눈앞에 선 마도사는 그냥 서 있을 뿐인데 치고 들어갈 틈이 보이지 않았다.

기사들은 움직일 수 없었다. 마치 눈앞에 사나운 거대 몬스터가 있는 것 같은 착각이 들었다. 접근하면 위험하다고 본능적으로 깨달은 것이었다.

"뭣들 하고 있어? 가!"

"하, 하지만……."

"츠베이트 님…… 저자는 너무 강합니다. 달려들고 싶어도 틈이 없습니다."

"흠, 절 상대하기에는 부족하지만, 덤비겠다면 상대해 드리죠. 각오하고 덤비세요. 그나저나 격이 100에 달한 사람이 한 명도 없는 건 바람직하지 않군요~."

"""뭐?!"""

아저씨는 무슨 격투가나 어떤 영화의 배우처럼 왼손을 뒤집고 네 손가락을 까딱여 「덤벼」라고 도발했다.

"그리고 당신들 스테이터스는 전부 꿰뚫고 있습니다. 보유한 스킬도 말이죠. 무슨 뜻인지 알겠나요?"

"가, 【감정 스킬】을……? 말도 안 돼, 우리 스테이터스를 모두 보고 있다는 말은……."

"우리 모두보다 훨씬 강하다는 뜻?"

"그럴 리가……. 그렇게 레벨이 높은 인물이라면 소문이 날 텐데……."

"……이거 참, 하다못해 와이번을 혼자 쓰러뜨릴 정도는 됐으면 좋겠군요."

감정 스킬은 소유한 사람과의 레벨 차이와 스킬 레벨에 따라서 감정할 수 있는 내용이 변한다. 대상과의 레벨 차이가 클수록 알 수 있는 내용도 상세해지는 것이다. 따라서 제로스가 그들의 스테이터스를 모두 알고 있다는 말인즉, 실력 차이가 압도적이라는 뜻이었다.

"……잠깐. 이 남자는 우리의 격이 얼마인지는 한마디도 안 했어. 허세일 가능성도……."

"【츠베이트】레벨 50, 화염 계통 마법이 특기군요. ……응?"

'상태 이상으로 【세뇌】가 걸려 있는데 어떻게 된 일이지? 이건 알려줘야 할까?'

"허세가 아니었나. 제기랄! 이것만은 쓰고 싶지 않았는데 어쩔 수 없지.『연옥의 불꽃이여, 한 무리 용이 되어 적을 멸하라. 그는 황천에서 온 악한 파괴자…….』"

"아니, 츠베이트 님, 그 주문은?!"

"구시가에서 그런 마법을 쓰면 화재가 날 수 있습니다! 이 일대를 불바다로 만드실 생각입니까!"

"하하하하하하! 너무 여유를 부린 게 화근이었구나. 받아라, 【드래그 인페르노 디스트럭션】!"

제로스의 주위로 진홍색 화룡이 무수하게 날아들었다. 하지만 제로스는 그저 한숨만 쉬었다.

"그건 이미 봤어요. 【팬텀 러시】."

'때와 장소를 생각해서 마법을 쓰라고. 아, 몰라. 그냥 가르쳐주

지 말자!'

순간 제로스는 수없이 분열한 것처럼 고속으로 움직여 모든 화룡을 주먹과 발차기만으로 소멸시켰다.

이런 종류의 광범위 공격 마법은 구현된 물리 현상을 완전히 발동하기 전에 파훼하면 피해를 최소한으로 줄일 수 있었지만, 너무나도 비상식적인 공략법에 모든 이가 얼이 빠졌다.

"이걸로 마지막이군."

제로스는 돌려 차기로 마지막 화룡을 없애고 아무 일도 없었다는 양 부스스한 머리를 대충 긁었다. 마치 별거 아니라는 듯한 태도였다.

실력자가 쓰면 도시 하나를 불태울 수 있는 대마법을 주먹질과 발길질로, 게다가 주위에 아무런 피해도 주지 않고 없앴는데도 말이다.

"크레스톤 씨가 쓴 게 훨씬 위력이 좋았어요. 하긴, 레벨이 50이니까 뭐⋯⋯. 아마 두 번은 못 쓰시겠군요? 이럴 거면 기존의 광범위 마법이 더 효과적입니다."

"이, 이럴 리가⋯⋯ 내가 가진 최고 마법이라고! 그게 이렇게 허무하게⋯⋯."

강력한 마법을 쓰고 마력이 고갈되다시피 한 츠베이트는 알아채지 못했지만, 기사들은 어떤 사실을 깨닫고 얼굴이 창백해졌다.

"어이, 지금⋯⋯."

"선대 공작님 성함을⋯⋯."

"아~, 말하지 않았나요? 저는 지금 크레스톤 씨 저택에서 신세 지고 있거든요. 당연히 크레스톤 씨와는 아는 사이입니다만?"

"""못 들었어!"""

"아~, 생각해 보니까 지금까지 한마디도 안 했네요."

다시 말해 그 은거 노인의 지인이라는 말이었다. 동시에 츠베이트에게는 최악의 상황일 것이다.

츠베이트는 제로스의 능청맞은 태도에 부아가 치밀었지만, 패고 싶어도 마력이 떨어져 움직일 수 없었다.

"이, 이 자식…… 설마, 할아버지께……."

"잘못을 했으면 똑바로 벌을 받아야죠. 이 일은 모두 보고하겠습니다. 그게 올바른 어른의 자세일 테니까요."

"그러지 마, 그랬다간 내가 죽어!"

"훗, 애원이라……. 하지만 거절한다! 당신은 저 신관에게 무슨 짓을 했죠? 상당히 악랄한 짓을 하셨죠? 게다가 반성의 기미도 없을 뿐 아니라 이런 도시 한복판에서 범위 마법을 썼습니다. 그것도 화염 계통 마법이에요. 이렇게 주택이 밀집한 곳에서 화재라도 나면 대참사가 벌어졌겠죠. 이번 일은 엄하게 다스려야겠습니다. 특별히 신경 써서 말이죠."

"부탁할게, 뭐든지 할 테니까 그것만은……!"

"안 돼요. 강력한 힘을 감정대로 쉽게 써 버리는 녀석은 그에 맞는 벌을 받지 않으면 반성조차 안 하니까요. 사용할 마법을 고르지 않고 위험한 행동을 한 벌이라고 생각하십시오. 공작가의 후계자라면 더욱 경솔한 행위는 삼가야 하는 것 아닙니까?"

제로스는 애걸복걸하는 츠베이트를 가차 없이 내쳤다.

'그래도 조금은 좋은 약이 되겠지. 마도사가 도시 안에서 생각 없이 행동하면 비극밖에 일어나지 않으니까.'

아저씨는 품에서 담배를 꺼내 불을 붙였다.

"대단해⋯⋯. 마법을 맨손으로 없애다니⋯⋯. 그렇지만 왠 위화 감이⋯⋯ 뭐지? 뭔가 마음에 걸리는데⋯⋯."

루세리스는 눈앞에서 믿어지지 않는 일을 저지른 마도사에게 묘한 느낌을 받았다.

겉모습은 칠칠치 못하고 수상쩍은 느낌이 강했지만, 제로스의 주위에서는 마력이 전혀 느껴지지 않았다.

무릇 사람이라면 누구든 마력을 방출하고, 민감한 사람이라면 그 기운을 감지할 수 있다.

마력을 사용하는 사람이라면 정도의 차이는 있어도 모두 가진 능력이며, 실력자라면 그 효과는 스킬로 나타난다.

루세리스도 당연히 그 스킬, 【마력 감지】를 가지고는 있었으나, 지금은 그 스킬이 반응하지 않았다. 그렇다면 이 마도사는 자신보다 약하다는 것이었다.

하지만 실제로 보고 있으면 다른 사람과는 감각이 달랐다.

"오? 마력 감지인가요? 그걸로는 제 마력을 느낄 수 없습니다. 마력권(魔力圈)이 너무 넓으니까요."

"네?! 어, 어떻게 그걸⋯⋯."

"마력 감지는 당신만 가진 게 아니란 뜻이죠. 뭐, 기본적으로 자동 발동이니까 종종 마음대로 발동해서 상관도 없는 걸 감지해 버리는 게 고민거리지만……."

마력이 느껴지지 않는 이유는 자기보다 약하기 때문이 아니라
반대로 제로스의 마력권 내에 있기 때문에 생긴 착각이었다. 이런
현상은 스킬 레벨이 낮을수록 발생하기 쉬웠다. 마력이 높은 상대
의 마력권 내에 들어갔을 때는 자신의 마력 방출을 의도적으로 억
누르거나 차단해서 온몸의 피부로 마력을 느끼지 않으면 정확하게
알 수 없었다.

"시, 실례했습니다! 스킬로 허가 없이 사람을 엿보는 건 불법인
데 제가 큰 실수를……."

"에이, 뭘요. 마도사 사이에서는 흔히 있는 일이니까 신경 쓰지
않습니다. 게다가 피차일반이죠. 실수라면 저도 하고 있거든요,
아까부터……."

루세리스는 열여덟 살로 결혼 적령기였다. 그런 그녀는 촌스러
운 신관복 너머로도 알 수 있을 만큼 풍만한 볼륨감이 여봐란듯이
강조되어 있었다. 제로스는 조금 전부터 신경이 쓰여 예의가 아니
라고 생각하면서도 그만 눈길을 옮기고 말았다. 그는 속된 표현으
로 『거유파』였다.

참고로 아저씨의 스카우터는 D라고 판단했다.

"꺄악~?!"

"대단하시군요……. 여자와 인연이 없는 생활을 하다 보니 실례
인 줄 알면서도 그만 눈이……. 정말 죄송합니다."

"""""아찌, 엉큼해~!"""""

루세리스는 풍만한 가슴에 시선을 느끼고 허둥지둥 양손으로 감

213

쳤지만, 오히려 그 풍만한 가슴은 흰 로브 위로 더 강조될 뿐이었다. 도리어 청초함과 아우러져 쓸데없이 야했다.

"사실 너무 커도 조금 그렇지만…… 어험! 아무것도 아닙니다……."

단, 기네스급 초절정 폭유는 관심 밖이었다. 그에게도 미학이 있었다.

"예, 예의 바른 분이라고 생각했는데……."

"아저씨니까요~. 야한 이야기도 조금 즐기죠. 저는 그나마 점잖은 편입니다."

눈물을 글썽이며 수치심에 얼굴을 붉게 물들이는 그녀는 제로스의 가학심을 자극했다.

하지만 제로스는 욕망을 억누르고 태연자약한 모습을 연기했다.

"저속해요. 파렴치해요! 엉큼해요!! 믿어지지 않아요!"

"남자는 다 엉큼하다고 생각하는 게 좋습니다. 물론 저자들도 그렇겠죠. 틀림없습니다. 단언할 수 있어요!"

마력 고갈로 진이 빠진 츠베이트와 호위 기사를 포함한 세 명은 뜬금없는 지목에 일제히 고개를 돌려 버렸다. 아무래도 정곡을 찔렀나 보다.

"가, 갑자기 이쪽으로 화살 돌리지 마!"

"저, 저를 그런 눈으로 봤어요?! 으, 음흉한 사람들! 경멸스러워!"

"아, 아니야! 나는 그런 생각……."

"안 했다고 맹세할 수 있나요? 이 정도 미인에 거유라고요. 자기도 모르게 『불끈』하신 거 아닙니까?"

"윽?! 시시, 시끄러워, 넌 좀 닥치고 있어!"

츠베이트는 얼버무리느라 필사적이었다. 하지만 아저씨는 츠베이트을 놀려 먹기 시작했다.

직감적으로「놀리면 재밌다」고 생각한 듯했다. 호위 기사들은 웃음을 참느라 필사적이었다.

"미, 미인이라니…… 제가요?! 평범한 거예요. 미인은 무슨……."

"으음~, 당신처럼 청순한 미인이라면 눈길을 주지 않는 남자가 없을 것 같은데요~?"

"그…… 그렇지는……."

"남자에게 아름다운 여성은 미지의 세계에 도전하는 것과 같습니다. 그곳으로 뛰어들려는 모험가가 끊이지 않죠. 자각하는 편이 좋을 겁니다, 당신이 일반 여성보다 훨씬 상위권이란 사실을……. 특히 가슴이! 지나친 겸손은 오히려 오만으로 보일지도 몰라요. 저기 있는 총각도 같은 생각일 겁니다."

"글쎄, 갑자기 화살 돌리지 말라니깐! 어떻게 대답해야 할지 모르겠잖아!"

이 틈에 슬쩍 츠베이트를 놀렸다.

루세리스는 얼굴을 홍당무처럼 새빨갛게 물들이고 고개를 푹 숙여 버렸다.

그녀는 긴 백금발 머리를 어깨 높이에서 땋았고 몸매는 일류 모델도 울고 갈 정도로 뛰어났다. 어딘지 모르게 앳된 티가 남은 얼굴도 귀여웠고, 의연한 태도를 보이면「마치 성녀 같다」라는 말을 들어도 수긍할 수 있을 것 같았다.

하지만 고아로 자란 그녀는 자신의 매력을 이해하지 못했다.

루세리스는 「미인…… 내가? 설마! 하지만……」이라며 혼잣말을 중얼대고 있었다.

"그런데 꼬치구이 말입니다만…… 어디로 옮기면 될까요?"

"앗?! 그, 그랬죠! 저기…… 주방까지 부탁드려요."

미인이라는 말에 얼굴을 붉힐 정도로 쑥스러워하던 그녀는 허둥지둥 대답했다.

여담이지만, 신관 수행 중에 남성 신관들이 번뇌를 떨치려고 고역을 치렀다는 사실을 그녀는 몰랐다. 루세리스는 무차별적으로 남자들의 관심을 끌어 모으고 있었다. 그것도 무자각하게…….

"주방이 어디죠? 제가 교회에 온 게 처음이라서……."

"네, 네?! 아, 맞아…… 따라오세요!"

"왜 그러시죠? 왠지 정신을 딴 데 팔고 있는 것 같은데."

"아무거도 아니에여! 갠찬하여?!"

"발음이 이상한데요?"

어쩐지 거동이 이상했지만, 루세리스는 제로스를 보육원 안으로 안내했다.

그 뒤로 아이들이 「먹는다~ 고기 먹는다~」라고 노래를 부르며 따라왔다.

남겨진 츠베이트는 잠시 얼떨떨함에 정신을 차리지 못했다. 하지만 머지않아 사태의 중대함을 떠올리고는 그 자리에서 고개를 떨어뜨리고 힘없이 쓰러졌다. 그는 이제부터 죗값을 치러야 했다.

그 후, 제로스는 보육원에서 저녁을 먹고 가벼운 발걸음으로 별장으로 돌아왔다.

참고로 이때 아저씨는 츠베이트의 상태 이상【세뇌】에 관해서는 완전히 새까맣게 잊고 있었다.

츠베이트가 이 사실을 깨달으려면 아직 조금 더 시간이 걸리리라.

 ## 제9화 아저씨, 보육원에 밭을 만들다

영주 저택에서 세 인물이 얼굴을 맞대고 있었다.

한 사람은 노인, 가주 자리를 물려주고 은거한 크레스톤 옹. 다른 한 사람은 청년, 이 공작가의 장남인 츠베이트. 마지막 한 사람은 엄격해 보이는 중년 남성, 흰색 로브를 입은 이 공작가의 현재 당주【델사시스 공작】이었다.

"그래서? 너는 할아버지의 손님인 줄 모르고 그 사람과 싸웠고, 하필이면 우리 일족의 비보 마법을 써서 허무하게 패배했다, 이 말이냐?"

비보 마법이란 마도사 일족에게 비밀스럽게 전해지는 문외불출의 마법이었다.

일반적으로는 오리지널 마법이라고 불리며 일족이 연구의 정수를 모아 만든 오의라고도 할 수 있었다. 그 마법을 생각 없이 세상에 폭로했을 뿐 아니라 허무하게 파훼당한 것이 문제였다.

"그…… 그건, 그렇지만, 그 인간의 힘은 정상이 아니었……."

"변명은 됐다. 심지어 영지의 피해를 생각하지 않고 마법을 썼을 뿐더러 그 이유가 네가 반한 여자가 네 말을 듣지 않고 다른 남자와 친해질 것 같아서였다고? 이런 한심한 소문이 퍼지면 우리 공작가의 이름에 먹칠을 하는 거다!"

"뭐, 상대가 제로스 공이라면 그럴 만하지. 나도 그 마법을 썼지만, 그자의 비보 마법에 손쉽게 파훼됐단다."

"아니, 할아버지씩이나 되는 마도사도?! 말도 안 돼……."

"쉽게 믿기 어렵군요. 정체가 뭡니까? 그 남자……."

"자세히는 알려주지 않았어. 나와 세레스티나의 목숨을 구해준 은인이고, 가정교사로 고용했지."

"뭐, 뭐라고요?"

"그 녀석의 교사라고?! 그런 괴물에게 가르침을 받다니, 농담이겠지?!"

크레스톤의 입으로 제로스와의 만남이 전해졌다.

그 내용에 두 사람은 서서히 낯빛이 바뀌기 시작했다. 델사시스는 난해한 정치 문제에 맞서는 듯했고, 츠베이트는 자신의 분수를 알고 공포에 떨었다.

"꼭 우리나라의 중진으로 등용하고 싶군요."

"안 될 게야. 정치는 귀찮아서 싫다더군. 함부로 매달리면 어떻게 될지 몰라. 뭐, 이유도 없이 갑자기 공격해 올 자는 아니지만."

"하지만 가만히 놔두기에는 위험하지 않습니까? 그만한 재능이 있으면서 재야에 남아 있다니……."

"나는 마도사답다고 생각해. 연구를 위해서라면 나라를 상대로도 싸우려 들 게야."

"적으로 만들기에는 무섭군……. 얼마나 위험한 비보 마법을 가졌을지 알 수 없어."

"티나에게 이야기를 들었는데 나라를 멸망시킬 마법을 여러 개가졌다고 하더구나. 연구 결과를 냈으니까 사용할 생각은 없다고 하지만."

"충분히 위협적입니다, 아버지. 어떻게든 고삐를 채울 수 없겠습니까?"

정치적으로 보면 제로스는 핵탄두를 장난감처럼 가지고 다니는 꼴이었다.

그런 마도사를 마음대로 돌아다니게 할 만큼 델사시스는 속 편한 성격이 아니었다.

"아서라, 델사시스……. 너는 이 나라를 멸망시킬 작정이냐? 편하게 대하면 돼. 티나처럼 말이지."

"하지만 그런 마도사라면 우리나라의 마법학에도 공헌할 수 있을 겁니다. 왜 아버지께서 말리시는 겁니까?"

"싸움에 지친 마도사를 권력 싸움 가운데에 내던져 보아라. 가장 먼저 그놈들을 소멸시키고 이 나라에서 사라질 게다. 무의미한 희생을 낼 수는 없어."

"아버지의 은인이기도 하니…… 강요할 수는 없겠군요."

"음, 바꿔 말하면 오리지널 마법 외에는 쉽게 가르쳐줄 모양이더구나. 티나는 정식으로 그자의 제자가 되고 싶다며 열심히 마법

학을 배우고 있어."

"그 아이는 마법을 쓸 수 없지 않습니까?"

"이제 쓸 수 있게 됐단다. 제로스 공 덕분에 말이지. 괜히 대현자가 아니야……."

""뭐, 뭐라고요?!""

세레스티나가 마법을 쓸 수 있게 됐다는 말에도 놀랐지만, 그들은 【대현자】라는 단어에 경악했다. 대현자란 사신 전쟁 시기에 몇명 존재했으며, 그 위대한 마도의 지혜로 용사들을 이끌었다고 전해지는 존재였다.

하지만 사신을 봉인할 때 모두 사망해 그 지식은 이어지지 않고 역사의 뒤안길로 사라졌다.

그 이후, 대현자라는 직업을 얻은 사람은 아무도 없었기에 환상의 직업이라고 불렸다.

"아, 아버지…… 그것이 사실입니까?"

"그래. 격이 이미 1000을 넘었어. 웬만한 용사보다 강하지 않겠느냐?"

"정말로……? 난 그런 괴물에게 싸우자고 했던 거야?"

"다른 곳에는 발설하지 마려무나. 폐하에게도 말이야……."

""어떻게 말합니까?""

현자 클래스 마도사는 수많은 마도사들이 가르침을 청하고 싶어 할 정도의 VVIP였다.

그런 현자를 아득히 초월한 대현자는 이미 신이라고 불러도 무방했다. 그리고 그런 황공무지한 존재에게 싸움을 건 바보가 여기 있었다.

"까딱 잘못하면 우리 가문이 사라졌겠군."

"큰일 났다……. 아무리 몰라서 한 일이라지만 그런 상대에게……."

"조용히 살고 싶다는 모양이니까 땅만 주면 될 게야. 그렇게 약속하기도 했고."

"그 정도로 괜찮다면 지금 당장 준비하죠."

"그래. 별장 숲 일부와 보육원을 함께 그에게 줘라."

"하, 할아버지?! 왜 보육원을……."

루세리스 때문에 마음이 싱숭생숭한 츠베이트는 그 한마디에 가슴이 철렁했다.

"듣자 하니 일반 작업에 적합한 마법을 고안했으니까 고아들에게 가르치고 싶다는구나. 농업 마법이라고 하더군."

"뭡니까, 그게? ……마법은 공격이나 전투 보조가 주류 아닙니까?"

"세레스티나에게 마법의 새로운 가능성을 보여주겠다고 했어. 참으로 좋은 교사야."

"마도사단 녀석들에게 들려주고 싶은 말이군요. 그래서 그 아이의 실력은 늘어날 것 같습니까?"

"최근 며칠 사이에 놀라울 정도로 발전했어. 역시 학교에서 재능을 키우기는 무리겠어."

"학교는 개인의 재능을 우선시하니까요. 마법이 발동하지 않으면 바로 탈락시켜 버리니……."

"그래. 그렇기에 제로스 공이 개량한 교본이 중요한 거지. 나도 배워 봤는데 제법 쓰기 쉽더구나."

"그 정도인가요? 우리나라 마도사 교육을 위해서 꼭 보급하고 싶군요. 그에게 승낙은 받으셨습니까?"

"이미 받아 놨다. 이제 무능한 녀석들을 몰아낼 수 있겠군. 누가 뭐래도 기존 교본보다 훨씬 우수한 건 명백하니까 말이야."

노인과 현재 당주는 이스톨 마법 학교 졸업생이기도 했다.

그들은 모두 수석 졸업생인 한편 현재 학교의 존재 의의에 의문도 품고 있었다.

"아무래도 좋은 일이지만…… 너, 그 아이에게 너무 매정하지 않느냐?"

"두 아내 앞에서 그 아이를 귀여워할 순 없잖습니까? 그 아이의 어미는 부인들보다 너무 매력적이었으니까요. 하아……."

"여자의 질투는 무섭다고 하지……. 조만간 칼침이라도 맞는 거 아니냐? 바람 좀 작작 펴."

"벌써 몇 번 찔렸습니다. 하지만 그만둘 수가 없군요."

"이미 늦었나. 변함없구먼……. 안 죽는 것도 용해……."

세레스티나는 공작가 내에서 냉대를 받았다. 적어도 아버지는 딸에게 애정을 가졌으나, 결코 공공연히 귀여워할 수 없었다.

델사시스의 여성 편력이 너무 심하기 때문이었다.

"뭐, 학교나 파벌 개혁은 차차 시작하면 되겠지만, 문제는……."

"그래, 츠베이트야."

"윽, 잊고 넘어갔으면 좋았을걸……."

"잊을 리가 있느냐! 『영주의 일을 경험하고 자신의 역량을 키우고 싶다』고 해 놓고 사실은 여자 한 명을 손에 넣기 위해 권력을 이용하다니, 가당치도 않다! 창피한 줄 알아라!"

"아, 아버지도 사방팔방에 애인을 두고 있잖아!"

"나는 일과 불장난을 확실하게 양립하고 있다. 더군다나 권력으로 밀어붙인 적 따위 단 한 번도 없어!"

델사시스는 여자관계가 굉장히 화려했다.

그럼에도 공과 사는 엄격히 구분했다. 여성에게 손을 댈 때도 정체를 숨길 정도였다. 관계를 가진 여성에 대한 애프터서비스에도 만전을 기해 생활이 어려워지지 않도록 원조하는 배려심도 있었다.

더불어 영주로서 일하는 한편 무역업도 했으며, 세금에 손을 댄적은 한 번도 없었다. 델사시스는 능력 있는 남자였다.

"아버지가 그 모양이니까 내가 초조하잖아! 실수로 언젠가 손을 댈까 봐 불안하다고!"

"내 탓이라고 말하고 싶은 거냐? 네가 남자로서 얼마나 소인배인지 깨달아라. 여자를 반하게 해야 남자의 관록도 붙는 법이지. 잔재주만으로 겉을 꾸며 봤자 좋은 여자는 그걸 꿰뚫어 본다는 걸 모른단 말이냐? 이 덜떨어진 놈 같으니!"

"나는 학교 때문에 당분간 여길 떠야 한다고! 그사이에 아버지가 눈독을 들이면 끝이잖아!"

"그럼 네 매력이 그 정도밖에 안 된다는 거지. 정말로 반했다면 애당초 다른 남자에게는 눈길도 안 줘. 가령 그렇게 된다면 곧바로 고무신을 거꾸로 신는 별 볼 일 없는 여자란 뜻이 아닌가?"

"말 다 했어? 놈팡이 아버지가!"

"다했다, 왜? 어차피 넌 권력에 의지하다가 완전히 미운털이 박혔잖아? 그만 포기해라. 계집애처럼 구는 것에도 정도가 있지!"

백전연마의 플레이보이인 아버지가 상대라면 츠베이트가 너무 불리했다.

애초에 델사시스는 남의 여자를 빼앗은 일은 한 번도 없었다. 만약 있다고 해도 과부나 사연이 있는 여성이 대부분이었고, 그 여성들에게도 진지하게 대할 정도로 성실했다.

그릇의 크기가 너무도 달랐다.

"나는 마누라만 보고 살아서 모르겠지만, 무엇이 이 녀석들을 이렇게 만드는 건지……."

크레스톤은 오직 아내만을 사랑하며 살아왔고, 죽은 아내 외의 여성과 관계를 가진 일이 없었다.

매춘부라면 젊은 시절 몇 번 만났지만, 일시적인 변덕일 뿐이었다. 사창가를 자주 들락거린 적도 없었다.

그래서 아들과 손자의 승강이에 고개만 갸웃거리다가 수습이 안 되겠다 싶자 한숨을 쉬었다.

그렇게 영주 저택 거실에서 부자지간의 처절한 설전이 이어졌다.

그리고 그것은 이내 주먹다짐으로 발전했다.

마침 그 무렵, 제로스와 세레스티나는 호위 기사 두 명과 함께

다시 보육원에 와 있었다.

"저기…… 제로스 씨? 오늘은 무슨 용건으로 오셨죠?"

"마법 실험을 하려고요. 교회라서 그런지 이 보육원 뒷마당이 넓더군요. 밭이라도 만들어서 아이들에게 돌보게 하면 좋겠다고 생각했죠."

"밭이요……. 저도 한 번 생각한 적은 있지만, 돌도 많고 땅이 너무 딱딱해서 아이들에게는 맡길 수 없겠더라구요."

"그래서 필요한 게 마법입니다. 열심히 연습하면 넓은 분야에 이용할 수 있죠. 마법이 꼭 싸우기 위한 도구만은 아니랍니다."

루세리스는 고개를 갸우뚱 기울였다. 신관들에게 마법이란 사람을 해치는 악한 행위로 여겨졌다.

그들이 사용하는 신성 마법이야말로 진정한 신의 기적이라고 믿었으며, 마도사에 대한 시선은 썩 곱지 않았다. 하지만 제로스는 폭탄을 던졌다.

"여러분이 사용하는 치유 마법도 마도사들이 쓰는 공격 마법과 분야는 같아요. 요컨대 사용법을 그르치지만 않으면 됩니다."

"네? 저희 마법은 신성 마법이고 신의 기적 아닌가요?"

"아닙니다. 마법을 배울 때 스크롤을 쓰죠? 그건 오래된 형태의 마도서와 같은 원리거든요. 즉, 신성 마법도 마도사가 쓰는 마법과 분류상 같다는 뜻입니다."

"그럼 신관도 마도사라는 말인가요?"

"그런 셈이죠. 일반적인 마도사가 공격형이라면 신관은 방어에 특화된 후방 지원형이라고 해야 할까요? 뭐, 크게 의미는 없는 분류법이지만요."

신관의 마법은 신이 선물한 기적이라고 전해졌다. 그 신성 마법
이 기록된 스크롤을 수여받는 것은 신관으로서 지위가 올랐음을
의미했다. 하지만 제로스는 신성 마법이 마도사가 쓰는 마법과 같
은 것이라고 했다. 설령 그것이 진실이라도 신관들에게는 간과할
수 없는 폭언에 가까웠다.

"미, 믿을 수 없어요. 어떻게 그런……."

"저도 모든 종류의 힐을 쓸 수 있습니다. 독도 고치고 언데드 정
화도 가능하죠. 빛 속성 마법이라고 분류하고 있습니다."

"세상에…… 최고 사제분들도 그렇게는 못 하는데……. 하지만
인정할 수는……."

"효율을 중시해 마력 소비를 억제하고 체세포를 활성화하는 형
식입니다. 기본 마법을 개량하면 그 후 마법 구축도 편하니까요."

"선생님은 회복 마법도 개량하셨나요?!"

마도사의 빛 마법과 신관의 신성 마법은 동일하며 같은 계통에
속했다. 문제는 공격인가 치료인가로 나뉘어 한쪽은 파괴 마법,
한쪽은 신의 기적으로 분류되었다.

본래대로라면 이런 일은 있을 수 없지만, 사실 전쟁으로 인한 혼
란기에 각종 문헌이 소실되었고 마법에 관련된 문헌 또한 약탈당
하다시피 했다. 결국 마법 지식이 뿔뿔이 흩어져 퍼진 것이 현재
의 마법이었다.

마법 문자로 구성된 이상 성질은 달라도 같은 마법이다. 하지만
복구를 위해 오랜 시간을 들여 재구축한 문화적 상식은 이제는 쉽

게 고칠 수 없는 상황이 되었다.

빛 마법의 한쪽은 종교와 병합해 신성한 것이 되었고, 어중간하게 남은 빛 속성 마법은 연구 끝에 공격에 특화한 마법으로 변했다.

"하지만 이 시대에 괜한 풍파는 일으키기 싫군요. 이단 심문 같은 건 귀찮으니까요."

"선생님…… 잘못하면 세계가 혼란에 휩싸일지도 몰라요."

"현재에 만족하고 아무것도 모른 채 살아가면 편하겠지만, 마도사는 호기심의 결정체 같은 족속이죠. 진실을 알면 분명 바로 연구부터 시작할 겁니다. 하하하하♪"

"웃을 일이 아니에요. 신관분들이 마도사…… 신의 기적이 아니라니……. 이런 사실을 알면 저는 어떡하면 좋을지……."

"딱히 신경 쓸 필요 없지 않을까요? 진실이란 고작 그 정도로 사소한 것입니다. 알았다고 현실이 변하지는 않아요. 바꾸고 싶다면 누군가가 행동을 일으키겠죠. 저는 안 하겠지만요."

상황에 따라서는 큰 변화가 있을 것이다. 특히 종교 국가에서는 나라의 존속이 달린 문제며, 자국의 우위성을 잃을 수 있었다. 그것도 시간문제일 뿐이었지만, 이르냐 늦냐의 차이로 혼란의 규모는 크게 변할 것이다. 신관 중에도 악랄한 자는 많았고 불만이 쌓인 자도 적지 않았다.

"그런 것보다 어서 밭을 만들죠.『일하지 않는 자, 먹지도 말라』라고 하잖아요?"

"아주 중요한 이야기 아닌가요? 종교 국가의 존재 의의가 사라진다구요, 선생님……."

"신이 뭐든 해준다고 생각한다면 크나큰 착각입니다. 신은 기본적으로 방관자이고 무언가를 해주지도 않아요. 아무리 확률이 낮고 기적처럼 보여도 가능성이 있는 한 일어날 일은 일어나기 마련입니다. 그걸 기적이라고 부르며 숭상하니까 귀찮지만요."

"신세를 졌던 사제님도 같은 말씀을 하셨어요. 제로스 씨는 신을 싫어하시나요? 그건 죄악이에요……. 벌을 받을지도 몰라요."

"싫죠. 그 신이 일 처리를 제대로 안 해서 실제로 죽을 뻔했으니까요. 그것도 사신한테……. 오히려 신은 적입니다."

""…….""

두 사람의 사고가 정지했다.

""노, 농담……이죠?""

"글쎄요~, 어떨까요? 믿을지 말지는 여러분의 자유랍니다♪"

거짓말은 하지 않았다. 오히려 사신의 저주로 실제로 죽었다.

그 사신을 산업폐기물처럼 이세계, 그것도 게임 속 세계에 봉인한 것이 이 세계의 신들이었다. 설사 이쪽 세계에 전생시켜줬다고는 해도 부당하게 죽었다는 점에는 변함이 없었다.

고로 신은 적이었다.

제로스는 그 진위를 조금 더 확인하고자 이런저런 질문을 던지는 두 사람을 대충 피해 교회 뒤쪽으로 돌아갔다. 그곳은 잡초가 아무렇게나 자란 공터였다.

원래는 묘지로 쓸 예정이었지만, 도시 경관을 해친다는 이유로 무산되고 그 모습 그대로 남아 있었다. 이 공터를 이용하자는 이야기가 몇 번이나 오갔지만, 결국 묘안이 떠오르지 않아 방치되었다.

그리고 신시가가 만들어지면서 차츰 잊었고 보육원으로 바뀌어 현재에 이르렀다.

"아찌, 오늘은 뭐 해?"

"선물은?"

"저 여자애, 아찌 애인이야?"

"고기 줘, 고기이~."

아이들은 너무 건강해서 탈이었다.

"오늘은 이곳에 밭을 만들려고 해. 너희는 방해되지 않게 뒤에서 지켜봐주면 고맙겠는데~."

"응, 알았어."

"선물 없어? 쩨쩨하네, 아찌."

"고기이……."

"아찌도 수녀님 노려?"

그리고 버릇도 없었다. 뭐, 어린아이야 어느 세계든 비슷하겠지.

"그럼 바로 해 볼까……【가이아 컨트롤】."

제로스가 땅에 손을 대고 마법을 사용하자 풀이 무성한 지면이 생물처럼 움직이더니 잡초나 돌멩이를 모조리 솎아 내서 넓은 농지를 만들었다.

그리고 그곳에 밭이랑이 만들어지고 당장이라도 씨나 모종을 심을 수 있는 상태로 바뀌어 갔다.

"대, 대단해……. 이게 가능성…… 사람을 행복하게 하는 마법……."

"세상에, 그 풀밭이 이렇게 빨리 개간되다니……. 제로스 씨는 실력이 대단한 마도사였군요."

마법을 아는 두 사람조차 눈앞에서 벌어진 일이 그야말로 마법처럼 느껴졌다.

치유 마법이나 공격 마법과는 다른, 개척에 특화한 마법이었다.

"그리고 이 밭 주위에 벽을…… 【스톤 월】."

지금 만든 밭 주위를 낮은 벽으로 둘러싸서 외적의 침입을 방지했다.

하지만 이 밭은 하늘의 외적에게는 약할 듯했다.

"아찌, 대단해~!"

"제법인데! 아찌."

"수녀님한테 점수 따려고? 변태네, 아찌."

"고기가…… 고기이~!"

밭이 만들어지자 놀라는 아이도 있었지만, 마이웨이로 딴생각을 하는 아이도 있었다.

"이제 채소를 자급자족할 수 있고 구석에서 약초를 재배하면 부수입도 얻을 수 있을 겁니다. 어떻습니까?"

"굉장하다는 말밖에 나오지 않아요. 하지만 이렇게 큰일을 해주셨는데 저는 아무런 답례도……."

"말했잖아요, 『이건 실험』이라고. 신경 쓰실 필요 없다니까요."

"성인(聖人)은 분명 제로스 씨 같은 분을 두고 하는 말이겠죠……. 대가를 바라지 않는 봉사, 훌륭한 일입니다."

"너무 치켜세우시네. 저는 그렇게 대단한 사람이 못 됩니다."

루세리스가 어쩐지 뜨거운 시선을 보내왔다.

제로스는 알지 못했다. 그녀가 자신에게 호의를 보내기 시작했다는 것을…….

오랜 독신 생활은 그를 이토록 둔하게 만든 것이었다.

"정말로 대단해요, 선생님. 이 마법은 마력을 얼마나 쓰죠?"

"대충 85 정도? 어느 정도는 자연계 마력을 가져다 쓰지만, 의외로 부담이 있죠~. 게다가 범위가 넓어질수록 필요한 마력은 늘어나니까 개량의 여지는 있습니다."

"위력이 크면 필요한 마력량도 클 거예요. 이 정도 넓이의 땅에 사용한 것치고는 상당히 부담이 적은 편 아닌가요?"

"사용자의 마력은 자연 마력을 끌어오는 정도로 쓰는 게 가장 효율적인데, 예상보다 마력이 많이 드는군요. 보통 사람이 쓰면 바로 마력 고갈로 쓰러지겠어요. 아직 일반 배포용은 아니네요."

"제로스 씨가 만든 마법이 완성되면 평범하게 생활하는 분들도 농사일이 대단히 편해질 거예요. 이것만으로도 충분하다고 생각하는데, 아닌가요?"

"건축 현장에서도 활용할 수 있겠지만, 시중에 내놓으려면 아직 조금 개량하는 편이 좋으려나? 소비 마력도 많고 용도를 한정해야 전쟁터에서 사용되지 않을 텐데, 그게 어렵네요."

편리한 마법이라도 장단점이 있었다. 농사나 공사 현장에서 폭넓게 활용할 수는 있겠지만, 사용법에 따라서는 전쟁에서 진지 구축이나 함정을 만들기 위해 쓰일 것이다. 용도의 폭이 넓은 만큼 성가신 마법이기도 했다.

"으음, 용도를 한정한다 치더라도 필요한 마력이 늘어나 버리니

원~. 게다가 쓸 수 있는 마도사가 한정될지도 모르고…… 마법식
도 늘어나니까 그만큼 부담이 생겨. 개인의 보유 마력량도 많지
않으면 발동하지 않겠지. 어디까지 간략화할 수 있을까……. 가급
적 전쟁에서 사용되는 꼴은 보고 싶지 않은데, 개인 마력 제어력
이 높으면 제어 마법식조차 의미가 없으니까 골치 아파. 그 점이
문제인데…… 중얼중얼……."

아저씨의 머리가 가속하고 주위 사람들을 무시한 채 마법의 개
선점을 생각하기 시작했다.

"저는 마법에 관해 잘 모르지만, 결국 사용하는 건 사람이니까
어떤 마법이든 사용자가 쓰기 나름 아닌가요? 제로스 씨의 지나친
고민 같은데……."

"그건 그렇지만, 이건 철학입니다. 루세리스 씨, 저는요, 제가
제작한 마법을 전쟁과 관련된 곳에서 쓰지 말았으면 합니다. 불가
능하다고는 생각하지만……."

편리한 마법도 사용하는 사람에 따라서는 위험하게 변한다.

땅을 조종하는 마법은 전투에는 적합하지 않지만, 적의 발을 묶
는 정도로는 충분히 사용할 수 있었다. 루세리스의 말대로 사용자
가 쓰기 나름이겠지만, 그게 큰 문제이기도 했다.

"저기, 제로스 씨. 이걸로도 만족하지 못하시나요? 저에겐 정말
로 편리한 마법으로 보이는데요?"

"그 편리함이 결점이라서 문제란 겁니다. 용도가 한정되어도 머
릿수를 모으면 위험해져요."

"머릿수요……? 땅을 움직이는 것뿐이잖아요? 그리 문제될 것

같지 않은데요?"

"앗…… 그런 말씀이군요, 선생님. 확실히 위험하겠어요."

"눈치챘나요? 세레스티나 양. 맞습니다. 예를 들어 전방에서 밀려오는 기마군단에게 100명이 이 마법을 쓰면 어떻게 될까요? 손쉽게 적을 땅에 묻어 버릴 수 있죠. 더 나아가면 공격 마법과 달리 제어가 쉬우니까 적의 움직임에도 충분히 대응할 수 있습니다."

"제로스 씨…… 그건 즉, 사람을 죽이진 않지만,『움직임은 막을 수 있다』는 뜻인가요? 너무해…… 이런 편리한 마법을 전쟁에 쓴다니……."

"너무 편리해서 틀림없이 농민들이 전쟁에 징병될 겁니다. 만약 그런 일이 벌어지면 국내 경제는 단숨에 악화되겠죠. 징병 되는 사람 수가 늘어날 가능성이 높으니까요."

밭을 효율적으로 일구는 마법. 하지만 그 편리함이 농민들을 전쟁터로 내몰게 된다. 편리하기에 권력자의 도구가 될 소지가 있는 것이다.

루세리스는 제로스가 미래까지 내다보며 깊이 생각하고 있다는 사실에 놀라움을 감추지 못했다. 동시에 그녀는 제로스를 보며 심장 고동이 빨라지는 것을 느꼈다.

실제로는 제로스가 『전쟁을 하면 아마도 이렇게 될걸?』이라는 예를 들었을 뿐이었지만.

"어이쿠, 나도 모르게 교사 버릇이 튀어나왔네. 뭐, 그건 크레스톤 씨랑 상담하기로 하죠. 어차피 저 혼자 고민해 봤자 좋은 해답은 나오지 않을 거고 무엇보다 귀찮아요. 죄다 떠넘겨 버립시다."

"선생님…… 상당히 중요한 문제라고 생각하는데요?"

"제로스 씨, 그건 조금 무책임하지 않나요……? 무고한 사람들의 목숨이 위험에 처하게 된다고요."

"제가 할 수 있는 일은 기껏해야 사용법을 조금 불편하게 만드는 것뿐이에요. 귀찮은 일은 높으신 양반들께 넘기겠습니다. 무책임하면 뭐 어떻습니까! 밭 이야기로 돌아가죠. 여기에는 뭘 심으실 거죠? 꽤 넓으니까 가능하면 여러 약초를 심어 보길 추천합니다만, 어떻게 하실래요?"

이야기가 딴 길로 샜지만, 원래는 밭을 만들러 온 것이었다. 마법 수업을 보육원에서 할 필요는 전혀 없었다. 무거운 이야기에서 화제를 억지로 되돌리기로 했다.

여담이지만, 아저씨는 가정교사를 하며 【지도(指導)】 스킬을 얻었고, 지금도 스킬 레벨이 엄청난 기세로 최고치를 향해 올라가는 중이었다.

그 영향인지 때때로 이렇게 느닷없이 수업을 벌이곤 했다.

"네? 아, 그랬죠……. 채소도 그렇지만, 약초 수입은 매력적이네요. 하지만 씨도 값이 비싸다 보니…… 막상 고르려니까 고민이네요."

"문제는 비료인데, 숲에 떨어진 나뭇잎을 모아 부엽토를 만드는 건 어떨까요? 잔반도 비료가 될 테고요. 가능하면 닭장을 만들어서 달걀도 얻어 보는 건 어떻습니까?"

"그렇지만 밭을 저 혼자 돌보기는 힘들어요. 제 일도 있는데……."

"아이들이 돌보게 하세요. 이 시기에 노동의 소중함을 가르치지 않으면 어른이 되어서 대뜸 사회에 나가게 될 테니까요."

"교육과 식량 자급을 함께하는 거군요? 역시 선생님이세요. 멋진 생각이에요♪"

"에이, 대단한 일은 아닙니다. 그냥 남이 음식을 베푸는 걸 당연하게 생각해서 열 받았을 뿐인걸요. 사람은 언젠가 자립해야만 합니다!"

아이들을 상대로 소인배 같은 소리였다. 이래저래 궁상맞은 느낌이 났다.

"아찌, 왜 그렇게 좀스러워?"

"깍쟁이? 깍쟁이지, 아찌."

"어우, 그게 뭐라고……. 우리 쪼잔하게 이러지 말자. 다 큰 어른이 말이야~."

"고기, 고기가 먹고 싶다고오~!"

"……이걸 보세요. 이 애들, 성격 한 번 끝내주네요……. 사람에게 기댔다면 그만큼 성과를 내야죠. 젊어서 고생은 사서도 하라고 말하고 싶군요."

"죄송합니다! 정말로 죄송합니다! 제가 모자란 탓에……."

루세리스가 머리를 땅에 박을 기세로 숙였다. 그런 어른의 고생은 몰라주고 아이들은 정말로 자유로웠다.

"씨는 가지고 계세요? 밭을 만든다고 들어서 일단 저택에서 씨를 몇 가지 받아 왔는데……."

"세레스티나 님?! 죄송합니다, 정말로 어떻게 얼굴을 들어야 할지……!"

"무슨 씨죠? 이래 봬도 농업이 특기라서 궁금하네요."

"음~, 【덥수룩 양파】랑 【바빌론 토마토】, 【날아차기 무】, 【머슬 뽀빠이】예요."

"……대체 무슨 채소입니까? 저는 대산림 지대에서 주운 【만드라고라】 씨앗과 【회복초】 씨앗입니다. 너무 많아서 처치 곤란이었어요."

"마, 만드라고라?! 그렇게 비싼 건 받을 수 없어요!"

"원래 공짜로 얻은 거고 아직 더 있습니다. 신경 쓰지 마세요."

만드라고라는 고가로 팔리는 고급 약초이며 한방에서도 사용됐다. 마법약의 대표적 재료로 수요가 상당히 높지만 항상 물량이 부족했다.

모종 하나로 많은 씨앗을 뿌려 번식하지만, 마물의 먹이가 되기 때문에 좀처럼 구하기 힘든 희귀한 약초였다.

뽑으면 단말마의 비명을 지르고 그 소리를 들으면 즉사한다고 전해지지만, 실제로는 비명을 들어도 죽지는 않는다. 다만, 무지막지한 죄책감을 강제로 불러일으킬 뿐이다.

심지어 숲에서는 대량 번식하기 때문에 기본적으로 잡초나 다를 바 없어서 식량으로 삼는 마물이 없으면 숲을 뒤덮을 정도로 생명력이 강하다. 일확천금을 노리기에는 제격인 식물이라 하겠다.

"그럼 너희는 이 씨앗을 심고 채소와 약초를 키우렴. 너희 생활이 걸렸으니까 열심히 키워야 한다?"

"뭐어어어~? 귀찮아아아~."

"구걸하면 더 좋은 거 먹을 수 있는데?"

"편하게 돈 버는 스타일?"

"고기이~!"

아이들에게는 혹평이었다.

제로스는 그런 아이들에게 싱긋 미소 짓고는 옆에 있던 바위를 맨손으로 가루 내 버렸다.

"하하하, 아무리 온화한 아저씨라도 언젠가는 화낼지도 모른단다. 목숨을 걸고 말하려무나. 스스로 돈을 번다면 나는 아무 말도 안 하겠어."

"""""Yes, My Lord! 당신이 왕입니다!"""""

아이들은 처세술에도 능했다. 건드려선 안 될 사람이라고 즉석에서 판단한 모양이었다.

아무래도 좋지만, 이런 말은 어디서 배운 것일까?

"……제가 아이들을 잘못 가르친 걸까요? 여신님, 교육이란 이토록 어려운 일이었군요……."

"아뇨…… 저 아이들은 제법 굳세게 살고 있다고 생각합니다. 신경 쓰실 필요 없어요."

루세리스는 하염없이 눈물을 흘렸고 세레스티나는 그런 그녀를 달랬다.

이날, 두 사람에게는 나이 차이를 초월한 우정이 싹텄다.

그 후 제로스의 진두지휘 아래 아이들은 밭에 씨를 심었다. 그것이 장차 보육원 경영의 개혁이 되리라고는, 신이 아닌 그는 몰랐다.

아무튼 이 보육원은 제로스의 영향을 받아 차차 변혁을 이루게 된다.

보육원에서 약초 재배가 주류가 될 정도로…….

여담으로 마침 이 무렵 츠베이트 군은 바닥에 뻗어 있었다.

델사시스의 레프트 훅을 정통으로 맞고 KO 당한 것이다.

영주 저택에서 시합 종료 공이 울렸는지는 알려지지 않았다고 한다.

 ## 제10화 아저씨, 제자가 늘어나다

세레스티나는 메이스를 휘둘러 머드 골렘을 머리부터 쳐부쉈다.

진흙이 튀어도 개의치 않고 다음 목표를 향해 몸을 돌려 옆으로 일격을 휘둘렀다. 핵을 파괴당한 골렘은 그 자리에서 무너져 자그마한 진흙더미가 되었다.

머드 골렘은 움직임이 단조로워서 공격 과정은 대단히 파악하기 쉬웠다. 실제로 골렘 몇 마리가 팔을 내민 순간 세레스티나가 그곳에서 이탈하자, 그녀가 있던 곳으로 진흙 팔이 일제히 날아들었다. 만약 인간이었다면 적이 공격하는 순간 팔을 늘려 구속하고 마무리 지을 것이다. 움직임이 둔해 아무리 수가 많아도 냉정해지면 대처하기란 어렵지 않았다.

하지만 장시간 전투가 이어지자 역시 체력이 떨어졌다. 심지어 머드 골렘은 쓰러뜨린 후에도 바로바로 보충됐다.

세레스티나가 옆을 힐끔 봤다. 스승인 제로스가 상황을 보다가 마석을 던지고 마석 내부의 술식을 기동하자 골렘 세 마리가 생성됐다.

'증원은 셋…… 전투에 참가하기까지 대략 20초, 그 사이에 세 마리를 쓰러뜨린다!'

세레스티나는 가까운 곳에 있는 골렘을 목표로 정하고 뛰어들어 핵을 파괴했다. 그리고 지체 없이 그 옆에서 팔을 늘리려는 골렘을 격파하고 후방에서 다가오는 골렘을 머리부터 단숨에 뭉개 버렸다.

요 며칠 사이 그녀는 머드 골렘의 움직임에 냉정하게 대처할 수 있을 만큼 전투 훈련에도 익숙해져 있었다.

원래 그녀는 보유 마력은 적으나 이스톨 마법 학교에서 우수한 성적을 거두는 수재였다. 비록 전투 훈련 수업은 받지 못했을지언정 견학하며 키운 상황 판단력이나 분석 능력은 몹시 뛰어났다.

전투 훈련도 고작 고블린을 포획해 와서 훈련장에 풀고 일방적으로 공격 마법을 쏘는 것이었지만, 허점을 보이면 다치기도 하며 골절하는 학생도 본 적 있었다. 세레스티나는 그들이 상황을 어떻게 판단했는지 분석하고 그 상황을 자기 자신에게 대입해 머릿속으로 시뮬레이션하길 반복해 왔다.

학생의 부상 원인은 어설픈 상황 판단과 인식, 동료가 있으니까 괜찮다는 근거 없는 안도감과 과대평가, 그로 인한 방심이었다.

"머드 골렘은 행동이 느리지만, 종종 기발한 공격을 해……."

세레스티나는 방심하지 않았지만, 그렇다고 안전하다는 것은 아니었다. 빈틈을 보이면 골렘들은 다리를 늘려 바로 아래에서 발차기를 하거나 쓰러진 동료의 진흙을 이용해 자신의 몸을 강화하거나, 또는 한 마리라고 생각했던 것이 두 마리로 분열하는 등 변칙적인 공격도 해 왔다. 슬라임 계열 몬스터가 비슷한 공격을 한다는 지식은 있었지만, 실제로 당해 보니 상당히 성가셨다.

"꿰뚫어라, 바위창이여, 【락 블래스트】!"

땅 계통 마법을 쏴서 골렘 몇 마리를 한 번에 해치우고 증원 병력을 향해 메이스를 번쩍 들었다. 그런데 갑자기 머드 골렘이 시야에서 사라졌다.

"응?!"

무슨 일이 일어났는지 퍼뜩 이해하지 못했다. 해답은 머드 골렘이 제 몸의 구축을 해제해 바닥에 무너져 내렸을 뿐이었다. 하지만 이것은 그녀에게 한순간의 빈틈을 낳았다. 머드 골렘은 무너진 모습 그대로 바닥을 기어와 세레스티나의 다리에 엉겨 붙어 움직임을 막았다.

그와 동시에 다른 두 마리도 팔을 뻗어 그녀를 붙잡았다. 완전히 움직임을 봉하겠다는 작전이었다.

"으음, 이걸로 체크 메이트인가?"

"아직 아니에요! 【파워 부스트】!"

"오? 무영창이군요. 어느새……."

무영창으로 신체를 강화해 억지로 머드 골렘의 구속을 뿌리친 세레스티나는 먼저 골렘 두 마리를 쓰러뜨린 뒤 마지막 한 마리에게 메이스를 내려찍어 파괴했다.

"잘했습니다. 이 정도 레벨이면 이제 안정적으로 이길 수 있나 보죠? 다음에는 실전을 시켜 보고 싶은데⋯⋯."

"저, 정말요?"

"제가 보기에는 안정되어 보이지만, 실전에 나서려면 보호자인 크레스톤 씨의 허가가 필요하겠군요⋯⋯. 허가가 떨어지면 가까운 시일 내에 갈까 합니다."

제로스의 말에 세레스티나는 곧장 훈련을 지켜보던 크레스톤을 돌아봤다.

세레스티나가 기대에 찬 눈으로 바라보자 한순간 할아버지의 가슴이 두근거렸지만, 사태의 중요성을 생각하고 고민에 빠졌다.

"으으음, 실전이라⋯⋯. 아직 이르지 않나⋯⋯."

"그렇지 않아요! 학교 동년배 아이들도 이미 슬라임이나 고블린을 쓰러뜨렸다고요. 오히려 늦었을 정도예요!"

"하지만 말이다⋯⋯ 이 부근에서 실전을 치를 수 있는 곳이라면⋯⋯."

그렇다. 이 부근에서 실전을 경험할 수 있는 장소는 파프란 대산림 지대밖에 없었다.

그곳의 마물은 일반 마물보다 강하여 똑같이 조무래기 취급 받는 마물이라도 방심하면 죽음으로 이어질 정도로 강한 위험지대이며, 많은 용병들이 기피하는 마의 숲이었다. 숲 속 깊숙한 곳까지 들어가지 않으면 그렇게 강력한 마물과 만날 일도 없지만, 그게 아니더라도 위험도는 훨씬 높은 곳이었다. 크레스톤 옹이 대답을 꺼릴 만도 했다.

'실전이라고?! 만에 하나 무슨 일이 생기면 어쩌려는 게야! 그곳에는 고블린이나 오크처럼 젊은 처자를 노리는 추악한 마물이 득실거린다고! 만약 놈들에게 티나가 심한 꼴을 당하면 나는, 나느ㅇㅇㅇㅇㅇㅇㅇㅇㅇㅇㅇ은!'

아무래도 다른 생각을 하는 모양이었다. 고블린과 오크 중에는 간혹 타 종족을 씨받이로 삼아 번식 활동을 하는 마물이 있으며 그중에서도 오크는 번식력이 대단해서 피해를 입는 마을이 많았다. 특히 변경의 농촌 등지가 주로 변을 당했다.

게다가 번식을 위해서라면 성별을 따지지 않는 성가신 마물이었다. 물론 수컷이 노리는 것은 여성이며, 암컷은 남성을 노려 가혹한 환경에서 씨를 남기기 위해 목숨을 걸었다.

"할아버지? 왜 그러세요?"

"헉! 아, 아니다……. 아무것도 아니란다."

'이 할아버지…… 지금 무슨 상상을 하셨나 몰라.'

제로스는 사람의 생각을 읽을 순 없었지만, 감은 좋은 듯했다.

"좋아, 알겠네. 티나를 위해 호위병을 1개 사단 준비하마!"

"1개 사단?! 아니, 할아버지?!"

"많아요! 너무 많다고요, 크레스톤 씨?! 그렇게 대규모로 행군할 수 있을 리가 없잖아요. 대형 마물이 먹이로 착각해서 집단으로 습격하면 어쩌려고요?!"

"티나를 위해서라면 나는 어중이떠중이를 마물 먹이로 던져줄 각오가 되어 있네!"

광기의 노인은 관절이 이상해질 것 같은 포즈를 취하며 당당하게 타인을 희생하겠다고 선언했다. 그만큼 손녀를 사랑하기 때문이겠지만, 조금 정도가 심했다.

"문제 발언이라고요. 얼마나 딸 바보— 아니지, 손녀 바보면……(역시 이상해, 이 할아버지)."

"무얼, 귀족에게는 그만한 돈을 쥐여 주면 어떻게든 되겠지."

"크레스톤 씨, 대체 무슨 생각이십니까? 그건 권력자가 절대로 해선 안 될 최악의 행동이라고요……."

손녀 바보 노인은 진심이었다. 타인의 생명을 희생해서라도 손녀를 지키겠다고 할 만큼 맛이 갔다.

아저씨가 무심결에 따지고 들 정도였다.

"그렇게 대규모로 숲에 들어가면 행동이 제약돼서 반대로 위험하단 말입니다. 위험을 늘려서 어쩔 셈입니까! 손녀 죽는 꼴 보고 싶으세요?"

"녀석들도 티나 대신 죽을 수 있다면 기꺼이 받아들일 게다. 웃으면서 지옥으로 갈 게야."

"마음대로 사람을 희생시키겠다뇨? 그러시는 거 아닙니다. 그게 귀족으로서 할 짓입니까!"

"귀족이기에 타인의 목숨을 가지고 노는 게야……. 다행히 기사단장도 기사들의 숙련도가 떨어졌다고 투덜거렸지. 마침 좋은 기회니까 단련을 명목으로 동원하겠네."

"……까맣다. 거무튀튀해. 시궁창 냄새가 날 정도로 시커메."

크레스톤 할아버지는 손녀의 일이라면 대뜸 망가졌다.

그의 폭주는 멈추지 않았다. 비상식적인 노인 때문에 제로스는 머리를 쥐어뜯고 싶을 지경이었다.

"하다못해 생존율을 높이기 위해 상급 소재 장비를 마련해야 하지 않겠습니까? 설령 장비를 준비할 수 없어도 소재만 있으면 저도 만들 수 있는데……."

"호오…… 그럼 마도사에게 맞는 장비를 만들 수 있는 게로군?"

"소재에 따라서 다르지만요. 한계치까지 강력하게 만들 수 있습니다."

"흠, 구체적으로는 어떤 것인가?"

"마도사라도 나름대로 방어력을 갖춰야 하니까…… 가죽 갑옷은 어떻습니까?"

쩌적—!

한순간이지만, 공기가 얼어붙는 듯한 소리가 들렸다.

동시에 크레스톤 할아버지의 얼굴이 점점 험악해졌다.

"잠깐, 가죽 갑옷이라면…… 당연히 치수도……."

"재야죠. 사이즈가 맞지 않으면 위험하니까."

"제로스 공…… 잠깐 뒤로 가서 이·야·기를 나누지 않겠나?"

"왜요?!"

할아버지의 눈이 심상찮았다.

양어깨를 꽉 붙잡고 코앞까지 바싹 다가온 노인에게는 귀기 같은 것이 서려 있었다.

"그건 즉…… 티나의 몸을 구석구석 빠짐없이 꼼꼼히 측정하고, 정성스럽게 희롱하듯 조사하겠다는 게 아니냐아아아아아아아아아아!"

"그게 왜 그렇게 된답니까? 그 사고방식은 이상하잖아요?!"

"우리 귀여운 티나와…… 얽히고설키며…… 음미하듯 더듬거리고, 그리고……."

"생각이 지나치십니다. 그렇게 위험한 짓을 할 생각은 없다고요. 나이도 안 찬 아이에게 손을 대다니, 인간으로서 잘못됐잖아요!"

손녀 바보 크레스톤은 정상이 아니었다.

눈에 핏발을 세우고 콧김을 씩씩거리며 다가드는 형상은 분명히 말해 무서웠다.

"뭐, 조금 더 나이가 많으면 생각해 볼 수도 있겠지만, 지금은 어린애랑 별 차이가 없죠……."

"어, 어린애……. 저, 어린애 취급 받고 있었군요……."

"우리 귀여운 티나에게 매력이 없다는 겐가아아아아아아아아아아!"

"나 보고 어쩌란 겁니까?!"

그는 흘러넘치는 애정으로 어처구니없는 망발을 지껄였다. 손녀 바보 노인에게 논리는 통하지 않았다. 세레스티나를 위해서라면 아무렇지 않게 전쟁을 일으킬지도 몰랐다.

이날, 제로스는 엉뚱한 방향으로 감정을 폭발시킨 노인을 상대하느라 의미 없는 시간을 보냈다.

결론부터 말하자면, 세레스티나의 장비 제작은 전속 직공에게 부탁하고 제로스가 보조 가공을 하는 것으로 결정됐다.

덧붙여 이 결론이 나올 때까지 광기의 손녀 바보 노인과의 맹렬한 이・야・기가 이어졌다고 한다.

◇　◇　◇　◇　◇　◇　◇

세레스티나의 훈련 모습을 창문으로 바라보는 사람이 있었다.

세레스티나의 이복 남매이자 솔리스테어 공작의 장남, 츠베이트였다.

그는 이 공작가의 후계자로 여겨졌지만, 현재는 한 여성을 위해 도시 안에서 위험한 마법을 사용한 탓에 근신 중이었다.

그런 그가 이 별장에 와 있는 이유는 할아버지인 크레스톤에게 다시 수련을 쌓기 위해서였다.

이 나라 귀족의 태반은 마법 귀족이라고 불렸다. 각 귀족가에 전해지는 계승 마법을 보유한 것에서 유래한 이름이었다. 일족의 피를 이은 자는 모두 이 마법을 계승하며, 이것을 이어받아야만 비로소 그 가문의 귀족으로 인정받는다. 솔리스테어 공작가의 마법은 이 나라 최대 전력 중 하나이자 비보 마법이라고 불리는 것이었다.

그리고 츠베이트는 열세 살 때 이 마법을 계승하고 사실상 후계자로 인정받았다.

그의 가문에 전해지는 마법은 강력하기 이를 데 없었고 불을 즐겨 사용한다는 이유로 【연옥의 일족】이라는 이명으로 칭송받았다. 또한 그 이명에 부끄럽지 않은 공적을 남겨 왔다.

하지만 그 마법은 단 한 명의 마도사에게, 그의 자신감과 함께 무너져 버렸다.

그것도 마법을 전혀 쓰지 않고 체술로 무효화당했다. 게다가 한 술 더 떠서 그 마도사는 츠베이트가 마음을 빼앗긴 여성— 루세리스의 보육원을 수시로 들락거렸다.

츠베이트는 화가 났지만, 그 마도사가 루세리스와 즐겁게 대화하는 모습을 먼발치에서 바라볼 수밖에 없었다. 완전히 스토커로 전락하기 일보 직전이었다.

그런 그가 이 별장에 와서 놀란 점이 마법에 재능이 없다고 평가받던 세레스티나의 변화였다.

"저게 세레스티나라고……? 믿어지지 않아. 어떻게 하면 이 단기간에……."

물론 매일 전투 훈련과 마력 제어 특훈을 반복하고, 이론 학습도 진지하게 받았기 때문이었다. 하지만 가장 놀라운 것은 그녀가 적극적으로 근접 전투를 한다는 점이었다.

츠베이트가 아는 세레스티나는 어딘지 모르게 어둡고 말에도 감정이 실리지 않은 인형 같은 소녀였다.

츠베이트도 어릴 적 걸핏하면 그녀를 울리고 그것을 즐긴 기억이 있었다.

하지만 지금 그녀에게는 그런 흔적은 조금도 찾아볼 수 없었고, 적극적으로 전투에 임하는 호전적인 일면을 보여주고 있었다.

냉정하게 상황을 파악하고 상대방의 행동을 예측해 확실하게 처치한다. 움직임은 아직 매끄럽지 못했지만, 그래도 괄목상대할 성장세를 보인 것은 분명했다.

그리고 그 성장을 촉진한 사람이 대현자 마도사 제로스라는 것 또한…….

"저 많은 골렘을 한 사람이 조종해……? 대체 마력이 얼마나 많은 거야, 젠장!"

츠베이트가 이 저택에 왔을 때 훈련이 시작되었으니, 족히 한 시간은 골렘을 만들어 내고 정밀하게 조종한 셈이었다. 보통 그렇게 마력을 써 대면 금방 고갈되어 쓰러질지도 몰랐다.

제로스의 마력량은 그의 상식을 아득히 뛰어넘었다.

츠베이트가 아는 한, 그 어떤 고위 마도사라도 골렘을 두세 마리 제작하면 양호한 편이었다. 최대 여섯 마리를 만들어 내는 사람도 있었지만, 수가 늘어나면 명령하는 시전자에게도 정신적으로 부담이 커서 골렘의 움직임이 단조로워지기 쉽고 제어가 어려워졌다.

하지만 제로스는 서른 마리 이상의 골렘을 만들었을 뿐 아니라 노련하게 조종하고 있었다. 그토록 비정상적인 힘을 가진 실력자가 재야에 묻혀 있었다는 것 자체가 그의 상식에서 벗어난 일이었다.

마도사라면 누구나 공직에 앉길 꿈꿨고, 그러기 위해서 학교에서 마법과 전략을 배웠다. 학교를 졸업한 후 각 파벌에 소속된 군대에 들어가는 것이 입신의 지름길이기 때문이었다. 그래서 츠베이트는 현자 클래스 마도사가 권력과 공직을 바라지 않고 은둔자처럼 살아가는 것이 믿어지지 않았다. 감히 넘볼 수 없는 실력 차이를 여실히 보여줬음에도 불구하고 정작 본인은 권력에 전혀 집착하지 않았고 오히려 그것들을 시시하다고 잘라 말했다. 그런 마도사는 지금까지 본 적이 없었다. 그에게 있어 저 아저씨는 상식 밖의 존재였다.

그렇다고 츠베이트가 보아 온 상식이 잘못된 것은 아니었다.

마법 연구에 돈이 드는 것은 당연하며 그 연구비를 얻으려면 권력을 가진 마도사단 파벌에 참가하는 것이 가장 안전했다. 파벌 간에 다소 마찰은 있으나, 매달 나라에서 지원금이 나오기 때문에 가난에 허덕일 일이 없기 때문이었다. 무엇보다 실력이 따라주지 않아 공직을 얻지 못하는 마도사는 끊임없이 발생했고 그들로 인한 범죄도 상당수에 이르렀는데, 통계로 그들이 모두 가난하다는 것이 판명되었다.

자금 마련이 쉽지 않다는 증거였다. 유사시가 아니면 마도사가 나설 일이 없기 때문이리라.

일반 마도사는 생활이 어려웠다. 제로스 같은 마도사가 있다는 말은 연구 자금을 스스로 벌고, 그 돈으로 생활하며 마법 연구를 계속하고, 강력한 마법을 만들어 낸다는 것이었다.

즉, 그가 천재라는 뜻이었지만, 츠베이트는 그것을 받아들이지 못했다.

"어떻게 저 많은 골렘을 조종하지……. 말이 안 되잖아."

"그게 그렇지만도 않은가 봅니다. 츠베이트 님."

"으악?! 미스카, 어느새……."

정신을 차리고 보니 그 옆에서 안경을 낀 메이드 복장의 여성이 똑같이 창밖을 보고 있었다.

세레스티나 전속 사용인, 미스카였다.

한때는 본가 저택에서 여급들을 감독하던 능력 있는 사람이며, 교양 있고 타인의 체면을 세워주는 태도로 공작가에서도 신망이 두터웠다. 츠베이트도 어릴 적에는 신세를 진 적이 있었다.

"무슨 소리야? 무슨 비밀이라도 있어?"

"제로스 님에겐 비밀도 아닌 모양이에요. 세레스티나 님에게 숨기지 않고 설명하셨으니까요. 오히려 그 정도도 못 하면 마도사라고 생각하지 않는 건지도 모르죠."

"뭐? 저 정교한 골렘 조종을 보라고. 어떻게 보면 절대로 입 밖에 낼 수 없는 고등 기술이야. 마도 귀족의 비술이라고 해도 믿을 정도란 말이야!"

"그런가요? 하지만 그건 저희의 기준이고 대현자님에게는 보잘것없는 일인가 봐요. 반쯤 재미로 아가씨에게 설명해주시던걸요."

"제길! 우리 힘은 발끝에도 못 미친다, 이건가…… 그래서? 어떻게 저 많은 골렘을 조종하지?"

츠베이트도 일단은 마도사였다. 모르는 기술에는 관심이 있었다.

하물며 효용성이 없다는 말까지 듣던 골렘을 이토록 훌륭하게 연계시키는 비밀을 알고 싶다고 생각하는 것은 그가 아직 권력에 물들지 않은 마도사라는 증거일 것이다.

아니, 사실대로 말하자면 아버지와 난투를 벌인 후로 왠지 묘하게 머리가 가벼웠다.

마치 나쁜 무언가가 빠져나간 것처럼 유난히 상황 판단이 냉정해졌지만, 그는 자신에게 무슨 일이 일어났는지 알지 못했다.

지금 츠베이트의 신경은 수많은 골렘을 동시에 조종하는 저 기술에 쏠려 있었다.

"관심이 있으신가요? 싫어하시잖아요? 제로스 님을…….."

"놀리지 마. 나도 마도사야. 뛰어난 기술에는 관심이 있어."

"그렇다면 제가 아는 범위 내에서 알려드리겠습니다."

미스카는 안경을 고쳐 올리고 즐거운 듯이 설명을 시작했다.

방금도 말했다시피 골렘의 수가 늘어나면 제어가 어려워지는 것은 상식이었다.

하지만 제로스가 골렘을 조종하는 방법은 일반 마도사가 하는 직접 조작이 아니었다. 사령관인 제로스를 기점으로 어느 정도 간이 지령을 내릴 수 있는 골렘을 분대장으로 하고, 그 아래로 간단한 명령을 즉시 실행하는 골렘을 배치한다. 시전자인 제로스가 지령을 내리면 분대장 골렘이 명령을 실행하고 각각의 골렘이 그 작전을 수행한다.

간략하게 말하면 기사들이 싸울 때의 명령 계통이 골렘에게 적용된 것이었다.

분대장 골렘은 큰 마석이 사용되었고 아군 골렘을 스스로 보충할 수 있었다. 그렇게 함으로써 시전자는 정신적 부담이 줄어 장기전에서도 연계와 작전 행동 등 세세한 조작이 가능했다.

"부족한 마력은 마석으로 보충할 수 있고, 무엇보다 인공적인 마물이지만 세레스티나 님의 격을 높이기에는 적당한 훈련이죠. 마석의 마력은 나중에 보충하면 된다고 하셨고요."

"그래도 마력은 부족할 텐데? 적어도 대장격 골렘은 마력을 대량으로 소비해."

"그건 골렘을 제조하기 위한 마법식에 비밀이 있다고 하셨습니다. 제로스 님은 【스펠 서킷】이라고 하셨지요. 듣기로는 효율적으로 마법식을 처리할 수 있는 적층형이라고 하셨는데, 자세한 것은 모르겠네요."

"어떻게 자기 마법으로 군단을 만들 수 있지⋯⋯. 괴물 같은 자식⋯⋯."

"제로스 님은 『저는 별거 아닙니다. 옛날 동료들이 더 대단했죠』라고 하시던걸요? 저분은 마법이라면 뭐든 다루지만, 기본적으로 공격 마법이 전문이라고 하셨습니다."

"그 동료란 인간들은 대체 얼마나 강한 거야⋯⋯. 응? 그러고 보니 전에는 검이 특기라고 했는데?"

"다섯 명으로 베헤모스에게 덤비는 정신 나간 마도사분들이라고 합니다. 저희 같은 사람은 이해할 수 없겠죠. 그리고 근접 전투술은 몸을 지키기 위해 익혔겠고요."

"전원 마도사에 심지어 베헤모스라고?! 정신이 나가도 정도가 있지!"

연구자 중에는 괴짜가 많았다. 그가 소속한 파벌에도 머리가 이상한 인간들은 있었다. 하지만 제로스는 그 이상이었다. 압도적으로 맛이 갔다. 연구를 위해서 재앙급 마물에게 싸움을 거는 무모한 행위를 저지를 정도로⋯⋯.

그것은 츠베이트의 상식의 범주를 완전히 벗어난 행위였다. 광기 어린 무언가에 지배됐다고밖에 생각할 수 없는 그 무모함에 츠베이트는 전율과 공포를 느꼈다.

그리고 동시에 세계가 얼마나 넓은지를 알려줬다. 고위 마도사의 증거이기도 한 심홍색 로브를 입고 우쭐하던 자신이 얼마나 작고 초라한 인간이었는지 뼈저리게 알게 됐다.

"나는…… 미숙함을 넘어 하잘것없는 조무래기였단 말인가……."

"그런 셈이네요. 상대를 잘못 고르셨어요. 누가 뭐래도 대현자니까 말이에요."

"이 세계는 수수께끼와 신비로 가득하구만. 저런 정신 나간 마도사가 있을 줄은……."

"미지에 대한 탐구란 그런 것 아닌가요? 츠베이트 님도 정진하시지요."

츠베이트는 새삼스럽게 자신의 어리석음을 깨달았다.

"수수께끼라고 하니까 말인데…… 미스카."

"왜 그러시죠?"

"어릴 때부터 생각했지만…… 너, 몇 살이야? 모습이 전혀 변하질 않아서 신경도 안 썼는데, 지금 생각해 보니까 뭔가 이상하잖……악?!"

말이 끝나는 순간, 미스카는 고개를 숙이고 소름 끼치는 기운을 발산했다.

거무튀튀한 기운은 츠베이트에게 엉겨 붙어 미지의 공포를 유발했다.

태어나서 처음으로 느낀 절망적인 무언가에, 츠베이트는 본능적으로 도망갈 수 없다고 깨달았다.

그곳에 있는 것은 절대적인 죽음. 그는 자신의 어리석음을 깨달 았을 뿐 고치지 못하고 새로운 우를 범했다.

"아…… 아아……."

질겁한 츠베이트의 뺨에 미스카의 손이 닿고 기이하게 빛나는 안경이 눈앞으로 다가오자 공포심이 절로 가중됐다.

『죽는다』. 그는 이때 본능적으로 그렇게 생각했다.

"여성에게…… 나이를 묻는 건 예의가 아니죠. 웃을 때 좋게 끝 내는 게 나을 텐데…… 말입니다? 안 그런가요…… 츠베이트 님?"

"죄송합니다, 두 번 다시 안 묻겠습니다."

"……지금, 뜬금없이 나이를 물으셨나요?"

"당치도 않아, 그냥 말이 잘못 나왔을 뿐이야. 잘못 들은 거야!"

츠베이트는 진심으로 무릎 꿇고 사과했다. 미지의 공포에 패배 한 것이었다.

그는 이 세상에는 알아선 안 되는 것이 있음을 뼈저리게 깨달았다. 더불어 자신의 생각이 얕다는 것도…….

"네? 저한테 단련시켜 달라고요? 무슨 바람이 부셨길래?"

그날 밤, 자신의 수준을 안 츠베이트는 즉시 행동에 나서서 제로 스에게 무릎이라도 꿇을 각오로 부탁했다.

"격은 50을 넘었어. 하지만 당신 실력을 보면 마도사의 극한은 아득히 먼 경지라고밖에 생각할 수 없어. 나는 이대로 끝나고 싶지 않아!"

츠베이트의 진지함에 제로스도 당황했다.

세레스티나도 한때는 괴롭힘 당한 경험이 있어서 그런지 그를 껄끄러워했다.

「그런 악연이 있는 두 사람을 동시에 살필 수 있을까?」라는 의문이 들었지만, 그 이상으로 이 변모에 무슨 꿍꿍이가 있지 않을까 의심하지 않을 수 없었다.

"마도사의 극한이라……. 저는 아직 멀었다고 생각하는데…… 파벌인지 뭔지는 괜찮아요? 지금 한 말은 그 파벌에서 떨어지겠다는 의미인데 그건 괜찮으신지?"

"윽?! 아뿔싸…… 귀찮은 녀석들이 있다는 걸 깜빡했군."

츠베이트가 소속한 파벌은 이 나라 마도사 양대 파벌 중 하나인 【위슬러파】였다.

공격이야말로 마도사의 진수라고 믿어 의심치 않는 호전적인 일파로, 본래는 공격 계통 마법과 전략을 연구, 연마하는 파벌이었다. 제로스의 지시를 받는다는 것은 이 일파에서 떨어진다는 것을 의미하며 마도사들은 그것을 변절로 간주할 것이다. 실제로 그는 파벌에서 개발하는 마법을 봤고, 비밀주의인 마도사는 의외로 배신을 용납하지 않는 결속력으로 이어진 집단이었다. 자칫 잘못하면 암살도 불사할 각오가 되어 있었다. 하지만 그들의 연구가 아직 결실을 보지 못한 것도 사실이었다.

"마도의 정수라고 하셔도…… 그냥 틀어박혀서 자기 마음대로 마법을 주물러댈 뿐입니다만? 남의 사정도 생각하지 않고 말이죠~."

"……당신이 말하니까 묘하게 그럴싸한데?"

"그래서 붙은 별명이 【섬멸자】였죠. 뭐, 저를 포함한 단체의 이름이지만……."

"무슨 짓을 저지르면 그런 별명이 붙어……? 물어봐도 될까?"

"묻지 마세요. 젊은 날의 치기 어린 행동입니다. 인정하고 싶진 않지만……."

사실 게임 시절 이야기였지만, 레이드에서 아군 소속 플레이어들과 적을 개발한 마법으로 같이 쓸어버리거나, PK를 잡아서 제작 중인 마법 표적으로 쓰거나, 반쯤 재미로 만든 저주의 아이템을 억지로 장착시키거나, 그 모습을 밖에서 구경하며 비웃는 등 꽤나 악랄한 짓을 했었다.

그런 그가 진짜 마도사가 됐을 때, 자신이 얼마나 위험한 존재인지를 절실히 실감했다.

실제로 존재하면 충분히 미치광이라는 사실을 깨달은 것이었다.

"그 무렵에는 저도 모난 성격이었으니까요……. 당신 이상으로……."

"응……? 그런 아련한 눈으로 무슨 소리야?"

"제작 중인 광범위 섬멸 마법을 실수로 폭주시켜서 동료까지 말려들게 했을 때는 진땀 뺐죠. 그들의 보복은 솔직히 무서웠습니다……. 진짜 죽는 줄 알았다니까요. 진심으로 죽이려고 들질 않나……."

"맙소사, 뭔가 어처구니없는 짓을 저질렀잖아?! 그보다 동료는 안 죽었어?! 얼마나 튼튼한 인간들이냔 말이야!"

"마법 저항, 방어력은 모두 무지막지하게 높았습니다. 그 정도로는 안 죽어요, 안 죽어. 오히려 그들을 죽일 방법이 있는지 제가 알고 싶을 정도인데요?"

"그 정도?! 광범위 섬멸 마법이 그 정도라고?! 그 이전에 당신도 그 녀석들과 동류잖아!"

"그 후에는 서로 흉악한 마법을 쏴 대는 바람에 피해가 확대됐었죠~. 쓰러뜨려야 할 마물은 무시하고⋯⋯. 이야~, 사막 도시라서 살았어요."

"무슨 짓을 하고 다닌 거야, 당신?!"

게임 속 이야기였지만, 진위를 알 방법이 없는 츠베이트는 그것을 곧이곧대로 받아들여 버렸다. 이야기만 듣고도 비상식, 비정상, 그 이상의 광기로 치달았음을 깨달았다.

그것은 고위 마도사로서 역사에 이름을 남기고 싶은 그에게는 정반대의 방향성이었다.

명성이 아닌 악명. 타인이야 어떻게 되든 상관하지 않고 폭주를 반복한 파란만장한 일상이었다. 이것을 현자라고 하는 것을 보면 세상이 잘못돼도 단단히 잘못되었다.

"즐거웠지~."

"어떤 의미로?! 동료와 서로 죽이려고 한 거냐? 아니면 연구를 명목으로 파괴 활동을 벌인 거냐?!"

츠베이트는 현자란 세상의 일반적 상식에서 동떨어진, 오로지

이기적으로 마법 연구를 반복하고 실천하는 쾌락형 범죄자임을 알았다. 그곳에 타인의 의지가 끼어들 여지는 전혀 없었다. 그저 내키는 대로 전장에서 실증 실험이라는 이름의 파괴 행위를 하며 놀았다는 느낌이었다.

완벽할 정도로 마도사의 반면교사였다.

"그건 그렇다 치고…… 당신은 어떤 마도사가 되려고 하죠? 권력에 빠진 모습을 보아하니 썩 대단한 목표는 없을 거 같은데."

"아픈 곳을 찌르는군……. 나는 역사에 이름을 남기고 싶어. 그것도 영웅이라고 불릴 정도의 명성으로……."

"권력자들에게 놀아날 뿐이지 않습니까? 뭔가를 지키는 건 용병으로도 가능한데, 굳이 영웅을 고집할 필요가 있나 모르겠군요."

"음? 싸움만 잘하면 영웅이 아닌가?"

"무엇을 이루었냐에 따라서 다르죠. 나라에서 떠받드는 영웅이란 전쟁 희생자의 친족에게서 오는 불만을 돌리기 위한 장치고, 적측에서 보면 원수이자 가장 먼저 죽여야 할 표적입니다. 역사가 증명하고 있잖아요?"

아저씨는 시간이 있을 때 서고에서 책을 빌려 이 세계의 역사를 배우고 정보를 수집했다.

츠베이트가 말하는 영웅이란 전쟁에서 동료를 구할 힘을 가진 자인 동시에 적대자에게는 동료를 죽인 증오스러운 존재, 다시 싸우면 가장 먼저 노릴 표적이었다.

원한을 사는 이를 떠받들면 그것은 그저 분쟁의 불씨에 지나지 않는다.

더욱이 귀족의 파벌 투쟁에 휘말려 중립을 고수하면 죽을지도 모르는, 마음 놓을 새가 없는 신세였다. 이 나라의 역사는 서고에서 빌린 책으로 어느 정도 조사해 봤으나, 그 가운데 이름을 떨친 전사나 마도사는 하나같이 제명에 죽지 못했다.

그래서 제로스는 영웅은 될 것이 못 된다고 생각했다.

"타인에게 지지받지 못하는 사람이 영웅이란 것은 우습지 않습니까? 저는 아무리 작은 일이라도 남을 위해 행동하고, 죽은 뒤 영웅으로 숭상받는 사람이 바람직한 영웅이라고 생각합니다. 나라에서 표창하는 영웅이라면 술집에 가면 얼마든지 있어요. 얼마든지 갈아치울 수 있는【써먹기 편리한 영웅】이지만요. 최소한 목표의 기준은 있었으면 좋겠군요."

"내가 막연한 목표만 바라보고 있다는 말이냐? 할아버지 같은 마도사를 목표로 하고, 뛰어넘고 싶다는 게 잘못됐다는 말이야?!"

"그게 잘못됐다고는 하지 않았습니다. 어떻게 되고 싶은지는 개인의 자유죠. 다만 마도사는 자신의 연구에만 매달리는 폐인이니까 전쟁에서 공적을 세우려고 하면 자기 명줄을 단축할 수 있습니다. 무엇을 위해 싸울지가 중요하죠~. 뭐, 흔한 말이지만 말입니다."

초일류 마도사는 민폐 덩어리라서 차마 영웅이라고 부를 순 없었으나, 실력 하나는 확실했다. 현자 직업을 획득할 정도니까 말이다. 결국은 자신의 힘을 키우고 행동해야 비로소 결과를 낼 수 있고, 그 뒤 많은 사람들에게 지지를 받으면 영웅이 되는 것이었다. 비단 싸움만이 출세를 위한 수단은 아니었다.

참고로 지금 제로스는 속으로 「내가 뭐가 잘났다고 이런 소리를 한 거지? 이런 말 할 자격이 없을 텐데……」라고 생각하고 있었다.

겉과 속의 차이가 극명했다.

"뭐, 좋습니다. 두 달 동안 가정교사를 맡겠다는 계약이었으니까 한 명 더 늘어도 똑같죠. 하지만 어중간한 마음가짐으로 강의를 받으면 그 정도 수준에서 끝난다는 것을 명심하세요."

"고마워……. 학교로 돌아갈 때까지 반드시 뭔가를 얻고 말겠어."

"무엇을 얻을지는 본인 나름입니다. 저는 그것까진 못 가르쳐요. 그냥 방만하게 살아왔을 뿐인지라……."

"그건 알아. 난 현재의 나에게서 탈피하고 싶을 뿐이야."

넓은 세상을 안 츠베이트는 아직 방향은 잡지 못했지만, 자신이 가야 할 길로 걸음을 내디뎠다.

"그럼 내일부터 세레스티나 양과 함께 실전 형식 훈련을 합시다. 영창 마법에서 벗어나지 않으면 앞으로 나아갈 수 없다고 생각하세요."

"좋아, 해내겠어! 나는 마도사의 최고봉을 노릴 거다!"

압도적인 패배는 그의 마음에 큰 영향을 미쳤다.

그것이 좋은 일인지 나쁜 일인지는 알 수 없으나, 적어도 욕망에 사로잡히지 않고 앞을 바라볼 수 있게 된 것은 확실했다.

결국 자신의 정답은 자신의 힘으로 찾아야 하는 법이니까…….

그리고 다음 날…….

"젠장! 빈틈이 없어. 이걸 어떻게 하라고!"

"오라버니…… 시작하자마자 적진으로 돌진하면 어떡해요…….
그것도 적이 밀집한 곳으로……."

"진흙 골렘이니까 괜찮을 줄 알았지! 이것들, 너무 무자비하잖아?"

"움직임이 느리지만, 그만큼 교활해요. 그러니까 신중히 하라고
말씀드렸잖아요!"

"머드 골렘의 수준이 아니잖아?! 이건 사기야아아아아아아아아!"

두 남매가 머드 골렘에 둘러싸여 몰매를 맞고 있었다.

때로는 죽이 맞지 않는 사람끼리 팀을 짜는 경우가 있으므로 제로
스는 좋은 훈련이 되겠다고 생각했지만, 전황은 의외로 양호했다.

사실 세레스티나라면 어떻게든 공략할 수 있는 전투가, 지금은
위기일발 탈출극으로 변해 있었지만……. 감정적인 츠베이트는 이
런 전투가 어려운 듯했다.

그런 두 사람의 고군분투에도 제로스는 엄하게 채점했다.

"후우, 아직 멀었네……."

"고난에 맞서는 티나……. 좋구먼. 아름다워……."

그리고 그 옆에는 골렘에게 두드려 맞는 손녀를 보며 흥분하는
노인이 있었던 것은 말할 필요도 없었다.

참으로 구제불능인 사람이었다.

제11화 아저씨, 훈련 후 만드라고라를 수확하러 가다

세레스티나에게 실전 경험을 쌓게 하겠다고 정한 뒤부터 훈련 내용은 점차 강도를 더해 갔다. 머드 골렘 가운데 종종 속도를 중시한 개체가 섞이게 된 것이다.

다른 개체에 비해 체격이 전체적으로 홀쭉하며 맷집이 특히 약했지만, 실은 기동력을 중시해 변칙적인 공격을 해 오는 골치 아픈 개체였다.

진흙으로 만들었다고는 생각할 수 없는 기민한 동작으로 적을 농락하는 그 골렘은 다른 골렘들 사이로 팔을 구불구불 뻗어 오는가 하면, 다리 걸기나 포박, 때로는 사각지대에서 공격해 오기도 했다.

실로 흉악한 공격이었지만, 실전에서는 무슨 일이 벌어질지 모르는 이상 이런 훈련은 중요했다. 애초에 파프란 대산림 지대에는 슬라임과 고블린만 서식하는 것이 아니었다. 대형 육식동물이나 맹금류 같은 비행 타입 마물도 있고 식물형 마물까지 다수 서식하며 약육강식의 먹이 사슬을 구축하고 있었다.

순간적인 판단과 자가 진단이 요구되는 한편, 자신의 역량을 파악해 움직이고 때로는 물러설 줄 아는 전황 판단력도 키워야 했다. 자연계 특유의 함정을 간파할 지식은 두말할 것도 없었다. 세레스티나와 츠베이트는 암살자나 도적 계열 스킬 따위는 가지지 않았으므로 부족한 부분은 지식으로 대신해야 했다.

그래서 제로스는 두 사람에게 도감으로 마물과 동식물을 조사하도록 했다. 이런 지식은 다른 사람에게 배우기보다 스스로 조사해서 실제로 검증해야 뼈가 되고 살이 된다.

물론 그 와중에 마력 조작 훈련도 빠뜨리지 않았다.

"이게! 끈질기게!"

츠베이트는 롱 소드로 머드 골렘(홀쭉이)을 힘으로 쓰러뜨리고, 육박한 보통 골렘을 횡으로 갈랐다. 힘으로 밀어붙이는 공격에서는 상당히 여유가 느껴지지 않았다.

그에 비해 크레스티나는 신중했다. 옆에서 공격하는 것을 염두에 두고, 방패로 방어한 뒤 이탈을 반복하며 안전성을 중시했다. 요즘은 필요한 순간 강렬한 일격을 날리는 기교도 보이기 시작했다.

"오라버니, 너무 앞으로 나가셨어요. 이대로 가면 포위되고 말아요!"

"시끄러워, 나도 안다고! 그래도 이 홀쭉한 놈이 열 받게 하잖아⋯⋯."

멀리서 구경하는 제로스와 크레스톤은 두 사람이 싸우는 모습을 냉정하게 관찰하고 종이에 기록하며 평가했다. 두 사람의 역할은 옆에서 싸움을 자세히 관찰하고 문제점을 기록해 훈련 후 두 사람에게 알려줌으로써 성장을 촉진하는 것이었다.

"아무래도 츠베이트 군은 감정파 같네요. 힘으로 밀어붙이는 파워 타입으로 보입니다."

"티나는 기교파구먼. 작은 체격과 약한 힘을 고려해서 치고 빠지기를 반복하고 있네."

"상성이 좋은 콤비일 텐데…… 연계되지 않고 따로 노는 느낌이 강하군요."

"츠베이트 녀석이 감정을 우선해서 움직이는 경향이 있는 탓이로군. 마력을 온존하지 않고 금방 마법 공격을 써 버리니까 후반에 밀리기 일쑤야……."

"이것만은 경험 부족이라고 봐야겠죠. 지금은 검을 익히는 데 집중하는 것 같습니다. 아마 본인도 그걸 아니까 하나를 집중적으로 단련하려는 듯 보이네요."

"티나는 원래 아무것도 배운 게 없으니 여러 방식을 시험하는 것 같구먼. 움직임을 바꾸면 바로 티가 나. 이 방법 저 방법, 어지럽게 대응이 변하고 있어."

난전의 어려운 점은 동료가 말려든다는 것이었다.

츠베이트는 그것을 실전 훈련을 통해 숙지하고 있었지만, 그렇다고 해서 안심할 정도의 실력은 아니었다. 감정이 격해지면 바로 허점이 드러났다. 반면, 세레스티나는 원래 이 훈련을 계속해 왔던 터라 항상 냉정하게 행동하면서 카운터를 중시했다. 안정성은 있지만, 바꿔 말하면 그것뿐이었다. 이래서는 치명적인 일격을 줄수 없었다.

지금까지 선전(善戰)한 요인은 머드 골렘의 몸이 비교적 무르기 때문이었다.

"스톤 골렘이나 락 골렘으로 해도 괜찮지만, 지금 저 두 사람이 싸우면 크게 다칠 테죠. 일격에 쓰러뜨리지 못하면 의미가 없어요."

"무리한 요구구먼. 그게 가능한 사람은 자네 정도밖에 없어."

"검 스킬을 통달하면 누구든 할 수 있는데요? 시간이 얼마나 걸릴지는 모르겠지만."

"매일 싸움 속에서 살아가지 않는 한 불가능할 게야. 자네는 악마인가⋯⋯."

게임과는 달리 무술 관련 스킬은 평생을 투자해야만 통달할 수 있었다. 제로스는 이 순간 그 현실과 비현실의 괴리를 깨달았다. 스킬을 마스터하려면 그에 상응하는 시간과 끊임없는 노력이 필수 불가결이었다.

물론 특정 훈련으로 배울 수는 있지만, 배운 기술을 통달하려면 그만큼 많은 경험을 쌓아야 했다. 아저씨는 이제야 현실과 게임의 차이를 이해하기 시작했다.

"오라버니, 왼쪽!"

"뭐? 으악?!"

거구를 자랑하는 머드 골렘의 가랑이 아래에서 다른 머드 골렘(홀쭉이)이 하반신을 무너뜨리고 팔을 채찍처럼 만들어 공격해 왔다. 츠베이트는 예상하지 못한 곳에서 날아든 공격에 직격해 튕겨져 날아갔다.

"기발하고 너무 변칙적이에요. 이거 위험한데요⋯⋯."

"나랑 해보자 이거지⋯⋯ 【파이어 볼】!"

쓰러진 상태에서 날린 마법 공격이 머드 골렘(홀쭉이)을 향해 일직선으로 날아갔다.

하지만 보통 머드 골렘보다 재빠르게 움직이는 그 개체는 츠베이트의 임기응변에 가까운 공격을 싱겁게 피해 버렸다.

"이, 이 자식이!"

"초조하면 선생님만 좋은 일이에요. 아마 저 골렘은 움직임이 단조로운 오라버니를 집중적으로 노리고 있어요. 연계를 막기 위해서겠죠."

"뭐?! 그러니까…… 내가 발목을 잡고 있다는 거냐!"

"사실이에요! 선생님은 약점을 놓치지 않고 정확하게 공격해요. 지금까지도 비슷한 공격을 몇 번이나 해 왔으니까 아마 지금도……."

"진짜로 실전 형식이냐……. 가차 없구만."

츠베이트가 이를 갈며 제로스를 노려봤다.

하지만 진짜 실전이란 물릴 수 없는 법이었다. 힘들어지는 것은 당연했다.

"……당연하죠. 훈련을 받는 이상 진지하게 임해주셔야 합니다. 마물은 빈틈이 보이면 인정사정 봐주지 않고 달려들어요. 이건 살아남기 위해 필요한 일이니까 주의, 또 주의하는 것이 최선입니다. 특히 그 숲은 마물이 더 교활했으니까요."

"옳거니…… 실전에서는 죽으면 끝. 마물이 봐줄 리가 없다, 이건가?"

"적어도 세 시간은 버티세요. 광대한 숲 속에서 고립은 죽음과 직결됩니다. 살아남기 위해 필요한 것은 냉정한 관찰력과 순수한 힘, 그리고 살아남으려는 원시적 의지뿐. 알량한 자존심이나 허세는 자신뿐 아니라 동료의 죽음으로 이어집니다. 그 숲에서는 목숨의 가치가 낮으니까요~."

"큭…… 열 받지만 맞는 말이야. 당신은 이보다 더한 지옥을 거쳐 왔겠지."

"이건 아직 시작도 아니죠……. 방심조차 할 수 없는 상황이 끝나지 않고 이어져요. 와이번 무리가 상대라면 도망칠 수도 없으니까요……. 그것들한테는 두 손 들었습니다, 정말……."

"그렇단 말이지……. 확실히 내가 너무 쉽게 생각했군. 더 위험한 마물은 널리고 널렸지……."

다시 수련을 쌓고 싶다는 말은 진실이었나 보다. 그는 제로스의 말을 진지하게 받아들였다.

사소한 방심이 죽음을 불러오는 것이 자연의 섭리다. 파프란 대산림 지대에서는 인간 사회와 같은 안전은 어디에서도 보장되지 않으며, 언제나 강자와 교활한 지혜를 가진 마물이 살아남아 치열한 생존 경쟁을 펼친다.

인간의 생활권 이상으로 위험한 환경이 광대한 영역에 펼쳐진 것이다.

"힘은 하루아침에 붙지 않습니다. 이 세상에 절대적이란 개념은 없죠. 설사 강자라 하더라도 약간의 방심이 죽음으로 이어집니다. 그렇다면 살아남기 위해 몇 번이고 훈련을 쌓을 수밖에 없지요. 이 세상에 안전하고 편한 길은 어디에도 없어요."

이렇게 잘난 듯이 떠들지만, 제로스는 속으로는 「내가 무슨 거만한 소리를 하는 거래……. 이랬는데 두 사람이 죽으면 내 교육이 잘못됐다는 거잖아? 그보다도 책임 문제에 휘말리기 싫은데……. 현실과 게임은 환경이 달라. 이 방법으로 기량과 생존율이 높아지지 않으면 옆에 있는 조금 거시기한 할아버지가 가만히 있지 않겠지……」라고 생각하고 있었다. 소심함 때문에 애간장이 바싹바싹 타들어 가는 중이었다.

자신의 교육에 따라서 이 두 사람이 죽을 수도 있었다. 누구든 타인의 목숨을 짊어지고 싶지는 않으리라. 사기적인 능력을 가진 자신과 달리 두 제자에게는 적절한 훈련을 제공해야만 했다. 레벨이 낮은 상태에서는 일격에 죽을 수 있는 환경이었고, 가는 것 자체에 상당한 위험이 따르기 때문이었다.

그래서 제로스는 두 사람이 살아남기 위한 기술을 얻도록, 생각나는 모든 악랄한 공격을 골렘으로 실행했다.

"좋아~, 변할 수 있을 것 같아! 학교에서는 이런 걸 안 가르쳐줬지."

"그 학교, 훈련 강도가 참 낮나 보네요……. 여기선 얼마든지 실수해도 괜찮습니다. 자기가 이상적으로 생각하는 전투 방식을 모색하고 마음껏 시험하세요. 그리고 자기 것으로 만드세요. 그게 여러분 본인의 피와 살이 되고 힘이 됩니다."

'진짜 내가 무슨 소리래?! 이런 소리 할 입장이 아니잖아? 그냥 이거보다 나은 수업이 생각나지 않을 뿐이면서……. 어휴, 나도 실력을 쌓지 않으면 안 되겠구나~.'

……입 밖으로 나오는 말과 생각은 별개였다. 하지만 가정교사라는 입장이면서 미덥지 못하게 행동한다면 아무도 따라주지 않을 것이다. 그래서 모 영화에서 유명한 군대식 교육과 모 무술 영화에서 본 방식을 따라한 것이었다.

"역시 선생님은 엄하시네요……. 하지만 자신에게 맞는 방식으로 싸울 수 있다는 건 기뻐요."

"고블린을 풀어놓고 표적으로 쓰는 것보다 이게 더 성미에 맞군. 강력한 반격까지 해 오니까 말이지."

"다치면 제가 고쳐드릴게요. 이래 봬도 회복계 마법도 특기니까요."

가령 쓰러져서 다소 상처를 입어도 강제로 회복되어 끝없는 지옥 훈련이 이어졌다. 안전성도 확보된 덕분에 두 사람은 하고 싶은 대로 단련할 수 있었다.

게다가 정해진 대로 움직이는 적은 존재하지 않고 돌발적인 사태가 일어난다는 사실도 배웠다. 심지어 압도적으로 불리한 상황이 계속되므로 마음가짐도 단련됐다.

그런 면에서 이 훈련은 제법 잘 계산된 방식이라고 할 수 있었다.

설령 그것이 원래 게임 시절의 동료를 레벨 업 시키기 위한 훈련이었다고 해도…….

온라인 게임 시절, 이 방법은 새롭게 참여한 신규 플레이어를 훈련하기 위해 각 길드가 시행하던 것으로, 스킬과 레벨을 일정 수준으로 올린 뒤 파티를 맺어 퀘스트를 하러 떠나곤 했다. 신참을 키우기에는 알맞은 훈련이었지만, 골렘을 컨트롤해야 하므로 정신력을 꽤 소모했다. 게임 시절 하던 훈련의 모방도 현실에서 하자니 번거로운 작업이었다.

"좋았어, 덤벼어어!"

"열을 올리는 건 상관없지만, 마음은 언제나 냉정하게 유지해야 합니다. 그러지 않으면 금방 죽게 될걸요? 적은 눈앞에만 있지 않고 자기 마음속에도 있다고 생각하세요."

"한없이 실전에 가까운 훈련…… 끝내주는군……. 극복하고 말겠어!"

"저는 여러분에게 정답을 알려줄 수는 없습니다. 그렇게 인생을 달관하지 않았고, 무엇보다 여러분의 인생은 여러분 본인의 것이니까요. 제가 할 수 있는 일은 기껏해야 제가 경험한 난전 상황을 가능한 한 재현해서 체험하게 하는 것뿐입니다."

"잠깐만?! 그렇다면…… 이 상황은……."

"네. 제가 젊을 적에 체험한 지옥입니다. 이때 많은 동료가 목숨을 잃었죠……."

"정말이냐……. 어쩐지 지독하다 싶었지."

물론 게임 레이드 이야기였다. 당시 대량 번식한 오크를 섬멸할 것이 퀘스트 내용이었다.

이때 작전을 지휘하던 길드 마스터의 그릇된 판단으로 동료 대부분이 죽었는데, 제로스는 그 이후 길드라는 조직 자체에서 발을 빼고 솔로로 활동하게 되었다.

단순히 그곳 길드 마스터의 태도가 너무 건성이라는 것이 원인이었다.

"설령 지능이 낮은 마물이라도 많은 수가 모이면 위험해집니다. 하물며 광범위 공격 마법을 쓸 수 없는 난전에서는 개인의 기량과 아군과의 연계가 무엇보다 중요하죠."

"근접 전투를 할 수 없으면 죽는단 말이군. 실전으로 뒷받침된 훈련이라니, 최고잖아?"

"본의는 아니지만, 동감이에요. 선생님의 마음을 알 것 같네요…… . 죽지 않기 위해서 살아남을 수단을 얻으란 거군요."

"필요할 때 마법을 쓸 수 없는 마도사는 없느니만 못합니다. 심지어 후퇴할 수 없는 상황에서 싸우지 못하고 아군의 발목을 붙잡는다면 죽기만 기다려야겠죠. 동료에게도 피해가 생기고요. 뭐, 그때그때 상황 나름이긴 하지만…… ."

제로스도 제법 폭언이라는 사실을 자각하고 있었다.

하지만 그의 속마음은 이미 혼란의 도가니였다. 원래 제로스는 온라인 게임에서도 자기 마음대로 행동해서 주위 사람에 큰 피해를 주곤 했다. 심지어 그것을 즐기는 경향도 강했다.

집단 전투를 가정한 레이드 경험은 적으며, 자신과 같은 부류인 소수의 인간과 날뛰고 다녔을 뿐이었다.

이런 성격이므로 이제는 분위기를 타고 행동하는 수밖에 없었다.

"그건 그래…… . 『난전이 벌어지면 신속하게 후퇴해라』라고 배웠지만, 전쟁터가 생각대로 돌아갈 리 없지. 때로는 포위돼서 이런 상황이 되겠군…… ."

"애초에 후퇴할 수 있긴 할까요? 전쟁은 아군뿐만 아니라 적들도 작전을 짜서 오잖아요? 상황이 그렇게 생각대로 흘러가진 않을 텐데…… ."

"정말로 안이한 학교네요. 『언제나 최악의 상황을 가정해라』, 이게 상식 아닌가…… ."

"반박을 못 하겠군…… . 확실히 학교 훈련은 질이 낮아. 약한 적만 있을 거란 보장도 없는데 말이지."

제로스는 회중시계를 꺼내서 현재 시각을 확인하고 심술궂게 미소를 지었다.

"두 시간…… 지금부터 두 시간, 난전 상태가 됩니다. 그 시간 동안 살아남아 보세요."

"선생님, 당장에라도 마력이 바닥날 것 같은데요……?"

"마력이 떨어졌다는 이유로 적이 기다려줍니까? 그런 상황에서 어떻게 살아남을지가 중요한 거죠. 살아남으면 적의 정보를 가지고 돌아올 수 있고, 그러면 그 후 작전에 활용할 수도 있습니다."

"즉, 마력이 떨어진 순간부터가 고비란 건가? 재도전할 수 있는 실전…… 아주 좋아……."

"……알겠어요. 반드시 살아남을게요!"

"그럼 지금부터 봐주지 않고 골렘을 조종하겠습니다. 힘들겠지만, 죽을 각오로 도전하세요."

머드 골렘이 대열을 갖추고 진형을 정비했다.

마물 중에서도 가끔 지능이 높은 개체가 지휘하며 이런 전법을 쓰는 일이 종종 있었다.

그야말로 실전을 방불케 하는 훈련에 두 사람은 긴장감과 고양감을 느꼈다.

'이거다! 내가 바라던 건 바로 이거라고. 역시 현자야. 정말이지 가차 없군!'

예전부터 츠베이트는 학교의 훈련이 성에 차지 않았다.

그런 그에게 최근 며칠 사이 급격하게 난이도가 올라간 이 훈련은 성취감을 느끼게 했다.

'선생님은 우리가 죽지 않도록 구태여 혹독한 훈련을 골라주시는구나. 그렇다면 제자로서 그·마음에 부응해야지!'

한편, 세레스티나도 실전보다 나은 경험은 없다는 것을 이해하고 어떻게든 따라가겠다는 듯이 진지한 태도를 보였다. 제로스에 대한 평가는 점점 더 올라갈 뿐이었다.

두 제자는 매사에 이런 반응이었지만, 그에 반해 제로스는…….

'아~, 실수했나? 그때 레이드는 오크가 끝없이 튀어나와서 지옥이었지……. 좀 너무했나~? 원망 받지는 않겠지?'

게임 시절의 상황을 떠올리고 현실과 비교하며 내심 노심초사하고 있었다.

디지털 세계와 현실은 닮았지만 완전히 다른 세계였다. 그런 만큼 현실에 가깝더라도 실제로는 세세한 부분에 차이가 있었다. 제로스는 그 경계를 어떻게 나눌지를 고민했다.

마침내 골렘들이 일제히 움직였다.

악몽의 두 시간이 시작된 것이었다.

"헌데, 티나의 장비는 꼭 저렇게 해야만 했나?"

"크레스톤 씨…… 어려운 주문을 하시네요."

세레스티나의 장비는 싸구려 레더 베스트에 철제 버클러, 그리고 메이스였다. 초보자용 장비였지만, 상대가 머드 골렘이라서 몸에 걸친 것은 모두 더러워져도 상관없는 싸구려 의복이었다.

"어차피 더러워질 테고 소모품인데 싸구려면 충분하겠죠. 상대는 진흙 인형이라고요."

"그건 그렇네만…… 내가 안타까워서 그래. 하다못해 순백의 드레스에 갑옷을 입히면……."

"피가 묻어서 빨갛게 물들겠죠……. 게다가 섬유에 묻은 혈액은 빨아도 지워지지 않아요."

"으…… 굴욕이구먼. 귀여운 티나가 저런 장비를 입게 되다니……."

"순백색 의상은 제발 노려 달라고 광고하는 꼴이지 않습니까?"

크레스톤 할아버지는 끝을 알 수 없는 손녀 바보였다.

"그럼 다른 손주는요?"

"츠베이트는 남자니까 딱히 상관없지 않겠나?"

"……."

츠베이트도 학교 지정 훈련 장비를 입어 초보자라는 느낌을 물씬 풍겼다.

하지만 같은 손주라도 성별에 따른 극단적인 차별이 느껴졌다. 이 노인을 존경하는 츠베이트로서는 억울할 노릇이었다. 츠베이트 군이 보답받는 날이 올지는 오직 하늘만이 알 것이다.

두 시간 뒤, 두 사람은 거의 기력만으로 서 있었다.

장시간 전투 훈련은 이번이 처음이었다. 실전을 가정한 훈련이 얼마나 힘든 싸움인지, 그들은 말 그대로 몸소 체험했다.

"어때요? 진짜 전장은 이런 상황이 아무리 못 해도 6일, 길면 한

달은 이어지는 곳입니다. 한없이 거기에 가까운 상황을 경험한 감상은 어떻죠?"

"괴, 괴로워요……. 이런 상황이 그렇게 오래 이어지나요……?"

"죽도록 힘들어……. 이게 실전……. 학교는 강도가 약하다는 수준이 아니야, 어린애 장난이었어……."

"이런 건 그냥 소규모 전투죠. 대규모 전쟁에 비하면 약과입니다. 여러 부대가 독자적인 지휘관 아래에서 통제되어 작전을 수행한다고요. 이보다 더한 지옥이에요."

"정말이냐……. 하하하, 최곤데! 이런 훈련을 받을 수 있는 난 행운아야."

마력이 고갈되기 직전이었지만, 두 사람은 끝까지 해냈다는 충족감에 잠겨 있었다.

제로스는 그런 두 사람에게 작은 술병을 건넸다.

"선생님…… 이게 뭔가요?"

"【마나 포션】입니다. 보육원에서 재배하는 만드라고라를 조금 나눠 받아 만들어 봤죠. 번식력이 어찌나 대단하던지~. 성장 속도가 경이적이라서 하마터면 며칠 사이에 온 밭을 뒤덮을 뻔했다니까요."

"보육원에서 그런 걸 재배한다고?! 당신이 바람 넣었지?!"

"약초도 재배하고 있죠. 앞으로는 좋은 수입원이 될 겁니다."

보육원에 심은 만드라고라의 성장 속도는 예사롭지 않았다. 단 하루 만에 싹이 나더니 사흘이 지나자 수확할 수 있는 수준까지 성장해 버렸다. 성장이 너무 빨라 밭 대부분을 메워 버릴 기세라서 부랴부랴 솎아 내야만 했다. 천적인 초식 마물과 외적에게 먹힐 걱정이 없으니 한없이 늘어난 탓이었다.

하지만 만드라고라가 밭을 메우면 땅의 영양분을 모두 빼앗겨 다른 채소를 키울 수 없다. 그래서 다 크기 전에 솎아서 수확한 만드라고라로 제작한 것이 그들에게 건넨 마나 포션이었다.

"별로 중요한 일은 아니지만……."

"네……."

"왜 그러시죠?"

""왜 하필 술병?!""

"전용 용기가 없어서 대신 사용했는데, 무슨 문제라도?"

내용물은 마나 포션일 것이다. 하지만 모양이 이래서야 신수 훤한 젊은이가 대낮부터 병나발을 부는 것으로밖에 보이지 않으리라. 누가 볼까 무서웠다. 제로스 딴에는 그냥 재활용 차원에서 한 일이었지만, 사용하는 사람은 보는 사람에게 상당히 나쁜 인상을 줄 것 같았다.

서로의 가치관이 다르기 때문에 발생한 사소한 문제였지만, 체면을 중요하게 여기는 대귀족의 자녀에게는 무시하지 못할 문제였다.

"오늘 훈련은 여기까지. 내일은 평소대로 하겠습니다. 그러고 보니 크레스톤 씨, 두 사람이 쓸 장비는 어떻게 되어 가고 있죠? 실전 예정일도 이제 얼마 안 남았는데."

"그건 문제없네. 가까운 시일 내에 완성된다고 연락이 왔어."

"그렇다면 다행이지만, 호위 기사들은 어떻게 하시려고요?"

"젊은 녀석들을 몇 명 보내준다더군. 끌끌, 델사시스도 뭘 그리

짜게 구는지 모르겠어. 2개 사단 정도는 턱 내줘야 할 것 아닌가? 한심한 놈…….”

““횡포잖아?! 그리고 두 배로 늘었어!””

“할아버지…… 아무리 그래도 그건 무리한 요구예요…….”

이 노인은 세레스티나가 실전 경험을 쌓기 위해 파프란 대산림 지대에 간다고 정해진 뒤로 영주인 델사시스에게 호위 병력으로 기사단 출병을 요청했다. 그것도 1개 사단을 말이다.

이런 일로 기사단을 파견하면 국민에게 변명할 말이 없었다.

그래도 할아버지의 손녀 사랑은 멈출 줄 몰랐다. 사랑하는 손녀를 위해서라면 그 어떤 폭거라도 실행할 것이다.

이 노인의 폭주는 언제까지고 이어지리라.

전투 훈련이 끝나고 제로스는 보육원에 얼굴을 내밀었다.

만드라고라를 수확하기 위해 비교적 편한 복장으로 왔는데, 왠지 루세리스가 고민에 빠진 듯 미간에 손을 대고 있었다.

제로스는 불러도 될지 잠깐 망설였지만, 궁금증을 참지 못하고 말을 걸기로 했다.

“무슨 일 있습니까? 루세리스 씨.”

“앗…… 제로스 씨, 어서 오세요.”

“고민이 있으신 듯 보이는데, 무슨 문제라도 있나요? 기운이 없어 보이는군요.”

"실은 만드라고라 때문에 문제가 발생해서……."

"말씀해 보세요. 어떤 문제죠?"

"그게…… 보시면 알아요. 이리로 와주세요."

"네……?"

루세리스는 제로스의 팔을 잡고 밭으로 데리고 갔다.

이때 제로스는 우연히 팔에 닿은 그녀의 가슴 감촉에 빠져 정신을 차리지 못하고 있었다.

'이, 이런 거유가 있다니! 대단한 볼륨감이다. 이건 위험해! 아, 늑대가 될 것 같아. 살아 있어서 다행이야…….'

그는 솔로 경력 40년 차인 독신 중년이었다.

은근히 밝힐 뿐만 아니라 이런 무자각한 접촉에도 면역이 없었다.

제로스는 안 된다고 생각하면서도 이 감촉이 언제까지고 이어졌으면 좋겠다고 생각했다.

그러는 사이 두 사람은 밭으로 나왔는데…….

―으갸아아아아아아아아아아아아아악!

단말마가 울려 퍼지고 있었다.

마치 어디 있는 마도구점 같았다.

"이, 이 소린?"

"만드라고라를 뽑았더니 저런 소리가 나더라구요. 아이들이 거기에 재미를 붙여서……."

"……."

밭을 보자 네 명의 아이가 깔깔거리며 만드라고라를 뽑고 있었다.

―꺄아아아아아아아아아아아아아악!

─안 돼애애애애애애애애애애애애!

"아하하하 ♪ 재밌어~!"

"내가 뽑은 게 더 큰 소리 난다?"

─흐갸아아아아아아아아아아아아아아아아아악!

"아하하하하하하하하! 아, 웃겨~! 더 소리치게 해 봐야지."

─살인마아아아아아아아아아아아아아아아아아아아아아!

"내 게 더 대단한데? 살인마래, 웃기다~ ♪"

아이들은 천진난만하게 만드라고라를 뽑을 뿐이었지만, 끔찍하고 잔혹한 행위를 하는 것처럼 보였다. 아이들이 희희낙락하며 뽑을 때마다 이 식물은 괴상한 비명을 질렀다.

뭐, 사실 만드라고라에게는 고문 받는 것과 매한가지일지도 모르겠지만······.

"왠지······ 사악한 느낌이 드네요. 교육에 좋지 않겠어. 설마 이 정도일 줄은······."

"저번에 솎아 낼 때는 소리치지 않았는데······. 어떻게 해야 좋을까요?"

"저한테 물으셔도······. 익숙해질 수밖에 없지 않을까요?"

"익숙해지고 싶지 않아요! 정신을 직접 공격한다고요, 이 비명······."

성장이 빠른 만드라고라는 번식력이 대단해서 금방 밭을 가득 메울 정도로 늘어난다.

그 전에 가능한 한 어린 싹을 솎아 내지 않으면 양질의 만드라고라가 자랄 수 없다. 하지만 만드라고라는 뽑는 순간 이렇게 절규

하는 특성이 있다.

덜 성장했을 때 뽑으면 소리를 지르지 않지만, 수확 단계에 들어간 것은 이렇듯 요란하게 소리를 지른다. 마치 참극의 피해자처럼 절규하는 그 소리는 수확하는 이의 정신을 산산이 박살낸다. 만드라고라는 멘탈 브레이커인 것이다.

"이거, 이웃들이 오해할 것 같군요……. 신고당하는 거 아닌가 몰라."

"이미 여러 번 오해받았어요. 그때마다 경비병분들에게 이 밭을 보여줘야 했다고요……."

낡은 교회 뒤에서 울려 퍼지는 절규……. 약간의 호러 전개를 상상하게 했다.

그것을 시시덕거리며 뽑는 아이들은 잔혹한 어린 악마들일까?

—살려줘어어어어어어어어어어어어어어!

"살려줘, 라는데?"

"좀 별로지?"

"참신함이 부족해……. 진부하네."

"좀 더, 뭐랄까, 마음속에서 우러나오는 소리가 듣고 싶어……."

아이들은 잔인했다. 그들은 작은 악마, 짓궂은 악마들이었다.

"그래도 이게 보육원의 수입이 될 테니까 마음을 가다듬고 뽑읍시다."

"저는 못 해요……. 죄책감이 너무 크단 말이에요. 마음이 부서질 것 같아……."

"크게 당하셨군요. 어쩔 수 없지. 저도 같이 뽑아 보죠."

제로스는 그렇게 말하며 가까운 곳에 자란 만드라고라 줄기를 잡고 힘껏 잡아당겼다.

—까야아아아아아아아! 겁탈당해애애애애애애애앳!

"이렇게 나올 줄이야……. 누가 들으면 오해할라. 그나저나 이 거 정말……."

제로스는 만드라고라를 쉽게 보고 있었다. 각오하고 있었음에도 설마 이런 패턴으로 나올 줄은 생각하지 못한 터라 식은땀이 비 오 듯 흘렀다. 이쪽을 바라보는 루세리스의 눈초리도 왠지 싸늘했다.

"제로스 씨, 당신이란 사람은……."

"……저는 아무 짓도 안 했어요?! 만드라고라의 절규거든요?!"

이건 여러모로 좋지 않았다. 만드라고라를 뽑은 것만으로 범죄 자가 될 판국이었다.

"제로스 씨도 아셨겠죠? 이건 정신적으로 매우 위험해요."

"제 생각이 짧았군요. 설마 이 정도일 줄은 몰랐습니다. 만드라 고라 때문에 있지도 않은 죄가 양산되겠어요. 만원 전철에서 치한 누명을 뒤집어씌우는 여고생 같군요……."

"여고생이 뭔지는 모르겠지만, 누명을 쓰게 생겼단 건 동감이에 요……."

아무것도 모르는 이웃들이 신고라도 하면 엽기적인 변태로 체포 될지 모를 수준이었다. 하지만 그렇다고 만드라고라를 뽑지 않을 수도 없는 노릇이었다.

지금 뽑지 않으면 밭이 죄다 이 식물에게 점령당해 기껏 심은 채 소가 뿌리째 말라 죽어 버릴 것이었다.

게다가 지금이 수확에 적합한 생육 상태였다. 만드라고라를 팔기에는 최고의 시기라고 할 수 있었다.

이 기회를 놓치면 씨를 뿌려 무차별적으로 번식해 손쓸 방법이 없어질 것이다.

―죽이려면 단숨에 죽여라아아아아아아아아아아아!

―난 너희에게 굴하지 않는다아아아아아아아아아아아아!

―저주받아라, 악마놈들아아아아아아아아아아아아!

"아하하하하하하하! 엄청 재밌어~♪"

어른은 상식이 있어서 되레 정신적인 피해가 너무 컸다.

천진난만하게 뽑는 아이들이 정말로 부러웠다.

―아아…… 더~. 더…… 격렬하게……♡

"응? 다른 패턴이다."

"야해~♪"

"뭐가 격렬해? 수녀님한테 물어볼까?"

"그러자. 아니면 아찌한테 물어보거나."

""안 돼―! 묻지 마, 너희에겐 아직 너무 이르니까!""

의도했는지 우연인지 모르겠지만, 만드라고라가 아이들의 호기심을 자극하기 시작했다.

확실한 것은 두 어른의 정신이 공격받고 있다는 점이었다.

만드라고라, 이 무서운 것들은 식물답지 않게 지적이었다. 이건 흡사 공명의 술책이었다.

솔로 경력 18년 차인 루세리스와 미혼 중년 아저씨에게 아이들의 순진무구함은 가히 흉악한 흉기였다.

"뭐 이런 식물이 다 있어? 마치 노린 것처럼 사람의 정신을 교묘하게 공격해 오다니…….."

"살림살이는 편해지겠지만, 그 전에 제가 이상해질 것 같아요……."

이날, 루세리스와 제로스는 향후 아이들의 교육 방침을 생각하느라 골머리를 앓았다.

그리고 시간이 지나 대지 조작 마법【가이아 컨트롤】로 수확하면 수월하다는 것을 깨달았으나, 그때는 이미 두 사람의 정신이 우울증에 걸릴 만큼 침체된 뒤였다.

—그로부터 여섯 시간 뒤.

수확이 끝날 무렵, 아저씨와 루세리스는 만신창이가 되었다.

육체적인 피로가 아니라 정신적으로 피폐해진 두 사람의 표정은 위험한 조짐을 보이고 있었다.

눈은 초점 없이 허공을 바라보고, 희미하게 웃음을 지으며 아무도 없는 곳에 대고 이야기하고 있었다.

"수녀님이랑 아찌, 왜 저러지?"

"몰라. 그보다 이거 어떻게 해야 하더라?"

"그늘에 널어 말리는 거야. 아찌가 말했잖아."

"고기, 먹고 싶어……. 고기이~."

건강한 것은 아이들뿐이었다.

근로 의욕이 있는지는 모르겠지만, 아이들은 곧바로 제로스가 가르친 보관 방법을 실천해 만드라고라를 보육원 뒤편 창고 안에

널었다.

아이들이 힘 써준 덕분에 보육원의 재정은 윤택해졌고, 이틀 후
부터 제대로 된 식사를 차릴 수 있게 됐다.

그러나 이날부터 보육원은 사람들 사이에서【절규 교회】라고 불
리게 됐다.

또한, 만드라고라에 관한 소문을 들은 도둑이 밭에 숨어들었다
가 만드라고라의 절규로 이웃집에 붙잡히는 사건이 잇달았다.

어찌 보면 만드라고라는 유능한 방범 장치일지도 모르겠다.

며칠 뒤, 깊은 밤.

―강도야아아아아아아아아아아아아아아아아!

만드라고라의 절규가 적막한 어둠 속에 울려 퍼졌다.

"앗?! 닥쳐! 제기랄!"

"망했다! 튀어!"

"도둑이다, 잡아라!"

"뭐야, 사람이 왜 이렇게 많아?!"

"난들 아냐!"

오늘 밤도 멍청한 농작물 도둑이 만드라고라 때문에 붙잡혔다.

그리고 도둑들은 소소한 금화와 교환되어 동네 사람들의 부수입
이 됐다.

인근 주민들이 도둑이 들길 밤새 기다렸다가 즉각 체포할 수 있

는 조직 체계를 확립했다는 사실을, 루세리스는 몰랐다.

마을 사람들은 오늘 밤도 손꼽아 기다린다. 새로운 먹이가 걸려
들기를⋯⋯.

 ## 제12화 아저씨, 영주와 만나다

츠베이트에게는 두 명의 이복형제가 있다.

한 명은 같은 열일곱 살 나이의 남동생, 크로이사스.

주위에서는 같은 시기에 태어나 가독(家督) 상속을 놓고 경쟁할
라이벌처럼 생각했지만, 크로이사스는 타인에게 전혀 관심을 보이
지 않고 언제나 냉정한 태도로 받아넘겼다.

츠베이트가 옛날부터 걸핏하면 시비조로 물고 늘어졌지만, 사실
크로이사스는 형인 츠베이트에게는 눈길도 주지 않았다. 그는 인간
자체에 관심을 보이지 않고 오로지 마법 연구에만 관심을 쏟았다.

딱히 인간을 혐오하는 것은 아니었다. 정말로 연구 외에는 아무
관심이 없을 뿐이었다. 그것을 안 츠베이트는 남동생에게 집적대
길 그만뒀다.

사실 이 두 사람의 태도가 주위에 영향을 미쳐 제멋대로 후계자
싸움으로 번졌지만, 츠베이트 본인도 이 일을 특별히 문제시하지
않았다.

흥미 없는 일에 무관심한 것은 츠베이트도 마찬가지였다.

다른 한 명은 지금 그의 옆에서 마법식 분해 해독 작업에 전념하고 있는 세레스티나였다.

그녀는 그들의 아버지인 델사시스가 당시 공작가에서 일하던 여급에게 『무심코 흥분해서』 손을 댄 결과 태어난 첩의 아이였다.

그들 이복형제의 어머니인 제1, 제2 공작부인은 이 사실을 알기가 무섭게 세레스티나의 어머니를 저택에서 내쫓았다.

가독 경쟁에서 더 이상 적이 늘어나는 것을 막기 위한 수단이자 남편인 델사시스의 눈을 사로잡는 그녀를 될 수 있는 대로 떨어뜨려 놓겠다는 심산이었다.

그 결과, 크레스톤이 세레스티나의 어머니를 거두었고, 태어난 아이가 여자아이였기에 그는 아낌없이 애정을 쏟았다.

그 후, 세레스티나의 어머니가 병으로 젊은 나이에 세상을 떠나자 세레스티나는 크레스톤이 홀로 키우게 됐다. 하지만 어머니에게 물려받은 그녀의 용모는 공작부인들에게는 가증스러운 것이었고 그 탓에 눈엣가시가 되고 말았다.

그 영향은 부인들의 아이인 두 형제, 특히 츠베이트가 여과 없이 받았다. 그는 어릴 적부터 세레스티나를 음험하게 괴롭혔고, 크로이사스는 당연히 그녀를 무시했다. 세레스티나는 점점 집 안에 틀어박히게 됐다.

츠베이트의 입장에서 솔리스테어 공작가는 이 나라 왕족의 분가에 해당하며 150년 이상이나 나라를 지켜 온 마도사 일족이었다. 당연하게도 조상의 위업을 자랑스럽게 여기며 자신도 언젠가 나라와 국민을 지키고 싶다고 꿈꿨다.

하지만 여동생인 세레스티나는 무슨 연유인지 마법을 쓸 수 없었고, 그런 데도 불구하고 존경하는 할아버지 아래에서 지낸다는 것이 못마땅했다. 【연옥의 마도사】로 이름을 떨친 할아버지 아래에 있으면서도 여전히 무능한 그녀가 자신의 동생이란 것을 용납할 수 없었다. 무엇보다 어머니의 혐오감에 영향을 받은 그는 아무 의문도 품지 않고 그녀를 냉대했다. 하지만 그는 세레스티나에게 재능이 없는 것이 아니라 당연하게 생각한 마법식이 실은 문제투성이인 결함품이었을 뿐이란 사실을 알게 됐다.

그가 들은 소문에 의하면 세레스티나는 마법을 발동하는 것조차 어려워하지만, 이론 학습은 우수한 인물이었다. 마도사로서는 낙오자일지라도 다른 분야에서는 모두 우수한 성적을 거두었기에 결코 무능하지는 않다는 뜻이었다. 그리고 지금은 세레스티나가 품고 있던 문제가 모두 해결되었다.

눈앞에 있는 가정교사, 대현자의 손에 의해…….

"어…… 그런고로, 이 마법식을 해독하면 『마력 유동을 집속(集束), 필요 마력량은 10~50』이란 뜻입니다. 이것은 마법 사용에 필요한 마력의 폭과 제어 가능한 한계 마법량을 나타내며, 마법식의 한계치인 내구 마력량을 의미하기도 해요. 마법식에는 사전에 정해진 양만큼 마력이 필요하지만, 그 이상 마력을 부여한다고 위력이 올라가지는 않습니다. 오히려 잉여 마력이 역류해서 마법식에서 흩어져 버리죠……."

츠베이트는 솔직히 이 대현자를 좋아하지 않았다.

하지만 존경하는 할아버지가 인정했고, 무엇보다도 타의 추종을 불허하는 실력자이기 때문에 이용하자고 생각했을 따름이었다. ……불과 며칠 전까지는 말이다.

"그 말인즉, 마법식의 필요 마력량을 조절하면 위력의 강약도 변한다는 말인가요? 간단한 마법식으로 위력이 변한다는 뜻이군요?"

"쉽게 말하면 그렇지만, 그렇게 단순하진 않아요. 마력량이 커지면 그것을 저장해 현상으로 변환하는 마법식의 내구력에 영향을 미치니까요. 아무리 마력을 불어넣어도 마법식을 구축하는 마법진이 약하면 마력만 확산될 뿐이고 의미가 없어요. 심하면 마법진이 붕괴해 폭주 현상을 일으키고 주변에 막대한 피해를 줄 수도 있죠. 뭐, 그 전에 마법식 붕괴 현상이 일어나서 발동하지 않는 경우가 더 많지만요."

이 아저씨 마도사는 기운 빠지는 말투로 마술식 수업을 이어나갔다.

사실 가르치는 것이 이 정도의 내용일 줄은 생각도 못했기에 츠베이트는 이 수업이 즐거웠다. 이제껏 몰랐던 사실을 쉽게 설명해 주기 때문에 머릿속에 쏙쏙 들어올 정도다. 이런 점이 신선해서 하루하루가 즐거워졌다.

"어렵네요……. 필요 마력 외에 마법진의 강화를 위한 술식이 필요한 건가요……."

"그것을 가능하게 하는 것이 적층형 술식으로, 두 개의 마법식을 이용해 마력을 순환시키는 것을 【스펠 라인】이라고 합니다. 강력한 마법 술식, 음…… 예를 들어 범위형 마법으로 설명하자면,

일반 마법진은 꽤 넓은 종이에 그리지 않으면 구축할 수 없죠. 하지만 그것을 여러 개로 나눠 그 사이에 처리 마법진을 넣음으로써 보다 작게 완성시킬 수 있게 되는 거죠."

그는 예상보다 훨씬 우수했다.

츠베이트가 할아버지를 제외하고 강한 동경을 품는 인물과 만난 것은 이번이 태어나서 처음이었다. 우선 제로스는 권력자에게 빌붙지 않았다. 오히려 적대자에게는 사정없이 싸움을 걸 만큼 자신의 삶을 존중하고 마도사로서의 삶에 긍지를 가졌다.

이것은 츠베이트의 가치관에 변화가 일어나면서 생긴 과장일지도 모르겠지만, 그의 눈에는 실전과 실천을 통해 검증하며 마법의 극한을 끊임없이 추구한 상위자로 보였다. 게다가 존경하는 할아버지가 인정할 정도의 인재였다.

할아버지인 크레스톤은 마도사가 권력에 집착하는 작금의 세태에 당당히 이의를 제기해 각 파벌에 파문을 일으켰다. 이것은 한때 그가 소속한 위슬러파에 배신으로 간주됐지만, 실력 차이가 너무 나서 암살이나 경고를 할 수 없었다. 그 이전에 왕족과 혈연관계라서 함부로 적대할 수 없기도 했다.

크레스톤은 「권력에 목메는 자는 마도사가 아니다. 자신을 수양하는 것이 마도사가 본디 갖추어야 할 자세다」라고 단언하고 파벌과의 연을 끊은 뒤 소규모지만 독자적 파벌을 만들었다.

눈앞에 있는 제로스는 그런 마도사의 이상형을 구현한 듯한 진짜 마도사였다.

스스로 돈을 벌어 연구하고 사소한 군더더기도 용납하지 않으며, 이론과 실천을 반복해 온 현자였다.

심지어 실전 경험이 풍부하며 전쟁터에서 살아남는 법까지 숙지한 광기 어린 지혜의 탐구자.

제로스에 비하면 다른 마도사가 얼마나 보잘것없는 존재인지 싫어도 알게 되는 어마어마한 실력 차이였다.

"그럼 다른 질문은 없나요?"

마법 문자마저 해독하는 마도사를 어떻게 우수하지 않다고 할 수 있으랴.

그의 눈에는 존경하는 할아버지를 능가하는 이 마도사가 손이 닿지 않는 존재로 비쳤다. 요 며칠 동안 지도받으며 자신이 그의 발끝에도 미치지 못하는 햇병아리임을 충분히 깨달았다.

이스톨 마법 학교의 강사진보다 우수하면서도 파벌 따위에 조금도 개의치 않는 거만하기까지 한 우직함은 고결했고 누구보다도 마도사다워 보였다.

마도사의 태반은 귀족에게 빌붙거나 국가 기관에 들어가길 바라지만, 이 마도사는 그 어느 쪽도 아닌 예외였다.

"마법 문자를 해독할 수 있는 건 알았어. 하지만 개인에 따라 마법을 배울 수 있는 개수가 다르잖아? 자기에게 맞는 마법을 어떻게 골라야 하지? 당신 논리대로 생각하면 모든 속성 마법에 잘하고 못하고의 경계는 없고, 누구든 모든 마법을 배울 수 있어. 하지만 실제로는 개인의 자질에 따라 사용하는 마법이 나뉜다고. 지금은 속성 파벌이란 녀석들도 있을 정도야."

"그건 분명 개인의 취향 문제겠죠. 실제로 저는 모든 속성 마법을 사용하지만, 즐겨 사용하는 것은 복합 마법…… 그것도 번개 계열을 베이스로 한 것을 주로 사용합니다. 상황에 따라 다른 마법도 쓰지만, 요컨대 좋아하는 마법은 죽기 살기로 배우고 그렇지 않은 마법에는 마음이 해이해지기 쉽다, 뭐 이런 말이죠~. 개인의 자유란 겁니다."

실제로 잘 다루는 계통 마법에 의존하고 다른 마법을 배우지 않는 학생은 많았다.

다소 수긍이 가는 대답이었다.

"배울 수 있지만, 제대로 다루지 못하고 있다는 건가? 하지만 이데아 영역 내에 마법식을 새기는 데도 한도가 있어. 사용할 수 있는 마법 수를 늘리려면 어떻게 해야 하지?"

"그건 술식 구축 폭이 너무 커서 그렇겠죠. 쓸모없는 부분을 생략하고 촘촘하게 짜면 이데아 영역에 넣을 마법진은 작아지고, 크기가 줄어든 만큼 허용량이 남으니까 다른 마법을 배울 수 있습니다. 요컨대 얼마나 마법식을 이해하고 잘 다루느냐가 마도사의 실력이란 거죠."

"지금 연구 중인 마법의 마법진 면적은 작은 콜로세움 정도였지. 낭비가 많긴 해."

"콜로세움? 섬멸 마법이라도 연구하나 보죠? 뭐, 평면 마법진을 쓰려고 하면 그렇게 되겠군요. 게다가 방대한 마력이 필요해서 쓸모없을 것 같은데……."

"보고 온 것처럼 말하는군……."

"마도사라면 한 번은 거치는 과정이니까요. 강력한 마법일수록 마법식은 복잡해지니까 바로 알 수 있어요. 그걸 어떻게 축소하느냐에 따라 마도사의 기량을 헤아릴 수 있죠."

이 세계의 최신 연구 마법은 방금 츠베이트가 말한 대로였지만, 제로스가 사용하는 마법식은 상하좌우 입체적으로 구성된 난생처음 보는 술식이며 마법 문자 순환에 따라 짜인 난해한 퍼즐 형식이었다.

적어도 56음식 마법진보다 100년은 앞서가고 있었다. 그것을 배울 수 있다는 사실에 츠베이트에게는 이루 말할 수 없는 우월감 같은 감정이 싹텄다.

"한 번은 거치는 과정이라……. 얼마나 앞서간 거야?"

"글쎄요? 저는 제 연구를 타인과 비교할 생각은 없습니다. 관심도 없고 남에게 가르칠 생각도 없어요."

"즉, 스스로 도달하란 말인가? 그 경지까지……."

"그거야 당연하죠~. 피를 토하는 노력으로 일궈 낸 연구 성과를 왜 남에게 넘깁니까? 계승한 인물이 어떻게 쓸지도 모르거니와, 무엇보다 너무 위험해요. 특히 광범위를 섬멸하는 마법은……."

"우리에게 가르칠 건 어디까지나 초보 단계인가? 그걸로 위험한 마법을 만들어 내면 어쩌려고? 56음식 마법으로도 만들 수 있지? 당신 이야기를 들어 보면 상당히 고밀도 마법식이 되는 것 같지만……."

"거기까지는 책임질 수 없죠. 게다가 제 연구 성과를 알아 봤자 어차피 아무도 못 씁니다. 다른 사람에게 넘겨 봤자 소용없겠죠."

츠베이트의 등에 소름이 끼쳤다.

이것은 공포 때문이 아니라, 오히려 고양감에 가까울 것이다.

제로스의 말은 쉽게 말해 그가 제작한 것은 어디까지나 자기 전용 마법이지, 남이 쓸 수 있는 마법이 아니란 소리였다. 타인이 쓸 수 없는, 그저 존재하기만 하는 마법은 의미가 없었다.

이 현자는 이미 높은 경지에 도달해 있었다. 츠베이트는 그런 인물에게 마법의 진수를 배운다는 사실에 형용하기 어려운 희열을 느꼈다.

"여러분은 젊으니까 우선 기초부터 자기 손으로 통달하는 수밖에 없습니다. 남에게 배운 것으로 우쭐해지면 이미 정체된 것이나 다름없다는 걸 기억하세요."

"자기 마법은 자기가 만들란 건가? 어처구니없군. 교사가 할 소리냐?"

"기초를 알고 잘 응용하면 간단합니다. 나머지는 얼마나 계속 노력하는가에 달렸죠. 상식에 대한 의심, 자기 자신과의 싸움…… 이론과 실천, 마도사는 언제나 고독한 법입니다…… 훗."

"아니, 왜 갑자기 폼을 잡아?"

최근 며칠 사이에 솔리스테어 마법 왕국의 마도사가 얼마나 뒤처졌는지 알았다.

이 현자를 알게 된 지금은 전국의 마도사들이 얼마나 큰 착각에 빠져 있는지 절실히 느꼈다. 마법 문자의 의미, 해독법, 마법진 구축, 자신의 마력과 자연계 마력의 이용법, 그리고 조작, 응용. 어느 것이고 모르던 것뿐이었다.

게다가 실전에 임하는 마음가짐이나 근접전 기술을 생각하면 압도적인 기량 차이를 잘 알 수 있었다.

"간단하단 말이지……. 나도 할 수 있어?"

"할 수 있죠. 뭐, 본인의 노력과 얼마나 세계의 섭리를 이해하느냐에 달렸지만요. 물리 법칙 정도는 알아 두는 편이 좋을 겁니다. 이건 기본이니까 외우세요."

"물리 법칙이라……. 그렇군, 재밌는데……. 이렇게 가슴 뛰는 이야기는 처음이야. 그 강사 녀석들, 얼마나 무능했던 거야?"

"오라버니…… 강사가 나쁜 게 아니라 그분들을 가르친 사람들이 틀렸을 뿐이지 않나요? 사신 전쟁 이후 마법에 관한 많은 문헌이 분실된 건 누구나 아는 사실이잖아요. 아무도 자기 연구가 잘못됐다고는 생각하지 않았겠죠. 지적할 지식을 가진 분도 없었을 테고, 모든 것을 어림짐작으로 알아내거나 찾는 상태가 지금까지 이어졌을 거예요."

츠베이트는 성격이 거칠었지만, 마법에 관해서는 진지했다.

모르는 것을 알고 싶다. 알고 있는 것 앞에 무엇이 있을지, 그 끝을 보고 싶은 것이다.

그러기 위해서 진지하게 강의를 받고 그때마다 자기 나름대로 검증했다.

눈앞에는 극에 도달하고도 만족하지 못했는지 연구를 계속하는 마도사가 있었다. 그 영역에 도달하고 싶다고 생각하는 것은 마도사의 천성일 것이다.

"슬슬 시간이 됐군요. 다음 강의는 내일 합시다."

"네? 벌써요? 아직 일러요……."

"이러니저러니 세 시간은 연장했는데요? 슬슬 쉬어야죠. 한 번에 너무 많은 걸 하려고 해도 몸에 익지 않아요. 휴식도 중요하지 않겠습니까?"

"아쉬워요. 그래도 내일이 기대돼요."

"조만간 두 사람에게 적층 마법진에 도전시켜 보도록 하겠습니다. 간단하니까 부담 가지지 말고 가지고 놀아 보세요."

이렇게 오늘의 강의는 끝났다.

제로스가 퇴실한 뒤에도 세레스티나는 복습을 거르지 않았다. 그런 동생을 보고 츠베이트는 놀라움을 감추지 못했다.

이전에 그녀는 자신에게 다가오지조차 못했는데…….

"야, 세레스티나…….'

"왜 그러시죠? 오라버니…….'

"너, 엄청 변했군. 전에는 바로 나한테서 도망쳤다고."

"그랬…….죠. 하지만 지금은 저도 마법을 쓸 수 있고, 선생님만큼은 아니지만 마법식도 대략이나마 해독할 수 있어요. 이제 이전의 저와는 달라졌는지도 모르겠네요. 자각은 없지만…….'

"그 인간, 엄청난 마도사군. 네가 변하는 것도 이해가 돼."

어디까지나 두 사람의 주관에 지나지 않지만, 제로스와 비교하면 모든 마도사는 수준 미달이었다.

그런 마도사의 최고봉에게 가르침을 받는다는 것은 미숙한 마도사에게는 명예로운 일이었다.

현재 강의로 배우는 마법식 구축법은 기초 지식에 해당했다. 게다가 학교와는 확연히 관점이 다르며 실증된 지식이었다.

"놈과 비교하면 나는 조무래기 중의 조무래기야. 내가 왜 그런 인간에게 싸움을 걸었지? 그래도 현자에게 가르침을 받는 건 마도사에게 최고의 명예지만⋯⋯. 넌 좋겠다~, 제자라서."

"⋯⋯오라버니도 제자 아닌가요? 강의를 받고 계시잖아요."

"나는 그놈의 파벌이 있어서⋯⋯. 정식으로 제자로 입문하긴 무리지. 졸업하면 군대 소속이기도 하고⋯⋯. 아~, 젠장! 그런 파벌, 안 들어갔으면 좋았을걸!"

현재 위슬러파는 권력 지향주의가 강해서 마법과 전략 연구는 뒷전이었다.

그런 곳에 오래 있었기 때문에 그는 정신적으로도 오염되어 있었다.

주변에서 치켜세워 거만해졌고, 그 결과가 뼈아픈 실연이었다. 어떻게 보면 세뇌됐다고 해도 과언이 아니었다. 아니, 실제로 세뇌된 것은 아닐지 의심하기 시작했다.

왜냐하면 최근 2년가량 자신의 행보를 되돌아보니 너무나 부자연스러운 행동이 많았다.

그것이 모종의 이유로 해제됐다고 생각하자 최근 들어 묘하게 머리가 맑아진 느낌도 설명할 수 있었다. 바로 그렇기에 해야만 하는 말도 있었다.

"이건 내 나름의 충고야. 학교로 돌아가면 파벌과 관련된 녀석들을 조심해. 놈들이 자기네 진영에 끌어들이려고 할 거다."

"별일이네요. 오라버니가 제게 충고를 다 하시고⋯⋯. 그런 말

처음 하셨어요."

"나도 바보는 아냐! 지금 넌 제법 변했어. 마법을 쓸 수 있게 됐고 마법 문자도 해독할 수 있어. 파벌 녀석들이 가만히 둘 수 없을 정도로⋯⋯."

"귀찮네요. 저한테 파벌은 아무런 가치도 없는데⋯⋯."

"누가 아니래. 대현자 같은 괴물을 알게 되니까 놈들은 돌팔이로밖에 안 보여. 기초부터 완전히 틀렸잖아!"

두 사람이 보낸 요 며칠은 매우 알찼고, 무엇보다 충족감이 있었다.

지금까지 정체됐던 봇물이 한 번에 터져 흐르기 시작한 것처럼, 두 사람의 학습 능력은 확연히 뛰어올랐다.

알면 알수록 마법이 재미있었고, 기초이지만 그것을 배우며 새로운 발견을 끌어냈다. 무엇보다도 묵은 의문이 해소되고 새로운 가능성이 열리는 것이 즐거웠다.

"그딴 학교, 돌아가기 싫어~! 여기 있는 게 훨씬 연구하기 좋아."

"그렇죠⋯⋯. 앞으로 한 달 후에는 돌아가야 하는군요⋯⋯."

제로스와 맺은 계약은 두 달이었다.

약 한 달 후에는 학교로 돌아가서 시시한 강의를 들어야만 했다.

두 사람은 그것을 시간 낭비라고 느꼈다.

"그러고 보니 크로이사스 오라버니는 돌아오지 않으시나요?"

"크로이사스으~? 그 녀석은 생제르망파 중진 후보니까 연구에 여념이 없으시겠지. 연구동에 틀어박혀서 말이야. 헛고생인지도 모르고⋯⋯."

"그렇죠. 헛일이에요……. 귀중한 시간을 헛되이 쓰고 있어요."

"그 자식……『본가로 돌아가십니까? 그럼 아버지께 안부 전해 주십시오. 그 정도는 괜찮죠? 명색이 형인데……』라면서 날 전령 취급했어!"

"여전하시네요……. 어지간히 연구를 좋아하시나 봐요."

차남인 크로이사스는 연구밖에 관심이 없어 대인 관계를 가지는 것조차 시간 낭비라고 생각했다. 사람에게 관심이 없고 효율만 우선하며 연구에 몰두하는 모습은 마도사답다고 할 수 있었다.

하지만 츠베이트는 그의 언동이 신경에 거슬렸다.

"예나 지금이나 똑같아, 그 아니꼬운 자식……. 하지만 그 녀석은 운이 없지. 크크크……."

"그러네요…… 정말 운도 없으세요. 대현자의 강의를 못 받다니……."

"그렇지? 그 녀석 얼굴을 보는 날이 기대되는군……."

츠베이트와 크로이사스는 비유하자면 불과 얼음이었다. 성질이 전혀 달라서 서로를 결코 받아들일 수 없다고 생각해 왔다. 단순히 마음을 터놓고 이야기한 적이 없을 뿐인지도 모르지만…….

"그래도 마도사다운 자세야……. 최근에는 보고 배울 게 있다고 생각하게 돼."

"행동이 선생님과 닮은 구석이 있어요. 하지만…… 지식이 부족한 데다 잘못되었어요."

"그게 아쉬워. 나한테는 기쁜 일이지만. 아, 그렇군……. 그 인간이 마음에 안 든 이유는 크로이사스를 닮았기 때문이었나……."

"크로이사스 오라버니가 그렇게 싫으신가요?"

"진절머리 나게 싫어! 그 자식은 날 보려고도 하지 않아. 주변 일은 아무래도 좋은 거지! 언젠가 그 잘난 낯짝에 주먹을 꽂아주 겠어!"

성격이 맞지 않아서 생긴 엇갈림이 공작가 후계자 싸움의 원인이 되었다는 것을 그는 몰랐다. 딱히 반목하는 사이도 아니었고, 그냥 마음에 들지 않아 서로에게 다가가지 않을 뿐이었으니까.

츠베이트도 마도사였다. 남들이 숙덕거리는 말에는 아무 관심도 없었다.

그런 두 오빠의 상황을 생각하며 세레스티나는 한숨을 쉬었다.

그녀는 그저 내란이 발생하지 않기만 바랄 뿐이었다.

다음 날, 제로스는 손님용 응접실에 왔다.

이유는 단순했다. 손녀를 사랑해 마지않는 광기의 노인, 크레스톤에게 호출받았기 때문이었다.

"후후후…… 드디어…… 드디어 세레스티나의 장비가 완성되었다네!"

"전에 없이 신이 나셨군요. 그런데 장비는 어디 있죠? 여기에는 없는 거 같은데."

"기뻐서 그만 세레스티나에게 건네줬네. 곧 올 게야."

오늘따라 유독 신이 난 노인은 장비를 갖춘 손녀의 도착을 기다렸다.

크레스톤이 폭주하자 제로스가 자기도 모르게 한마디를 던졌다.

"벌써 입어 보게 하셨나요……. 행동 한번 빠르시네……."

"그런 싸구려 장비를 언제까지 입게 하려고? 그리고 무엇보다 그 아이를 위해 처음으로 맞춘 장비일세. 아주 잘 어울릴 게야."

"……다른 손주는요?"

"전에 새로 장만한 게 있으니까 상관없겠지. 남정네 장비는 너무 투박해서 아름답지 않아."

"……기도 안 찰 만큼 너무한 할아버지일세. 츠베이트 군도 불쌍하지……."

손녀를 너무 사랑한 나머지 편애가 심했다. 츠베이트는 얼마나 억울할까.

"이번에는 큰맘 먹고 내 사비를 털었지. 소재부터 음미하며 최고의 장비를 마련했네."

"무슨 소재인지 궁금하지만, 돈깨나 들었다는 건 알겠네요……."

"당연하지! 귀여운 손녀를 위해서라면 나는 악마에게 영혼이라도 팔아넘길 거야! 남의 목숨이지만……."

"기도 안 찰 만큼 파렴치한 할아버지일세."

망언도 이런 망언이 없었다. 심지어 이 노인은 진심으로 하는 소리라서 더 악질이었다.

짐작이지만, 세레스티나를 위해서라면 정말로 악마에게 산 제물을 바칠 것 같았다.

그의 무서운 손녀 사랑은 가히 죄악이라고 해도 좋았다.

"언젠가 시집갈 몸이잖아요? 그때는 어떻게 하시게요?"

"……인정 못 해, 나는 인정 못 한다! 어쭙잖은 어중이떠중이한 테 귀여운 티나를 줄 수 있을까 보냐!"

"그 귀여운 손녀가 혼기를 놓치면 어떻게 합니까?"

"그때는…… 그렇지, 제로스 공에게 시집보내지. 안심하게, 이 나라에서 남자 마도사는 일부다처제니까! 반대 경우도 있지만……."

"은근슬쩍 절 끌어들이지 마세요!"

어처구니없는 소리를 하는 할아버지였다.

"무얼~, 증손이 생기면 자네가 어디로 사라지든 상관하지 않겠네. 물론 지옥이라도……."

"종마로 쓴 다음 죽일 생각뿐이잖습니까. 보복당할 각오는 되셨고요?"

"귀여운 손녀에게 손을 댈 거면 그 정도는 각오하게나."

"기도 안 찰 만큼 썩었네, 이 노인네!"

손녀에 관한 일이라면 끝없이 악독해지는 할아버지였다. 휘말리는 사람은 환장할 노릇이리라. 부당함의 극치였다.

제로스의 말에도 점점 거리낌이 없어졌다.

그렇게 바보 같은 이야기를 주고받는 사이, 옆에서 방문이 열리고 깨끗한 무구를 장비한 세레스티나가 나타났다. 흰 드레스풍 의상 위에 은색 광택이 흐르는 철제 브레스 플레이트를 장착하고, 한 손에는 같은 색 소형 방패를 들었다. 심지어 메이스에는 화려하지 않은 금세공이 들어갔다. 마치 전쟁터라도 나갈 듯한 요란함이었다.

"……저기~, 할아버지. 마물을 상대로 하는 실전 훈련 맞죠? 이, 이건……."

"미스리스 섬유를 아라크네의 실과 섞어서 짠 장갑(裝甲) 드레스에 미스릴과 백사룡(白蛇龍)의 비늘을 쓴 브레스트 플레이트. 그리고 같은 계통으로 통일한 건틀릿과 부츠……. 메이스로 말할 것 같으면 오리하르콘도 혼합해서 마법 지팡이로도 쓸 수 있군요. 어르신…… 대체 얼마나 쓰신 겁니까?"

"무, 무슨 말인가? 그리 많이 쓰진 않았어……."

"이 장비…… 보물급이잖습니까! 게다가 엄청나게 디자인을 중시했군요."

"엣?! 네에에에에에에에에?! 그렇게 비싼 장비예요?!"

크레스톤은 시침을 뚝 뗐지만, 제로스의 감식안은 속일 수 없었다.

명백히 영지를 1년 동안 운영할 만큼의 예산이 들어갔다. 도저히 귀족의 주머닛돈만으로 장만할 수 있는 물건이 아니었다.

"크레스톤 씨…… 설마 그렇진 않겠지만, 세금을 착복하신 건 아니겠죠?"

"예끼, 이 사람아?! 다 내 돈 주고 만든 걸세. ……보물창고에 있던 귀금속을 조금 팔았지만……."

"보물? 현재 영주님의 허가는 받으셨어요? 이런 일에는 다 절차가 있을 것 같은데."

크레스톤은 고개를 홱 돌렸다.

즉, 무단 사용이었다. 은거한 신분인 이상 횡령에 해당했다. 아

303

무래도 손녀를 위한답시고 범죄에 손을 댄 모양이었다.

"고작 그런 걸 가지고……. 델사시스 고 녀석이 호위 병력으로 7개 사단은 못 부른다지 않나. 그렇다면 딸을 위해 이까짓 푼돈은 내줘도 괜찮은 거 아닌가?"

"호위가 더 늘었잖아요! 게다가 횡령한 사람이 반성의 기미조차 없습니까?!"

"다 내가 젊을 적 받은 귀금속만 골라 온 걸세! 그렇게까지 타락하진 않았어!"

"절차 정도는 받으셨어야죠. 당신 손녀한테 불똥이 튄단 말입니다!"

"……윽?! 아차, 거기까진 생각하지 못했군……."

"너무 경솔하잖습니까. 얼마나 정신 상태가 불안정한 겁니까……?"

이 노인의 폭주는 너무 지독했다. 설령 어떤 이유가 있어도 귀족이라면 금전 지출의 용도에 맞춰 정당한 절차를 밟아야 했다. 그렇지 않으면 귀족이라도 횡령죄가 적용될 것이다.

이 노인은 그 과정을 죄다 생략해 버렸다.

"으으…… 이거 낭패구먼. 어쩔 수 없지…… 델 녀석에게 머리를 숙이러 가야겠어……."

"할아버지…… 아무리 그래도 너무하셨어요."

"어쩔 수 없다고 말하는 시점에서 반성은 안 하고 있군요. 자기 중심적인 건 마도사답다고 할 수 있지만, 공작가로서는 최악일 겁니다."

"전적으로 동감이다……. 아버지 때문에 정말로 못 살겠군. 어이가 없어서 말도 안 나와."

"누구?"

"으…… 델사시스."

"아버지……."

세 사람이 동시에 돌아보자 그곳에 제로스와 비슷한 연령대에 말쑥하게 차려입은 중년 신사가 서 있었다.

방금 들린 말로 추측하건대 그가 세레스티나와 츠베이트의 아버지 같았다.

"대현자님과는 처음 만나는군. 그대 이야기는 아버지께 들었네. 내가 세레스티나와 츠베이트의 아버지이자 그 귀찮은 노인의 아들이기도 한 현 영주 델사시스일세. 그대에겐 상당히 폐를 끼친 모양이군. 특히…… 거기 그 영감이……."

"별말씀을 다……. 저는 제로스 멀린이라고 합니다. 별 볼 일 없는 마도사니까 대현자라고 하지 마십시오. 그나저나 영주님은 고생이 많으신 것 같습니다……."

"이 멍청한 아버지가 무단으로 보물창고 문을 따서 안에 보관된 귀중한 마석 몇 개를 팔아넘겨 버렸어. 심지어 용의주도하게 흔적을 지우고 알리바이 공작까지……. 그것 때문에 일이 얼마나 늦어졌는지……."

"어르신…… 대체 무슨 짓을 하고 다닌 겁니까?!"

크레스톤 할아버지의 땀이 폭포처럼 흘렀다.

현 당주 델사시스는 그런 방탕 노인을 싸늘한 눈으로 바라보았다.

"어, 어떻게 알았지……? 증거는…… 남기지 않았을 텐데……."

"알리바이 공작에 실패하셨습니다. 시간상 불가능한 상황이었고 거리도 조금 의심스러웠으니까요. 꼼꼼히 조사하니까 바로 알겠더군요. 설마 대역을 준비하다니…… 돈을 받고 고용됐다고 자백했습니다."

"큭…… 역시 그 술집은 거리상으로 문제가…… 게다가 그 녀석이 날 배신해?!"

"하고 싶은 말은 다 하셨습니까? 아버지 탓에 경비 담당자가 자살 기도까지 했단 말입니다. 책임을 지시죠……."

"어중이떠중이가 어찌 되든 내 알 바 아니야!"

반성의 기미가 전혀 없었다. 반성은커녕 사뭇 당연하다는 듯 당당한 태도였다.

다른 시각으로 보면 배 째라 식이라고 할 수 있겠다.

"하아……. 내 불장난이 원인이니까 마냥 비난할 순 없지만…… 가능하면 절차 정도는 받으시지 그러셨습니까? 그러면 이런 소동도 일어나지 않았을 텐데……."

"그건 그렇군요……. 잘 생각해 보니 어르신이 이렇게 된 간접적 원인은 그렇게 되는군요. 그런데 그 불장난을 그만두실 생각은 없으신가요?"

"없네. 마음에 슬픔을 짊어진 여성에게 기쁨을 주는 것이 내 사명이야!"

"단호하시군요……. 부전자전인가……. 피는 못 속여."

"할아버지…… 꼭 그렇게까지 하지 않으셔도 됐을 텐데……."

세레스티나의 입장에서 보면 자신 때문에 자살 미수자가 나온 상황이었다.

그것도 원인이 된 것은 그녀를 위해 일을 낸 할아버지였다.

"보십시오. 세레스티나가 상처 입지 않았습니까? 아버지가 폭주하시는 바람에……."

"크윽?! ……확실히 내가 조금 심했는지도 몰라. 하지만…… 보물창고 경비병은 아내가 젊은 남자와 바람이 났다며 고민 중이라고 하던데? 결혼한 지 이제 반년째라나……."

"추문이 어떻게 나느냐의 문제입니다. 자살 미수의 진짜 이유는 문제가 아니란 말입니다. 그런 고로 아버지, 뒤처리는 확실히 해주십시오. 저는 안 할 겁니다? 아버지가 폭주하신 탓이니까요."

"어쩔 수 없지……. 본의는 아니지만, 뒤처리를 하고 와야겠군……쯧……."

"이 노인네, 지금 혀 찼어……. 게다가 마지못해서 하는 거잖아요……."

아저씨의 말투가 더 나빠져 호칭이 완전히 노인네가 되어 버렸다.

이 노인에게는 이미 말을 고를 생각이 없는 듯했다.

"그나저나 델사시스 공, 이 어르신은 대체 뭘 팔아넘겼죠?"

"와이번 마석 두 개일세. 손바닥 크기의 귀중한 마석이지. 지금은 이걸 얻기가 불가능에 가까워. 왕가에서 하사한 귀중한 물건이거늘……."

"와이번 정도가…… 말인가요? 저 있는데요, 와이번 마석……."

"뭣이?! 제발 양보해주게. 아무리 나라도 아버지가 처형당하는 꼴은 보고 싶지 않아."

"그건 괜찮지만…… 어르신, 빚 하나 지신 겁니다?"

"으으…… 어쩔 수 없지. 한 번 신세를 지겠네……."

전 단계만 거쳤다면 일어나지 않았을 사태건만, 이 노인의 태도는 한결같이 뻔뻔했다. 손녀가 관련되면 마음에 마라도 끼는 것일까?

제로스는 한숨을 내쉬면서도 인벤토리를 열어 와이번 마석을 세 개 정도 꺼내 델사시스에게 건넸다. 그러자 그 자리에 있던 세 사람의 표정이 순식간에 굳었다.

"아니?! 이렇게 클 수가……. 보관하던 것의 갑절은 돼!"

"흠…… 역시 파프란 대산림 지대야. 이런 마석이 있다니……."

"서, 선생님이 해치우셨다는 이야기는 들었지만, 이렇게 큰 마석을 가진 와이번이라면……."

"공짜로 구한 거니까 사양하지 마세요. 네 개 정도 더 있고, 없혀사는 신세이기도 하니까요."

세 사람은 말문이 막혔다.

그 말은 와이번 일곱 마리와 정면으로 싸워 해치웠다는 뜻이었다.

원래 와이번은 무리지어 사냥하는 마물이므로 한 마리뿐일 가능성은 없었다. 대부분의 용병은 집단 전투에서 많은 희생자를 낼 정도였다.

그것은 동시에 눈앞에 있는 마도사 한 사람이 그만한 병력에 필적한다는 것이기도 했다.

"……고맙네, 대현자여. 이 은혜는 반드시 갚겠네. 이 멍청한 아버지에게도……."

"지위도 명예도 필요 없으니까 땅을 주십시오. 농사를 지을 수 있는 작은 땅이면 됩니다.”

“아…… 그러고 보니 땅 문제가 있었지. 최근 바쁜 일이 많아서 깜빡했군…….”

“정신을 어디 두고 다니는 게냐, 델사시스…….”

“이게 누구 때문인데, 이 망령 든 영감쟁이가…….”

이 할아버지가 원인이었다.

“아직 준비하지 못했네만, 이 노친네와 딸아이를 구해준 답례일 세. 이 별장 한쪽을 떼어 내서 그대 소유로 내어주겠네. 더불어 집 도 선물하지.”

“감사합니다. 드디어…… 드디어 집 없는 신세에서 졸업이구 나……. 길었어…….”

“그 【절규 교회】 뒤쪽이 편하겠지? 그 주변은 내 영지니까 조용 히 살 수 있을 걸세. 거기로 괜찮겠는가?”

“집을 얻을 수 있다면 다소의 문제는 신경 쓰지 않습니다. 집 없 는 무직자는 사회의 시선이 곱지 않으니까요……. 그런데, 응? 절 규 교회?! 그게 뭡니까?”

“모르는가? 최근 화제라네. 비명이 울려 퍼지는 악몽의 교회라 면서 말이야. 집은 저택으로 돌아가서 바로 준비하겠네.”

보육원이 설마 그런 기괴한 별명으로 불리고 있을 줄은 생각하 지 못했다.

심지어 영주에게까지 소문이 퍼져 있었다. 아무래도 만드라고라 재배는 세간의 평가가 너무 나빴나 보다.

그건 그렇고 델사시스는 의외로 말이 통하는 영주였다. 여기서 여성 편력만 나쁘지 않다면 좋았으련만, 본인은 불장난을 그만둘 생각이 눈곱만큼도 없었다.

그런 델사시스가 돌아서서 바로 방을 나가려고 했다.

"그럼 아버지, 저는 아직 일이 있어서 돌아가 보겠지만, 모쪼록 사고는 치지 마십시오."

"나도 안다! 이번에는 조금 너무했지…… 쳇……. 다음에는 꼬리를 밟히지 않게 해야지……."

""이 노인네……. 전혀 반성 안 했지?!""

영주와의 짧은 해후였다.

어쨌든, 제로스는 마침내 꿈에도 그리던 땅과 집을 얻게 됐다.

아직 조금 멀었지만, 앞으로는 그 집이 활동 거점이 될 것이다.

"그러고 보니 츠베이트가 보이지 않는군요. 그 녀석은 뭘 하고 있죠?"

"어라? 듣고 보니 오늘은 못 봤네요?"

"오라버니는 아마 예습이라도 하고 있지 않을까요?"

"눈치채지 못했구먼. 아무래도 상관없으니까 말이야."

불쌍하게도 츠베이트 군은 잊혀 있었다.

그런 그가 지금 무엇을 하고 있느냐면…….

"하하하♪ 알겠어! 그래, 이게 마법식 해독이란 말이지! 이렇게 즐거운 건 오랜만이야♪"

……기분 좋게 마법식 해독을 실습하는 중이었다.

평소 태도가 어떻든 그는 우수하고 성실한 마도사였다.

3일 후, 그들은 파프란 대산림 지대로 출발할 예정이다.

마물이 서성이는 광대한 삼림에서, 실전 훈련이라는 이름의 부트 캠프가 시작되는 것이다.

제13화 아저씨, 제자들과 위험 지대에 가다

솔리스테어 대공작가 별장. ······그날은 이른 아침부터 시끌벅적했다.

아니, 무기나 갑옷으로 완전 무장한 기사들이 돌아다니는 저택은 시끌벅적하다기보다는 오히려 대단히 흉흉한 인상을 줬다. 그도 그럴 게 기사들은 모두 앞으로 향할 장소에 대한 긴장감을 감추지 못하고 험악한 표정을 짓고 있었기 때문이었다.

기사의 수는 약 열다섯 명, 그들의 임무는 공작가 자녀의 호위였다.

이 기사들을 모집한 사람은 크레스톤 전 공작이었고, 그 이유는 사랑하는 손녀를 호위한다는 명목 아래 그들을 마물의 희생양으로 삼기 위해서였다.

"기사 열다섯 명····· 이걸, 분대라고 하던가요?"

"으음····· 델사시스 그 녀석, 설마 이것밖에 안 보내다니······."

"아니, 충분하지 않습니까? 희생양을 얼마나 늘릴 생각이세요?"

그들 대부분은 호위가 임무였지만, 그 이상으로 실전 경험을 쌓기 위해 젊은 기사가 많이 차출됐다.

그리고 마도사는 한 명도 없었다. 이것만으로 기사단과 마도사단의 반목을 잘 알 수 있었다.

마도사단은 마도사를 호위로 보낼 생각이 없는 것이다.

"마도사단장 녀석, 나중에 항의해주마. 실전 경험을 쌓지 않는 마도사가 무슨 도움이 된다고……."

"그건 동감이지만, 크레스톤 씨는 다른 목적이 있잖습니까……."

물론 세레스티나를 대신한 희생양이었다.

원래 왕족의 친척인 솔리스테어 공작가는 크레스톤이 세운 파벌, 솔리스테어파가 기사단과 호의적이라서 다른 파벌에게는 달갑지 않은 상황이 이어지고 있었다.

"크레스톤 씨도 파벌을 가지셨죠? 그쪽에서 마도사를 부를 수는 없었나요? 경험을 쌓기에는 절호의 기회라고 생각하는데."

"안타깝지만, 실전을 경험할 정도의 기량은 없다네. 모두 생산직이라서 말이야. 전투 계열이라면 끌고 올 수도 있었겠지만, 아쉽게도 모두 거절당했네."

"그런가요……."

제로스는 속으로 「댁이 얼마나 손녀 바보인지 아니까 본능적으로 위험을 직감하고 도망친 거 아닙니까?」라고 생각했지만, 구태여 입 밖으로 내진 않았다.

말한들 의미가 없단 것을 이미 알기 때문이었다.

이런 대화가 오가는 앞에서는 기사들이 짐을 짐마차 여러 대에 나눠 실으며 착실히 출발 준비를 하고 있었다. 식량은 물론, 텐트와 조리 기구 등 생필품도 당연히 있었다. 물량으로 보아 실전 훈련을 치르기 위한 일주일 치 분량을 최대한 마련한 모양이었다.

"대공작 각하, 곧 준비가 완료됩니다."

"수고했네. 내 손주들을 잘 부탁함세."

"맡겨주십시오. 이 한목숨 바쳐서라도 두 분을 지키겠습니다."

"좋아, 기대하겠네."

크레스톤에게 깍듯이 고개를 숙인 기사는 바로 옆에 있는 제로스를 힐끔 보고 문득 위화감을 느꼈다. 그가 아는 마도사는 포대처럼 후방에서 마법을 쏠 뿐이고 전선에서는 교란이나 엄호조차 못 하는 주제에 거드름이나 피는 아니꼬운 족속들이었다.

하지만 이 마도사는 확연하게 자신들과 가까운 인상을 풍겼다. 그 이유는 한 번 더 아저씨에게 눈을 돌린 순간 판명됐다.

"검…… 그것도 이도류? 마도사가…… 말입니까?"

"마도사도 근접 전투는 해야죠. 안 그러면 싸움터에서 죽기밖에 더하겠습니까?"

그 대답을 듣고 이해했다. 이 마도사는 싸움터를 전전한 강자이며 근접 전투의 중요성을 이해하고 있다고……. 이 나라에서는 이질적이기 그지없는 스타일의 마도사를 보고, 그는 세상이 넓다는 사실을 알았다.

"싸움터라……. 당신은 마도사 아닙니까? 근접 전투의 중요성을 이해하시는 모양인데……."

"물론이죠. 마력이 바닥났다고 싸우지 못하는 마도사가 무슨 도움이 되겠습니까? 자기 몸을 자기가 지키지 않으면 죽을 뿐이죠."

그는 이 마도사가 보통 사람은 아니라고 깨달았다.

싸움터에서는 죽는다고 단언할 수 있을 만큼 실전을 겪었고, 마법과 검술을 동시에 숙달하려는 명백한 이단자. 흐르는 분위기를 통해 상당한 실력자라고 추측할 수 있었다.

"이국의 마도사는 현실을 잘 아는군요. 이 나라 마도사들에게 들려주고 싶습니다. 그들은 근접 전투 훈련은 거들떠보지도 않으니까요."

"그런 마도사가 제일 먼저 죽거나 끈질기게 살아남아서 권력을 쥐었겠죠. ……듣자 하니 성실한 마도사들의 발목을 잡는다죠? 안타깝다, 안타까워~."

"그래서 골치 아픕니다. 기사와 우호적인 마도사는 숨어서 연락할 수밖에 없는 실정이죠. 다른 마도사에게 들키면 배신자 취급을 받는다나 뭐라나……."

"성가시네요. 기사는 검이자 방패— 그 역할은 몸을 던져서 적을 막고 격멸하는 것이죠. 마도사는 그런 기사를 보좌해서 생존율을 높이는 동시에 싸움을 유리하게 이끄는 후방 부대여야 합니다. 서로 대립해서 어쩌자는 걸까요?"

"그 역할을 수행하지 못하고 분열된 것이 지금 이 나라의 현실입니다. 부끄럽지만 말이죠……."

"크레스톤 씨에게 들었습니다. 마도사가 권력을 쥐어서 뭘 하려는 건지 모르겠네요. 마도사는 마법을 연마하고 끊임없이 도전하는 탐구자여야 한다고 생각하는데……."

제로스와 기사 사이에 묘한 공감대가 형성됐다.

"소개가 늦었습니다. 저는 이 분대의 대장을 맡은 알레프 길버트라고 합니다."

"반갑습니다. 전 제로스 멀린입니다. 그냥 구도자(求道者)이지요."

두 사람은 서로 악수했다.

"제로스 공은 손주 두 명에게 마법의 진수를 알려주는 우수한 마도사라네. 자네들도 배울 것이 많을지도 몰라."

"허어…… 이 나라 마도사와는 느낌이 다르다 싶었는데, 과연 그랬군요. 그토록 출중한 분이셨습니까? 마법도, 그리고 검 실력도……."

"그래, 둘 다 매일 힘겹게 구르고 있다네. 실전 형식으로 말이지."

"그거 훌륭하군요. 두 분은 몸을 지키는 법을 알고 계시겠군요?"

"아직 서툴지만, 정신머리는 제대로 박혀 있네."

그것은 쉽게 말해 근접 전투의 중요성 또한 숙지하고 있다는 의미였다.

마도사들 중 태반은 그런 전투를 선호하지 않으며 마력이 떨어지면 바로 철수해 버렸다.

하지만 실제 전쟁에서는 언제나 그렇게 마음대로 철수할 수 있을 리가 없다.

최악의 경우, 전멸을 각오한 진흙탕 싸움도 벌어질 수 있다.

"역시 실전을 아는 사람은 다르군요. 현실을 잘 아십니다."

"과대평가하지 마세요. 제 부족함 때문에 몇 번이나 죽을 뻔했을 뿐입니다. 가능하다면 그걸 가르치는 게 연장자의 의무라고 생각하지만, 어떻게 해야 잘 전할 수 있을지 고민 중이죠. 아무래도 교사 노릇은 처음인지라……."

"자신의 경험을 남에게 전하기란 어렵죠. 그걸 아는 것만으로 충분합니다. 기사단장님도 자주 말씀하시죠. 『최근 마도사들은 썩었다. 저래선 전쟁터에서 살아남지 못한다』라고요. 그건 저도 동감입니다."

"전쟁터는 무슨 일이 일어날지 모르는 마물이니까 가능한 한 모든 수단을 동원해야 할 텐데 말이죠. 이 나라는 그렇게 인재가 없나요?"

"없습니다. 마법 말고는 별것도 아닌 자들이 목에 힘을 주고 다닌다니까요? 만약 전쟁이라도 나면 그들은 전쟁터에서 전부 죽을 겁니다."

요컨대 마도사들의 생각이 대단히 짧다는 것이었다.

후방은 안전하다는 근거도 없는 안도감에 빠져 실제 전쟁을 경험한 적이 없기 때문에 자신들이 얼마나 어리석은지 이해하지 못했다.

평화로운 시간이 너무 길었던 탓에 그들은 전쟁의 무서움을 잊어버렸다.

그것을 아는 사람은 소규모 전투 등으로 사람을 죽인 경험이 있는 기사뿐이었다. 후방에서 마법을 쏘기만 하는 마도사에게는 너무 간접적이라서 목숨을 빼앗는다는 행위가 어떤 것인지 이해하지 못했다.

"오랜 평화가 사람을 나태하게 한다……. 『평화를 원하면 전쟁에 대비하라』, 꽤 중요한 일인데 말이죠."

"좋은 말씀을 하시는군요. 정말로 백번 옳은 말입니다. 그들은 전쟁을 몰라도 너무 몰라요."

"그 녀석들은 권력과 연구밖에 모르지. 통탄스러워."

이 나라 마도사들은 대체 얼마나 극단적이란 말인가. 평화란 어디까지나 환상에 가깝다. 작게는 자잘한 싸움과 마을 간의 대립부터 크게는 대륙 국가 간의 대전(大戰) 등, 실제로는 싸움이 끊이지 않는 것이 현실이다.

같은 사람들끼리도 나라가 다르면 습관이나 문화가 달라지며, 종교까지 끼어들면 싸움의 빌미는 어디서든 찾을 수 있다. 그것이 어떤 이유로 폭발해 단숨에 확산되면 전란이 발생한다.

싸움이란 규모가 크고 작고의 차이만 있을 뿐이지 본질은 크게 다르지 않다. 그곳에 정의란 말은 존재하지 않고, 시각을 달리하면 어디든 존재할 수 있는 대단히 애매모호한 말이다.

마도사는 중립이었지만, 권력에 손을 대면서 어리석게 변했다. 그들의 싸움에 말려든 사람에게는 민폐도 이런 민폐가 없었다.

"슬슬 준비가 끝나 가는군요. 대공작 각하, 손주분들의 준비는 어떻게 되었습니까?"

"우리도 슬슬 다 됐을 텐데…… 늦는구먼."

"저는 이대로 가면 되니까 상관없지만, 그렇게 오래 걸릴 일인가요?"

수다를 떠는 세 사람 뒤쪽에서 현관문이 열리고 화제의 손주 두 명이 산더미 같은 짐을 가지고 나타났다.

세레스티나는 거대한 가방이 터지도록 짐을 채워 넣었고, 츠베이트도 어디서 샀는지 모르겠지만 더 큰 배낭을 멨다.

얼마나 무거운지 두 사람은 몸을 떨면서 간신히 짐을 끌고 있었다.

"주…… 준비 마쳤어요……."

"좀…… 많이 챙겼나? 무겁군……."

"""무슨 짐이 그렇게 많아?!"""

보아하니 세레스티나의 짐은 대부분 갈아입을 옷이었고, 츠베이트는 각종 실험 도구 같았다. 츠베이트의 경우, 연금술도 다루는 제로스를 보고 향상심을 불태워 기재를 사 모았고, 그 결과 짐이 불어난 듯했다. 겉모습이 모 게임의 주인공 같은 행상인[#2]처럼 보이는 것은 과연 기분 탓일까?

"짐을 줄일 수는 없나요?"

"여자에게는 여벌이 필요해요! 그리고 흥미로운 서적이 있어서 내용이 사실인지 현지에서 확인해 보고 싶어요."

"거긴 약초도 있지? 현지에서 시험하고 싶어졌어. 대부분이 조합 도구지."

두 사람 모두 진지했다. 그 얼굴에는 예사롭지 않은 열의가 서려 있었다.

두 젊은이의 열의를 무시할 수는 없는지라, 제로스는 어쩔 수 없이 자신의 인벤토리 안에 짐을 보관하기로 했다.

"편리한 마법인데? 어떤 원리지……."

"그걸 알면 저도 좋을 텐데 말이죠. 비슷한 도구라면 만들 수 있지만, 마도구는 넣을 수 있는 양이 한정되는 단점이 있으니까요. 그리고 정체불명의 마법이기도 해서…… 솔직히 만들 엄두도 안 나요."

"【아이템 백】말씀이신가요? 있으면 편리하겠네요. 저도 가지고

#2 모 게임의 주인공 같은 행상인 게임 『드래곤 퀘스트』 시리즈의 톨네코.

싶어요. 그런데 선생님도 모르는 마법이 있나요?"

"당연하죠. 저는 신이 아니라고요. 전지전능한 존재가 보면 한
낱 먼지 같은 존재죠."

애당초 이곳의 여신 일당이 엎지른 물을 지구에 있는 신들이 수
습한답시고 제로스 일행을 전생시키며 부여한 힘이었다. 그것이
어떤 원리인지, 왜소한 인간의 몸으로는 알 턱이 없었다.

마법식 자체는 이론상 작성할 수 있지만, 필요한 마력과 그 방대
한 마법식은 도저히 제어할 방법이 없었다.

실은 몰래 인벤토리를 간략화한 마법을 제작해 봤지만, 결과는
무용지물로 판명됐다. 이 마법은 이론만으로는 어떻게 할 수 없는
난해하고 성가신 물건이었다.

"아무튼 준비는 끝났군요. 일주일 동안 신세 좀 지겠습니다."

"든든한 마도사가 있어주어 다행입니다. 저희도 잘 부탁드립니다."

알레프와 제로스가 인사를 나누는 가운데, 뒤쪽에서는⋯⋯.

"티나야, 모쪼록 조심해야 한다. 만약 멍청한 기사들이 손을 대
려고 하면 나에게 말하려무나. 할아비가 바로 손을 쓰마."

"하, 할아버지, 무슨 짓을 하시려고요?!"

"무얼, 네가 신경 쓸 필요는 없단다. 모르는 게 약인 것도 있
어⋯⋯."

크레스톤 할아버지가 거무튀튀한 기운을 발산하며 손녀와의 짧
은 이별을 아쉬워했다.

'이, 이 사람⋯⋯ 새삼스럽지만, 손녀가 엮이면 평소와는 딴사람
이야. 무슨 병이라는 생각밖에 안 드는군.'

보통은 백성을 생각하는 우수한 인물이었지만, 세레스티나가 연관되는 순간 사람이 바뀌었다.

그것은 정말이지 동일인물이라고는 생각하지 못할 정도의 변모였다. 그만큼 손녀를 사랑한다는 뜻이겠지만, 조금 위험한 단계에 돌입해 있었다.

한편, 츠베이트는 기사들과 현지 도착 후 예정을 의논하고 있었다.

기사들도 훈련 목적으로 파프란 대산림 지대에 가기 때문에 의견 조율이 필요했다. 이런 절차는 츠베이트도 익숙해 보였다.

이렇게 준비를 마친 일행은 마차를 타고 파프란 가도를 따라 동쪽으로 달렸다.

◇   ◇   ◇   ◇   ◇   ◇   ◇

흔들리는 마차 안에서 츠베이트는 예전부터 제로스에게 품고 있던 의문을 꺼내 물었다.

"이봐……."

"뭐죠? 츠베이트 군."

"당신은 그런 실력이 있으면서 왜 세레스티나의 가정교사가 됐지? 권력자에게 이용당하기 싫다며?"

"당연하죠. 그게 왜요?"

"그런데 할아버지에게 보수로 땅을 받아? 모순 아니야?"

제로스는 아련한 눈으로 푸른 하늘을 올려다봤다.

"츠베이트 군…… 나잇살 먹은 아저씨가 집도 직업도 없다고 한다면 무슨 생각이 드나요?"

"그거, 그냥 부랑자나 마찬가지잖아?"

"맞아요. 그런 사람은 최악의 인간이라고 생각하지 않습니까? 사람은 열심히 일하고 소소한 벌이로 검소하게 살아가는 게 건전한 삶이라고 생각합니다. 그리고 땅을 준다는데 고맙게 받아야죠. 돌아갈 집이 있다는 건 중요하잖아요?"

"……의외로 똑 부러진 성격이군."

"권력자에겐 힘을 빌리지 않지만, 앞날 창창한 젊은이들에게 길을 조금 보여주는 건 괜찮다고 생각하거든요. 하루하루의 평화가 얼마나 행복한 일인지, 언젠가 이해할 수 있을 겁니다."

"그래……. 미안, 뭔가 꿍꿍이가 있지 않을까 생각해서 떠봤어."

"괜찮아요. 실제로 수상해 보이니까요."

그런 대화가 이루어졌지만, 실제 제로스의 마음속은…….

'그럼 집 준다는데 싫다고 할까! 이 나라에서 난 아무 연고도 신용도 없는 수상쩍은 중년 아저씨라고. 일 찾기가 어디 그렇게 쉬운 줄 알아? 무엇보다 마법은 위험하지, 연금술을 쓰면 이 일대 물가가 폭락할 것 같지, 까딱 잘못하면 나라와 관련된 귀찮은 인간들이 벌떼처럼 몰려올 것 같아. 하물며 살벌한 용병 노릇은 절대 하기 싫어!'

……제법 절박한 모양이었다.

제로스 멀린, 40세.

결혼과 따뜻한 가정을 원하지만 자신의 나이에 초조해지는 시기였다.

이미 장난삼아 세계를 돌아볼 나이는 아니었다.

그런 그의 소박한 꿈은 작은 집에서 가족과 함께 살며 밭을 가는 것이었다.

마차를 타고 이동한 지 약 이틀이 지났다. 일행은 파프란 대산림 지대 어귀, 사프란 평원 한쪽에 진을 치기로 했다. 기사들은 텐트를 쳤고 제로스는 땅 계통 마법으로 바위 방벽을 만들어 주위를 둘러쌌다. 그리고 두 제자는 그 바깥쪽으로 땅을 파서 구멍 함정을 설치했다.

이 일대에 출몰하는 마물은 고블린과 초식 마물 정도였다. 극히 드물게 포식자인 육식 마물도 출몰하지만, 지금 전력이라면 큰 문제가 아니었다.

과잉 전력이라고도 할 수 있겠지만, 명색이 공작가 자제의 호위라고 생각하면 적은 병력인지도 몰랐다.

기사들의 역할은 두 명에게 실전 경험을 쌓게 함과 동시에 자신들의 레벨을 올리는 수련이기도 했다. 문제는 이 기간 안에 적당한 상대가 나타나느냐, 인데…….

"이봐, 스, 스승님…… 뭐 해?"

"스승님? 제가요……?"

"그래. ……나도 당신한테 마법을 배우는 입장이야. 개인감정은 어쨌건 그에 걸맞은 태도로 대해야 하지 않겠어?"

"신경 안 쓰셔도 되는데……. 그래서, 무슨 일이죠?"

"당신이 뭘 하는지 조금 궁금했어. 그거 마법지지?"

제로스는 아무런 마법도 적히지 않은 마법지를 세로로 길게 잘라 펜으로 마법 문자를 적고 있었다. 아마 【마법부적】의 일종이겠^{아르카나}지만, 그 마법 문자는 놀랍도록 정밀해서 현재 마도사의 수준으로는 해독할 수 없는 것이었다. 츠베이트가 우연히 그것을 보고 흥미를 느낀 듯했다.

"이거요? 사역마를 만들까 해서요."

"사역마? 부적이야? 설마 이 근처에 사는 마물을 잡으려고?"

"아뇨, 그럴 필요 없습니다. 일단 한번 보세요. 재미있으니까."

츠베이트는 잠시 그 광경을 바라봤다.

펜촉은 막힘없이 미끄러지며 그가 모르는 마법식을 이루어 나갔고, 차츰 아르카나의 형태가 완성되어 갔다. 무수한 문자로 형성된 마법진은 치밀하며 아름다웠고 탄식이 흘러나올 만큼 근사했다.

심지어 제로스는 이 마법 문자의 의미를 이해하고 다루어 그가 모르는 마법을 구축했다.

츠베이트도 마도사이기 때문에 이것이 무엇을 위한 아르카나인지 궁금증을 참을 수 없었다.

"이쯤하면 됐겠지."

"완성됐어? 그런데 그 아르카나는 효력이 뭐야?"

"시험해 볼까요? 『내 눈이 되어 날갯짓하라, 거짓된 봉새』."

마법 시동어를 외자 아르카나는 주위 마력을 흡수해서 독수리의 형상을 갖추었다.

이 아르카나는 생물을 마법으로 속박해서 사역마로 삼지 않고 마력으로 구축한 인공 마물을 만들어 냈다. 물론 마력으로 구축했으므로 언젠가 마력이 확산되어 소멸하겠지만, 식비나 관리가 필요없기 때문에 큰 수고를 들이지 않고 사역마로 사용할 수 있었다.

제한 시간이 있지만, 정찰에는 편리한 마법이었다.

"이, 이거 대단한데……."

"사역마보다는 골렘에 가까울까요? 주위 티끌을 모아 몸을 구축하고 몸 안쪽에 마력을 봉인해서 제법 오래 갑니다. 공격용으로 쓸 수도 있고요. 이렇게……."

제로스가 마석을 건네자 수리는 그것을 부리로 물어 삼켰다.

"지금 그건 뭐지? 마석을 먹여……? 아, 마석을 주면 장시간 사용할 수 있는 건가!"

"정답입니다. 제한 시간이 있지만, 마석을 주면 연장할 수 있거든요. 편리하죠?"

"어중간한 사역마보다 쓸 만한 거 아냐?"

"그렇지도 않아요. 고블린 정도라면 문제없지만, 대형 마물을 상대로 하면 힘들어요. 사용자의 레벨도 관계가 있으니 미숙한 마도사에겐 쓸모가 없습니다."

"흐음, 그래……. 잠깐, 레벨에 따라 다르다고?! 그럼 당신이 소환한 그 사역마는……?"

"와이번 정도라면 쉽게 이길지도 모르겠군요……. 과잉 전력이네요~."

비상식적인 사역마였다.

예를 들어 츠베이트의 레벨이 57(그 후 약간 올랐다)이면 사역마 레벨도 그에 맞춰 57이다. 강함으로 따지자면 하이 오크 한 마리의 신체 능력 수치 정도밖에 되지 않았다. 하지만 레벨의 자릿수가 다른 제로스의 경우 사역마 레벨은 가볍게 1000을 넘었다. 그 힘은 고위 드래곤 수준이었다. 당연히 필요한 마력도 보통 많지 않았다.

확실히 말해서 괴물이었다.

"괴, 괴물이잖아……. 그런 사역마는 듣도 보도 못했어."

"마력을 대량 소비하는 게 문제지만, 뭐 그건 제 사정이니까 됐습니다. 써 볼래요? 재미있을 겁니다."

"……괘, 괜찮아?"

"이 정도도 만들 수 없으면 마도사라고 할 수 없죠. 마음껏 참고 하세요."

"이얏호~! 바로 시험해 봐야지~♪"

아이처럼 들뜬 츠베이트 군, 17세.

심성은 단순했다. 그런 그의 뒤에서 세레스티나가 부러운 눈빛을 보냈다.

결국 제로스는 그녀에게도 아르카나를 만들어서 건네줬다. 그랬더니…….

"이거 재밌는데♪ 마치 내가 하늘을 나는 기분이야."

"정말이에요♪ 게다가 세계는 이렇게 넓었군요. 몰랐어요."

……사역마의 시선을 자신에게 연결해서 자주적으로 정찰 훈련을 벌였다.

두 사람에게 아르카나는 연구 가치가 있는 특이한 장난감이었다. 그들은 그 능력을 확인하면서도 하늘에서 내려다보는 경치를 만끽했다.

실제 몸은 지상에 있었지만, 사역마의 눈으로 본 경치는 직접 그들의 머릿속에 비치고 있었다. 처음 3D 영화를 봤을 때의 감각을 떠올리면 비슷할 것이다. 사실적인 현장감은 이틀의 여독을 날려 버릴 정도로 두 사람의 기분을 고양시켰다.

한편, 제로스는 놀고 있는 두 사람을 놔두고 성실히 주변을 정찰했다.

"아, 오크 무리 발견…… 가까운데……."

제로스는 시각 연결을 끊고 알레프 분대장에게 다가갔다.

"알레프 씨!"

"무슨 일입니까, 제로스 공!"

"근처에 오크 무리가 있습니다. 수는 대략 스무 마리, 레벨은 약 30 전후……. 무리 지어 이쪽으로 오는데, 어떻게 하시겠습니까?"

"오크가?! 이러고 있을 때가 아니군. 전원, 전투 준비!"

호령을 들은 순간, 기사들은 일제히 진지 구축을 중단했다.

그리고 평소 엄하게 훈련받은 대로 장비를 갖추고 싸우기 위한 준비에 들어갔다.

익숙하게 갑옷을 장착하고 검을 뽑아 상태를 확인하는가 하면 어떤 자는 활을 꺼내 현을 당기고 있었다.

"빠르네……. 제법 훈련이 잘 되어 있군요."

"그렇게 말씀해주시니 기쁩니다만, 레벨은 모두 25 전후입니다."

"그렇다면 지금이 경험을 쌓을 기회로군요……."

"제, 제로스 공?"

그곳에 있는 것은 마도사 제로스가 아닌, 먹이를 노리는 사나운 육식동물을 연상하게 하는 헌터였다. 그는 인벤토리에서 기사단에게 빌린 활과 화살통을 꺼내서 자신만만하게 웃었다.

"자…… 사냥 시작이다!"

그는 다시 야성으로 돌아갔다. 일주일 동안 서바이벌 생활을 벌이던 그 무렵으로…….

훗날 기사들이 【그 무렵의 제로스】 모드라고 부르게 된 비상식적인 야차(夜叉)의 재림이었다.

기사들의 행동은 신속했다.

츠베이트와 세레스티나의 보고를 듣자마자 대응할 수 있게끔 진형을 짜고 오크들이 숲에서 나오길 기다렸다. 하늘에서 상시 감시하여 선제공격 준비는 완벽했다.

"놈들, 경계하는군……."

"무리의 상태는 어떻죠? 나뉘어 있습니까?"

"아뇨, 그 상태 그대로 정지했습니다."

오크는 돼지라서 후각이 뛰어났다. 하필이면 바람이 오크 쪽으로 부는 탓에 기사들이 대기 중이란 사실을 들켰다. 그래서 오크들은 그 자리에서 움직이지 않고 이쪽의 동태를 살피는 듯했다.

"돼지 주제에 지혜가 있군. 하기야 야생에서는 신중하지 않으면 살아남을 수 없겠지……."

"오크가 의외로 머리가 좋네요……. 솔직히 이 정도일 줄은 몰랐어요."

"기다리는 건 성미에 맞지 않지만, 함부로 공격하기도 뭣하고……."

"그럼 저쪽에서 오게 만들죠. 【하늘에서 떨어지는 심판의 화살】."

""""뭐?!""""

제로스가 마력이 응축된 활로 하늘에 빛나는 화살을 쐈다.

그 화살은 공중에서 무수하게 분열하더니 주변의 티끌을 모아 고속으로 날아드는 바위 화살이 되었고, 오크 무리 후방에 떨어졌다. 제로스는 마법을 조종해 오크를 전멸시키지 않도록 조심했다.

갑작스러운 공격 세례에 혼란에 빠진 오크는 곧장 숲에서 도망쳐 나왔다.

"활, 사격 준비——!"

기사들이 일제히 활을 들고 시위에 메긴 화살을 쏘기 위해 현을 당겼다.

당황한 오크들은 기사들에게는 눈길도 주지 않고 그저 마법 공격에서 도망치고자 부리나케 뛰어나오고 있었다.

알레프는 일제 사격으로 최대한 머릿수를 줄이고자 되도록 아슬아슬한 지점까지 오크들이 접근하길 기다렸다.

"쏴라——!"

그리고 화살이 일제히 발사됐다. 혼란에 빠진 오크 무리는 그것이 함정인 줄도 모른 채 하나하나 죽어 나갔다.

"지금 공격으로 일곱 마리 사망, 다섯 마리가 중상, 수적으로는 우리가 우세하군요."

"기사대, 발검!"

검이 일제히 뽑히고…….

"돌격——!"

""""와아아아아아아아아아아아아아아!""""""

기사들이 맹렬하게 돌격했다.

모두 방패까지 든 완전 무장이었다.

오크는 손에 든 투박한 곤봉을 휘둘렀지만, 방패에 막혀 정면에서 공격할 수 없는 데다 행동이 단조로웠다. 게다가 인간을 상대로 하는 기술이 없기 때문에 기사들의 검에 속절없이 당해야 했다.

또한, 힘으로 밀어붙이는 공격이 특기지만 동작이 큰 경우가 많아서 안쪽으로 파고들면 실로 간단하게 검에 찔려 쓰러졌다.

"에에에에에에엣!"

세레스티나는 메이스로 오크 머리를 쳤다.

"여기서, 【에어 커터】!"

오크는 코앞에서 진공 칼날로 베어져 쓰러졌다. 한 마리를 해치우는 데 성공했다.

한편, 츠베이트도 간단한 마법으로 견제하고 약해진 오크를 롱소드로 확실하게 처치했다.

"느려! 이 정도면 진흙 인형이 훨씬 강하다고. 너무 단순해서 상대가 안 돼! 받아라, 【파이어 볼】!"

츠베이트와 세레스티나의 전투 방식은 서로 닮았다.

접근한 마물은 무기로 응전하고 허점을 보이면 초급 마법으로 견제, 멈추면 마무리를 짓는다.

차이는 츠베이트가 가장 먼저 적에게 달려가는 전열 전투가 특기인 것에 비해, 세레스티나는 신중하게 상대방의 행동을 지켜보고 허점이 보이면 치명상을 입히는 스타일 같았다.

일격 필살과 방어 우선의 차이였다.

"방심하면 안 돼요! 이건 실전이에요. 목숨을 보장받지 못한다고요."

그래도 상대가 되지 않는 것은 제로스가 매일 하는 인정사정없는 훈련의 산물일 것이다.

두 사람은 가벼운 말을 주고받을 여유도 있었고, 집단 근접전은 미숙하지만 충분히 대응할 수 있는 실력이 있었다.

바꿔 말하면 제로스의 훈련은 그토록 혹독한 것이었다.

"그나저나 선생님은요?"

"몰라. 난전이 됐으니까 말야. 어디서 돼지를 해치우고 있는 거 아냐?"

"괜찮다는 건 알지만…… 오라버니?! 위험해요!"

"켁?!"

마법 공격을 피한 오크가 곤봉을 치켜들고 츠베이트를 향해 달려들었다.

그러나 오크는 갑자기 머리에 화살을 맞고 아무것도 하지 못한

채 쓰러졌다.

"뭐지? 어디서 화살이……?"

"오라버니, 저기 선생님이……!"

어느샌가 제로스가 나무 위에 올라가서 저격하고 있었다.

장소가 좋지 않다고 느낀 그는 팔에서 와이어를 사출해 나무 사이를 타며 날아다녔다.

"……마도사, 맞지?"

"……그럴 텐데, 저건 암살자네요."

"앗?! 새로운 오크 무리가 이쪽으로 온다! 수는…… 열다섯?!"

다른 오크 부대가 이쪽과 접촉 직전이었다.

그것을 알고 있었는지, 제로스는 활로 그쪽을 겨냥하고 한 발로 오크 세 마리를 처치했다.

그 후 활을 인벤토리에 넣고 대신 꺼낸 것은 은색으로 빛나는 【그루가 나이프】였다.

사냥꾼이 오크를 급습했다. 거기에 감정은 없고, 무덤덤하게 사냥이라는 작업을 할 뿐이었다.

제로스는 다섯 명의 동료와 함께 섬멸자라고 불렸다. 그 힘의 무서움은 개발한 마법뿐만 아니라 어느샌가 적을 죽여 버리는 은밀성에 있었다. 말하자면 그는 몬스터 살육자였다.

정신을 차리고 보니 적진 안쪽으로 들어가 광범위 섬멸 마법으로 잡졸을 쓸어버리고 근접전으로 적을 가차 없이 베어 죽인다.

싸움 방식이 마도사와는 정반대인 전사 타입이지만, 진짜 직업은 생산직이란 사실은 그다지 알려지지 않았다.

"약해진 오크는 확실하게 처리해! 멀쩡한 녀석은 제로스 공에게 맡긴다!"

""""""오오오오오오오오오오오오오오오!""""""

오크는 생명력이 강하고 몸이 튼튼하며 끈질긴 마물이라서 기사들도 숨통을 끊는 데 제법 애를 먹고 있었다.

그런 가운데 제로스는 터무니없는 힘을 자랑하며 오크의 등 뒤에서 불쑥 목을 베고 다음 먹잇감을 향해 나이프를 투척했다. 누가 봐도 마도사의 싸움법이 아니었다.

이 전투는 모든 오크가 죽을 때까지 이어졌다. 그 결과…….

"오? 격이 올랐어!"

"나도!"

"제법 고전했군."

"뭐, 첫날치고는 힘들었어. 빨리 쉬고 싶다~."

기사들의 레벨이 눈에 띄게 올랐다. 제로스는 모든 오크를 죽인 것이 아니었다. 어느 정도 수를 줄인 뒤 남은 오크는 가능한 한 힘만 빼 놓았다.

예를 들어 독이나 마비 등 상태 이상을 유발하며 될 수 있는 한 죽이지 않도록 세심한 주의를 기울였다.

적을 휩쓸고 다닌 것처럼 보여도 그는 이것이 훈련의 일환임을 잊지 않았다.

"나도 격이 올랐어……. 59다…….."

"저는 32…….."

첫날에 레벨이 오르자 츠베이트와 세레스티나는 조금 불안해졌다.

이것이 일주일이나 이어지면 강해진 자신들의 인격이 어떻게 될지 알 수 없었다.

그도 그럴 게 자신들의 스승인 제로스가 너무 극단적이지 않은가.

"으아, 실수했다……. 설마, 이런 일이……."

"왜 그래? 스승님. 갑자기 이상한 소리나 지르고……. 왜 새파랗게 질렸어?"

"……놈이다. 놈이 옵니다. ……무시무시한 놈이……."

츠베이트의 목소리가 들리지 않았는지, 제로스는 사역마와 링크한 채 공포에 떨었다.

"제로스 공. 당신이 그렇게까지 두려워하는 마물이…… 이곳으로 오고 있단 말입니까?"

주위로 팽팽한 긴장감이 흘렀다.

제로스의 힘을 알기에 기사들은 그것이 의미하는 바가 얼마나 위험한지 이해했다.

"왔습니다. 다른 의미로 위험한 녀석이……. 바로 크레이지 에이프가!"

"""""엉?!"""""

이구동성으로 얼빠진 소리가 울렸다.

크레이지 에이프는 분명 강한 마물이지만, 무리에서 약한 개체는 단독으로 행동하기 때문에 지금 전력으로 충분히 대응할 수 있었다. 제로스가 두려워할 정도는 아니었다.

모두 고개를 갸웃거리는 것은 당연했지만, 제로스가 내뱉은 다음 한마디로 진짜 공포가 무엇인지 이해했다.

"놈은…… 무슨 이유에선지 남자의 엉덩이를 노립니다. 저도…… 하마터면 당할 뻔했죠."

—쩌저억!

공간이 얼어붙다 못해 금이 갔다.

"뭐, 뭐라고요……?"

"크, 크레이지…… 그런 마물이, 오크만 있는 게 아니었단 말인가?"

"위험해. 우리의 순결이……."

"놈에게 이곳은 하렘이야. 도망쳐야 해……."

"정말이야? 다른 의미로 위험 지대잖아!"

그리고 놈이 모습을 드러냈다. 흰 털로 뒤덮인 2미터 남짓한 거대 원숭이. 그 얼굴은 술에 취한 것처럼 헬렐레했다.

크레이지 에이프는 끈적한 시선으로 기사들과 제로스 일행을 보고 「아항~♡」하며 소리를 냈다. 모든 이의 등줄기에 극한의 폭풍이 휘몰아쳤다.

"""""도, 도망쳐어어어어어어어어어어어어어어어!"""""

오크를 앞에 두고 용맹하게 싸우던 그들이 원숭이 한 마리를 앞에 두고 순식간에 와해했다.

그들은 전력으로 도망쳤다. 한눈도 팔지 않고 똑바로, 젖 먹던 힘까지 쥐어짜서 도망쳤다.

개중에는 바지가 벗겨진 자도 있었지만, 간신히 소중한 것은 잃지 않고 화를 면했다.

전원 무사히 도망쳤다는 것을 안 그들은 서로를 부둥켜안으며 기쁨의 눈물을 흘렸다.

파프란 대산림 지대, 그곳은 마물이 활보하는 마(魔)의 숲.
이 땅은 다양한 의미로 위험한 마물이 존재하는 데인저러스 필
드였다.

흰 원숭이에게서 도망친 일행은 야영지에서 조금 이른 저녁을
먹었다.

기사들은 중앙에 피운 모닥불 앞에 둥글게 모여 앉아 손에 든 접
시에 따뜻한 수프를 담고 있었다. 향신료와 허브 향이 식욕을 강
하게 돋우었다.

제로스는 딱딱한 빵을 찢어서 수프에 담근 뒤 감개에 잠긴 듯이
입으로 가져갔다.

"……이 세계에 왔을 때와는 비교도 못 할 진수성찬이야. 다른
것보다 고기에서 맛이 나서 좋아♪"

그는 누가 묻지도 않았는데 조용히 중얼거렸다. 그리고 맛이 느
껴지는 고기를 맛있게 씹었다.

결코 호화롭지는 않으나 소박한 맛이 입안으로 퍼지며 희미하게
입꼬리가 올라갔다.

일주일의 서바이벌 생활이 새록새록 떠올랐다. 먹을 것은 고기
뿐이며 그 고기도 사냥해서 얻어야 했다. 게다가 물도 쉽게 얻을

수 없었다. 숲을 걷기만 해도 마물에게 공격받는 것이 일상이었다.

평범한 요리였지만, 그것만으로 충분한 행복이었다.

츠베이트는 책을 읽으며 조합에 관한 연구를 시작했고, 다른 사람들도 오늘 전과나 무용담을 자랑스럽게 떠들고 있었다. 그중에는 전투를 반성하고 고쳐야 할 점을 냉정하게 이야기하는 이들도 있었다.

가장 눈에 띄는 사람은 무릎을 끌어안고 창백한 표정으로 떠는 남자들이었다. 그들은 가만히 두자.

언빌리버블한 체험을 한 이들이니까…….

"……실전 훈련은 이제 막 시작됐을 뿐이지. 과연 일주일 후에는 어떻게 되어 있으려나?"

누구에게도 들키지 않게, 제로스는 의미심장한 웃음을 지었다.

파프란 대산림 지대의 무서움은 제로스 본인이 몸소 체험해 이해하고 있었다.

비교적 안전한 이 장소에서도 출몰하는 마물은 그럭저럭 강했다. 절대 방심할 수 없는 수준이지만, 어찌 됐든 지금은 만족할 수 있는 식사를 즐기기로 했다.

위험한 숲이 어둠에 잠기기 시작하고 지평선은 희미한 붉은빛으로 물들었다.

정말로 위험한 시간은 지금부터라는 것을 알면서도, 아저씨는 태평하게 식사를 마치고 담배를 한 대 꺼내 【토치】 마법으로 불을 붙였다.

조용하게 뱉은 담배 연기가 바람을 타고 별이 반짝이는 하늘로 날려 사라졌다.

 ## 단편 이리스, 전생하다

【이리스 스미카】, 14세.

집 근처 시립 중학교에 다니는 평범한 중학생이다.

아버지는 상업 계열 회사의 중간 관리직, 어머니는 근처 반찬 가게에서 시간제 아르바이트를 하며 남동생은 야구 주니어 리그 에이스인 정말로 평범하기 이를 데 없는 가정에서 자랐다.

친구가 거의 없으며 기본적으로 주변 사람과 이야기가 잘 통하지 않았다. 연예인이나 패션 등 대다수 여자아이가 하는 이야기에는 관심을 가지지 못할 뿐 아니라 오히려 기피하는 경향이 강했다. 그녀는 자신이 세상의 일반적인 상식에서 조금 벗어났다고 자각하고 있었다.

또래 여자아이들과 같은 시각을 가지지 못하고 주로 게임 스토리와 캐릭터, 옛날 만화와 개그맨 등을 좋아하는 그녀는 당연히 다른 여자아이들과는 이야기가 통하지 않는 일이 많았고 그것을 콤플렉스로 느꼈다.

아이들 사이에서 고립되는 것도 시간문제였다. 『남들과는 다른 냉담하고 삐뚤어진 시선으로 세상을 본다』는 식으로 여겨지며 『음침하다』거나 『오타쿠』라는 말을 듣는 아이였다.

가정에 딱히 불만은 없지만 왠지 방에 틀어박히기 일쑤였기에 그녀는 가족 사이에서도 큰 관심을 받지 못했다. 오히려 동생이 귀여움을 받았지만, 스미카에게는 아무래도 좋은 일이었다.

라이트노벨 읽기과 게임이 취미인 그녀는 그날도 약 반년 전에 세뱃돈을 몽땅 써서 구입해 그대로 빠져든 온라인 게임【소드 앤 소서리스Ⅶ】로 마법 계열 직업의 끝을 보고자 밤낮으로 레벨을 올리고 있었다.

그렇다. 바로 그날까지는…….

"……여기가, 어디지?"

정신을 차리고 보니 그곳은 초원이었다.

주변은 아직 밝았고 머리 위에 뜬 태양을 보아 한낮임을 알 수 있었다.

하지만 그녀는 눈을 의심했다. 달이 두 개였기 때문이었다. 무심코 눈을 비비고 자기 눈이 이상해진 게 아닌가 싶어 몇 번이나 확인해 보았지만, 역시나 달은 두 개였다.

"이건…… 설마 이세계 소환?! 말도 안 돼, 정말로?! 검과 마법의 세계? 어쩌면 용사라고 불리면서…… 아싸—! 모험이다!"

보통은 여기서 당황하고 상황이 정리될 때까지 허둥대기 마련이건만, 역시 현역 중학생이었다.

중2병이라는 말이 있다시피 그녀는 비현실적인 상황에 대한 갈망이 있었는지, 너무나도 쉽게 자신의 상황을 받아들이고 다음으로 해야 할 일을 모색했다.

당연히 아무것도 없는 초원에 있으므로 마을을 찾는 것이 정해진 수순이었다.

하지만 그 전에 해야 할 일이 있었다.

"일반적인 전개라면 스테이터스를 볼 수 있을지도 몰라. 스테이터스 오~픈!"

이세계물의 약속된 행동을, 스미카는 유난히 힘차게 외쳤다.

상상대로 스테이터스 화면은 열렸고 그녀는 그 상황에 흥분했다. 그러나……

"메일? 누구지……. 앗, 설마 신일까? 혹은 소환한 사람인가?"

메일 제목이 『지금 당신에게 일어난 일에 관해』인 점으로 보아 왜 자신이 이 세계로 왔는지 설명하는 내용일 듯했다.

스미카는 두근거리는 마음으로 그 메일을 열었다.

『나는 바람의 여신 윈디아. 설명이라~, 귀찮으니까 중요한 부분만 짚어서 말할게.』

상당히 건성으로 보였다.

『옛날에 용사가 사신을 쓰러뜨렸는데, 완전히 죽일 수 없어서 어쩔 수 없이 봉인했거든~? 그런데 그 봉인이 약해져서 어떻게 할까 고민한 끝에 제비뽑기로 이세계에 다시 봉인하기로 했지. 그래, 너희가 놀던 그 세계야. 그 사신을 해치워준 건 고마운데~, 설마 그 세계에서 놀던 사람들을 끌어들여서 자폭할 줄 우리가 어떻게 알았겠냐구.

그쪽 신들에게는 비밀로 한 일이라서 그런지 클레임이 너무 심하더라~, 그래서 어쩔 수 없이 우리 세계에 전생시켜 줬어. 뭐,

적당히 살다가 때 되면 알아서 죽어줘.

되살려 준 것만 해도 친절한 거 아냐? 더불어 게임 소지품을 모두 이쪽 세계에 재구축해줬으니까 고마워해. 내 이야기는 이걸로 끝~.」

정말로 건성이었다. 무책임함의 끝을 달렸다. 여신이란 자가 관리 책임을 완전히 유기했다. 게다가 다른 세계 신들에게 피해를 줬는데도 불구하고 반성의 기미라곤 찾아볼 수 없었다.

스미카가 이해할 수 있는 사실은 자신이 죽었다는 것뿐이었다.

"이세계 소환이 아니라 이세계 전생이었네……. 엄마, 아빠랑, 이제 못 만나는구나……."

깊이 생각할 것도 없이 지독한 내용이었다.

타인도 아닌 타신(他神)이 관리하는 세계에 멋대로 사신을 봉인해 많은 인명을 앗아갔는데도 불구하고, 이 글에서는 전혀 반성하는 모습이 보이지 않았다.

반성은커녕 배 째라는 느낌이었다. 무책임한 것도 정도가 있지.

용사라거나 세계의 멸망을 막기 위해서라거나, 그런 배경은 전혀 없이 그저 인위적인 사고와 사신의 자폭 테러로 전생했다는 사실에 스미카는 적잖게 쇼크를 받았다.

요약하자면 아무런 이유도 없이 죽었고 그 책임 회피를 위해 이 세계에 전생됐을 뿐이었다. 이 세계의 신들은 그 점에 아무런 반성도 하지 않았다.

오히려 「되살려 줬으니까 고마운 줄 알아라. 그럼 이제 알아서 살아라」라고 하는 꼴이었다.

이런 메일 하나로 받아들일 수 있는 문제가 아니었다. ……보통은 말이다.

스미카에겐 딱히 이유 따위 필요 없었다.

오히려 따분한 일상에서 해방되고 미지의 세계에 발을 들였다는 사실이 기뻤다. 앞으로 기다리고 있을 모험을 생각하면 두근대는 가슴을 주체할 수 없었다.

한마디로 그녀는 비교적 가벼운 중2병이었다.

"어쨌든 이세계에 왔으니까 할 건 해야지 ♪ 우선 마을을 찾자."

휑한 초원에 있어 봤자 의미가 없었다. 목적을 가지고 행동하기 위해 우선 마을을 찾기로 했다.

딱히 계획은 없었지만, 무엇을 하건 【의식주】는 필요하므로 거점이 될 마을을 찾아야 했다.

스미카는 현대 사회에서 생활한 어린아이라서 당연히 노숙이 가능할 리 없었다.

그리고 어떤 사실을 하나 깨달았다.

"……나 서바이벌은 못 하는데, 어쩌지……."

의식주 중 【식】은 가장 중요한 사항이었다. 인도어파인 스미카가 서바이벌 기술을 가졌을 리 만무했다. 집에 돌아오면 게임 삼매경, 그게 아니면 과자를 먹으며 TV를 보는 것이 일과였다.

숙박할 곳이 없어도 잠은 어디서든 잘 수 있지만, 문제는 식사였다. 사냥을 한 경험이 없어서 식량 확보가 어려웠다. 스미카의 모험은 벌써부터 위기에 봉착했다.

일단 움직이면서 스테이터스를 확인하자 게임 아바타의 스펙이

유지된 것이 판명됐다.

그녀의 레벨은 237이었다. 이 세계 기준으로 말하면 일류 마도사. 풋내기 용병보다는 훨씬 강하리라. 하지만 근접 전투 능력은 몹시 떨어지는 공격형 마도사라는 설정이었다.

가령 【와이번】이나 【바질리스크】 따위가 나타나면 앞에서 싸워줄 사람이 없는 스미카는 해치울 방법이 없으므로 도망칠 수밖에 없었다.

만약 만나면 확실하게 죽는다. 기껏 얻은 새로운 인생이 그 자리에서 막을 내릴지도 모른다.

"우우…… 배고파~. 마을이 어디야~?"

애석하게도 인벤토리 안에 식량은 없고 회복 아이템이나 소재만 존재했다.

홀로 걷노라니 자꾸 불안한 생각만 들고 눈에는 차츰 눈물이 고였다.

하지만 다행히 스미카는 운이 좋았다.

"앗…… 마을이다."

한 시간 정도 걸어 날도 저물고 주변에 어둠이 깔리기 시작했을 무렵, 스미카는 작지만 마을로 보이는 인공물을 발견했다. 다가가면서 알았지만, 그다지 큰 마을은 아닌 듯했다.

그래도 그녀는 마을을 향해 달렸다.

마을 주위에는 판자를 붙인 벽이 둘러쳐져 있었다. 스미카도 이것이 방어를 목적으로 한 방벽이란 것은 알 수 있었다. 그렇다면 몬스터가 서식할 가능성이 높았다.

"사람이 있는 건 틀림없겠지? 어떻게든 부탁해서 식량을 나눠 받자!"

새롭게 결의를 다지는 대신 중요한 경계심을 까맣게 잊어버린 스미카는 힘껏 달렸다. 평범하게 생각하면 위험한 행동이었지만, 이때 스미카는 너무 기쁜 나머지 폭주 기관차가 되어 있었다.

그래도 마을 앞에 도착하자 도적 등 악당이 나올 가능성도 있다는 것을 깨달았다.

라이트노벨에서는 마을이 한통속이 되어 범죄를 저지르는 일도 있었다. 마을을 코앞에 두고 경계심을 되찾은 스미카는 언제든지 공격할 수 있도록 준비하며 신중하게 마을 입구로 들어갔다.

다행히 평범한 마을이었지만, 상태가 조금 이상하다는 것을 바로 알았다.

손에 농기구를 든 남자들이 서성이며 장소에 따라서는 바리케이드를 설치한 곳도 있었다.

남자들은 주위를 두리번거리며 경비하고 있었다. 마치 무슨 습격을 경계하는 것 같았다.

스미카는 다소 경계하면서 가까이 있는 마을 사람에게 말을 걸었다.

"무슨 일 있나요? 왠지 분위기가 엄청 안 좋은데…….."

"응? 뭐야? 아가씨, 여행자치고는 짐이 너무 적군. 어디서 왔어?"

스미카의 짐은 인벤토리 안에 있으니 마을 사람인 아저씨가 보기에는 행장이 대단히 가벼워 보일 것이다.

"길을 잃어서요. 도시로 가고 싶은데, 어떻게 가야 할지 모르겠어요……."

"그거 큰일이군. 그리고 운도 없어."

"……네~?"

스미카에게는 마을을 찾은 것만으로도 다행이었는데, 그게 어째서 운이 나쁘다는 것일까? 남자는 한숨을 쉬며 친절하게 설명해줬다.

"최근 이 마을은 고블린에게 계속 공격받고 있어. 아직 마을 사람 중에는 피해가 나오지 않았지만, 언젠가 나오지 말란 법도 없지. 요즘은 매일 같이 이 모양이야."

"와아…… 힘드시겠네요."

"힘들다마다……. 고블린 상위종이 이끄는 모양인지 통제가 잘되어 있어서 성가셔. 게다가 마을에서 키운 채소를 모조리 약탈하려고 하지. 도시에서 용병도 와 있지만, 고작 여자 두 명으로 어떻게 될 일이 아니잖아? 용병 길드는 그렇게 사람이 없나?"

아무래도 문제가 있는 마을에 온 모양이었다.

하지만 무일푼인 스미카는 이 마을에서 신세를 질 수밖에 없었다.

무슨 수를 써서라도 먹고 잘 수 있는 장소를 확보해야만 했다.

"그놈의 고블린들도 뭐가 이리 끈질긴지……."

"상위종이라면, 고블린 킹이에요?"

"아니, 【고블린 나이트】 같아. 【제너럴】이라면 이 마을은 진작 망했겠지."

스미카에게는 하늘이 내린 기회였다. 고블린이나 고블린 나이트라면 해치울 수 있는 레벨이었다.

만약 킹이었다면 귀찮았겠지만, 나이트라면 규모는 20~30마리일 것이다. 스미카의 마법으로 소탕할 수 있는 수준이었다. 스미카는 이 기회를 이용해 교섭하면 식량과 하룻밤 지낼 장소 정도는 확보할 수 있으리라 생각했다.

그리고 생각을 바로 행동으로 옮겼다.

"아저씨. 저도 도울까요? 이래 봬도 마도사예요."

"뭐? 아가씨가~? 그게 사실이라면 고맙긴 한데…… 이건 장난이 아니다?"

"나도 알아요. 그 대신 잘 곳이랑 식량을 좀 나눠줄래요? 여기 오기 전에 무서운 아저씨들에게 쫓겨서 돈이랑 식량을 흘리고 말았어요~."

"마도사라면 이길 수 있었을 거 아냐?"

"아무리 마도사라도 수가 많으면 도망칠 수밖에 없죠. 포위당하면 끝장인데."

"……알았다. 먼저 온 용병 두 사람보다는 낫겠지. 그 여자들 중 한 명이 애들을 보는 눈이 심상찮기도 하고, 찬밥 더운밥 가릴 때도 아니야."

시골 남자들은 인심이 좋았다.

무엇보다 인정을 우선시하는 이들이라서 곤란한 사람은 상당히 친근하게 대해줬다.

심지어 소녀가 혼자 여행한다고 하자 여러모로 친절했다.

"거래 성립 ♪ 고블린은 언제 나와요?"

"해 질 녘…… 딱 이맘때야."

말이 끝나기 무섭게 망루의 경종이 시끄럽게 울렸다. 나쁜 의미로 기막힌 타이밍이었다.

"고블린이다! 고블린이 나타났다~!"

"나타났구만. 오자마자 재수도 없군."

"평소에는 어느 방향에서 와요? 고블린이라면 숲에서 올 텐데."

고블린은 습성상 숲이나 바위산 등지에 서식하며 식량을 찾아 집단으로 행동한다.

흔한 이야기지만 그것들은 조직적으로 움직이며, 리더가 상위종이라면 보통 무리가 커지고 전력이 강해진다. 밭을 포함해서 마을 주변을 판자벽으로 둘러쌌지만, 조무래기라도 체력은 인간보다 좋기 때문에 결코 방심할 수 없는 마물이었다.

"동쪽 숲에서 오지. 아가씨는 뒤에서 따라와!"

"나만 믿어요! 전멸시켜 버릴 테니까!"

남자와 스미카는 동쪽에 있는 밭으로 달려갔다.

레이드 경험도 몇 번 있으므로 마물의 움직임은 어느 정도 예측할 수 있었다.

고블린의 목적은 첫 번째가 식량이고, 다음이 번식을 위한 암컷 확보였다. 요컨대 인간 여성을 납치한다는 말이다. 고블린은 자연계에서는 비교적 약한 마물이며 다른 마물에게 포식당하는 쪽이었다.

종족을 보존하기 위해서는 식량이 중요하지만, 사냥을 하면 도리어 당하는 경우도 많기에 아무래도 번식을 위해 타 종족 암컷을 확보해야 했다.

노려진 쪽은 재앙이리라.

밭에 도착하자 이미 고블린이 외벽에 작은 구멍을 내고 침입해 있었다.

고블린을 상대하는 사람은 두 여성 용병이었다. 아무렇게나 기른 붉은 롱 스트레이트 헤어를 바람에 나부끼는 장신의 여성은 고블린을 횡 베기로 쓰러뜨리고 있었다. 다른 한 명은 그녀의 등을 지키듯 버클러를 들어 공격을 받아넘기며 시미터로 고블린을 난도질했다.

밤색 보브 커트를 한, 눈가에 난 점이 요염한 여성이었다.

스미카의 눈대중으로 붉은 머리 여성은 E컵, 밤색 머리 여성은 C에서 D컵에 가까워 보였다. 가슴이 작은 스미카에게는 참으로 부러운 일이었다.

"멋지게 흔들리는구만~."

"아저씨, 어딜 봐요……. 지금 긴급 사태 아니에요?"

"어이쿠, 그랬지!"

"이래서 남자는……. 가슴이야? 역시 가슴이야?! 여자의 매력은 가슴이냐고?!"

스미카의 마음의 외침이었다.

스미카의 어머니는 가슴이 컸다. 어릴 적부터 어머니 속옷을 보면 자기도 언젠가 그리될 줄 알았지만, 애석하게도 그녀의 가슴은 평균 이하인 아슬아슬한 A컵이었다.

그리고 체격도 작아 실제 나이보다 어리게 보이는 일이 잦았다.

전에도 동급생이 스미카의 어머니를 보고 얼굴을 붉히는 모습을 목격했는데, 며칠 뒤 그 동급생이 어머니의 가슴을 보고 있었단 것이 판명되었다. 그 후 스미카는 남자는 모두 모델 체형 여성밖에 관심이 없다고 인식했다.

스미카를 귀여워하는 사람도 있었지만, 어린애처럼 취급하는 것이 현실이었다. 체형을 신경 쓰는 스미카로서는 재미없는 이야기였다.

사춘기 소녀의 심경은 이래저래 복잡했다.

아무튼, 스미카는 고블린 무리가 잇달아 침입하는 구멍을 향해 마법을 구축했다.

"듣던 것보다 많잖아! 가라, 【아이스 블래스트】!"

얼음 덩어리를 만들어 쏘자 착탄 지점은 단숨에 얼음으로 뒤덮였고, 구멍 주위에 몰려 있던 고블린들이 순식간에 얼어붙어 기분 나쁜 조각상으로 변했다.

무슨 일이 벌어지는지도 모르는 사이 동사하므로 어떻게 보면 가장 자비로운 마물 처치법일지도 모르겠다.

"아가씨, 대단한데……."

"구멍도 막긴 했지만, 다른 구멍을 낼지도 몰라요. 이 틈에 침입한 고블린을 해치우죠. 수는 얼마 안 될 테니까요."

"그래, 맡겨 둬라! 이것들이 귀찮은 이유는 수가 많기 때문이니까."

남자는 도끼를 들고 고블린의 머리를 내리쳤다.

뇌수가 튀어 옷을 새빨갛게 물들인 모습을 보고 스미카는 입을 틀어막았다.

마치 살인 현장이나 엽기 호러 영화 같아서 기분 좋은 광경은 아니었다.

그사이에도 두 용병은 차례차례 고블린을 쓰러뜨렸고, 마을 남자들도 참가해 침입한 고블린은 대강 정리됐다.

"바깥 놈들이 아직 있네? 평소라면 도망쳤을 텐데."

"설마…… 지금까지는 그냥 정찰이었나?"

"그렇다면…… 나이트 이상의 상위종이 있나?!"

고블린은 약한 마물이지만, 지능은 제법 높았다.

실제로 그것들은 무리를 지어 전략적으로 싸운다. 여러 무리로 나뉘어 정찰하다가 먹잇감을 발견하면 보고하고, 앞질러 가서 포위하는 등 전략을 세워 사냥감의 힘이 빠질 때까지 끈질기게 물고 늘어진다.

동물에 비유하자면 하이에나에 가까운 습성일 것이다. 무기를 만들어 사용해 힘 소모를 억제하고 공격력을 높이므로 마을 사람이 상대하기에는 의외로 성가신 상대였다.

실제로 이 마을을 둘러싼 벽은 성곽처럼 올라갈 수 있는 구조였고 내벽과 외벽 사이가 비어 있는데, 그 벽에 구멍을 뚫고 침입해 온 상황이었다.

아마도 몇 번이나 습격하며 내부 구조를 조사하지 않았을까?

지금까지 습격해 온 것은 침입을 위한 미끼였고 본대는 숨어서 조금씩 벽에 구멍을 내어 마을로 침입하는 데 성공한 것이었다. 마물이라고는 하나 그 지능은 결코 얕볼 수 없었다.

"외벽으로 올라가! 활로 응수해!"

"이 녀석들 뭐야…… 이렇게 많았어?!"

"나, 이 싸움이 끝나면 그 사람과 결혼할 거야……."

"부럽군. 그럼 싸움이 끝나면 술집에서 한잔하자고! 엄청 좋은 술로 한턱내겠어."

"샐러드도 준비해줘. 파인애플 샐러드로[#3]."

사망 플래그를 세우는 인간들도 있었지만, 스미카도 마을 외곽을 둘러싼 외벽 위로 급히 올라가 바깥 상황을 확인했다.

고블린의 수는 백 마리를 가볍게 넘는 듯 보였다. 그것들이 주위로 산개해 마을의 방어가 가장 약한 곳을 노리고 공격해 왔다.

조금 전에도 말했다시피 고블린은 결코 멍청한 마물이 아니었다. 대자연에서 살아가며 상황을 이해하고 적의 약점을 노려 확실하게 공격하는 지능을 가졌다.

게임에서는 쉽게 쓰러지는 잔챙이였지만, 현실에서는 가장 교활하고 근면한 생물이며 약한 힘을 숫자로 보완하는 법을 아는 몬스터였다.

이번에도 마을을 몇 번 습격하며 간을 봤을 가능성이 높았다. 집단으로 쳐들어온 것은 침입 경로를 확보할 준비가 됐다는 의미였지만, 스미카는 그것까지는 알지 못했다.

이 또한 생존을 건 싸움 중 하나였다.

"우선은 뭉쳐 있는 곳을 노려야지. 【가이아 랜스】."

#3 **파인애플 샐러드** 애니메이션 『마크로스』 시리즈에 등장하는 유명한 사망 플래그.

스미카가 마법을 사용하자 지면에서 느닷없이 무수한 바위창이 솟아 고블린을 발밑에서 꿰뚫어 죽였다. 이어서 범위 마법【락 니들 필드】를 사용해 고블린이 쉽게 다가오지 못하게 했다.

고블린이 신발 따위를 신을 리가 없으므로 가시밭이 된 땅을 걸을 수는 없었다.

이러지도 저러지도 못해 우왕좌왕하는 고블린에게 마을 사람들은 화살을 쏴서 응전했다.

"무영창? 젊은 나이에 굉장한걸?"

"그런 소리 하고 있을 때예요?! 빨리빨리 해치우자구요!"

"좋았어! 꼬마 아가씨를 따라라! 고블린 녀석들을 전부 죽여 버려!"

"""""오오오오오오오오오오오오오오오오!"""""

마을 사람들은 기세를 몰아 과감하게 화살을 퍼부었다.

화살은 확실히 유리하나, 일격으로 고블린을 쓰러뜨리려면 머리를 노릴 수밖에 없었다. 문제는 마을 주민들의 기량이 썩 좋지 않아 조준하지 않고 화살을 무작정 쏴 댈 뿐이란 것이었다.

그래도 발을 묶을 수는 있었다. 고블린들은 섣불리 쳐들어오지 못했다.

"찬스!【토네이도】!"

고블린이 말려들도록 발생한 회오리는 무리를 가볍게 집어삼켰고, 회오리에 휘말렸던 고블린은【락 니들 필드】위로 추락했다.

무수한 가시에 찔린 고블린이 고통에 몸부림쳤다.

"……아가씨, 잔인하네. ……참혹해."

"……."

우연의 산물이었지만, 그 광경은 너무나도 잔혹했다.

마치 지옥의 칼산에서 심판받는 죄인 같은 아비규환의 지옥도였다.

"그, 그보다 다른 고블린들은요?"

"서쪽이 공격받는다! 그쪽으로 인원을 보내줘!"

"아저씨, 여기를 부탁해요. 제가 갈게요!"

"조심해라. 특히 빗나간 화살은 무서워."

"고마워요. 전 괜찮으니까 여기는 맡길게요!"

스미카는 방벽 위를 달려 서쪽으로 갔다. 고블린들은 부대를 여럿으로 나누어 습격할 생각이었나 보지만, 가장 수가 많은 부대는 이미 스미카의 손에 의해 괴멸당한 상태였다.

그러나 정작 중요한 상위종이 보이지 않았다. 게다가 고블린 자체는 별것 아니더라도 수가 너무 많아 난감했다. 아직 외벽 밖에 있으니까 괜찮지만, 침입이라도 하면 귀찮아질 것이다.

쉬지 않고 달린 스미카는 무리 지은 고블린들이 방벽에 달라붙어 기어 올라오는 광경을 목격하고 곧장 마법을 발동했다.

"【익스플로드】."

—콰아아아아아아아아아아아아아아아아아앙!

화염 계통 최대 마법 【익스플로드】.

이 세계에서 이 마법을 사용할 수 있는 마도사는 사실 극소수였다.

광범위 마법이기에 위력은 최대급이었다. 더구나 그 여파로 열풍이 덮쳐 고블린들에게 화상을 입혔다.

범위를 줄여 마을에 피해가 생기지 않도록 했지만, 고블린들은 무리 지은 탓에 피해가 컸다. 마치 작열 지옥 같았다. 불덩이가 되어 나뒹구는 고블린이 불쌍해 보였다.

"후후후, 돈을 전부 털어서 마법 스크롤을 사길 잘했어. ……앗, 마력이 부족하잖아. 어떡해…… 어지러워어어……."

이 마법의 단점은 미개조 마법이라서 마력 소비가 심해 난사하면 금세 마력이 고갈된다는 점이었다. 뭐, 스미카에게는 그것을 난사할 마력이 없었다.

지금 전선을 이탈하면 위험할 것 같았다. 스미카는 서둘러 마나 포션【에너지 차지 그~뤠이트!】를 마셔 마력을 회복했다.

이 회복 아이템은 게임에서 도시를 돌아다닐 때 도시 한쪽 구석에서 아이템을 팔던 【수상한 행상인】에게 구입한 물건이었다. 효과는 바로 나타났다.

참고로 게임 시절에는 기존의 미개량 마법을 마법 가게에서 쉽게 구입할 수 있었다.

"대단해……. 어디 사는 아이지?"

"우리 마을 애는 아니겠지. 용병인가? 그렇다고 해도 대단한걸……."

"그래…… 고블린이 쓰레기 같구나……."

지금 일격으로 고블린들이 거의 다 떨어져 나갔다. 이 정도면 마을 사람들도 대처할 수 있을 것 같았다.

"저기요, 고블린은 이제 더 이상 없나요?"

"이쪽에는 없어. 다만, 놈이 안 보여."

"놈? 아! 고블린 나이트 말이죠?"

"보통은 녀석들 사이에 있는데 지금은 모습이 안 보여. 어디로 사라졌지?"

고블린도 그렇고 다른 마물들도 그렇고, 무리를 이끄는 것은 그들 가운데 가장 강한 마물이었다.

그 마물의 모습이 보이지 않는 것은 이상했다. 이렇게 대규모로 몰려왔는데 리더인 마물이 없을 리 없었다. 어디서 전황을 보고 있거나, 혹은 무슨 짓을 꾸미고 있을 가능성이 컸다.

스미카는 VR RPG의 고블린도 그렇게 작전을 세워서 쳐들어오던 것을 떠올렸다.

"아저씨들, 어딘가 방어가 약한 부분 없어요? 추측이지만, 이 바깥 녀석들은 양동 부대일 거예요."

"이 숫자가, 양동이라고?! 하지만…… 고작 고블린잖아? 설마 그렇게 머리가 좋으려고……."

"하긴 그렇죠~? 고작 고블린인데……."

마물에 관한 지식이 없는 일반 마을 사람은 고블린이 야생 짐승과 비슷한 지능밖에 없다고 생각했다.

이것이 일반인의 인식이며, 인간처럼 작전을 세워서 공격해 온다고 생각하지 않는 것이 이 세상의 상식이었다. 하지만 그 인식은 잘못됐다.

약자는 얼마나 효율적으로 적을 쓰러뜨릴지 궁리하는 법이고 인간 또한 그렇게 연명해 온 종족 중 하나였다. 어찌 고블린이라고 다를 수 있으랴.

"밭에 고블린이 침입했다! 놈이 나타났다―!"

모든 사람들이 밭으로 눈을 돌리자 방금 스미카가 막은 구멍의 얼음을 부수고 한층 큰 고블린이 나타났다.

하지만 그것은 고블린 나이트가 아닌, 그 상위종이었다.

"고블린 제너럴…… 나이트가 아닌데요?"

""""뭐라고——?!""""

고블린 제너럴은 고블린 킹과 퀸 다음으로 강한 마물이었다. 제너럴쯤 되면 고블린이라고는 생각할 수 없는 힘을 자랑하며 어지간한 용병으로는 상대가 불가능했다.

아무래도 처음부터 잠입 부대에 있었나 보지만, 스미카의 마법으로 구멍이 막히자 방벽 외벽과 내벽 사이에서 빠져나오지 못하고 있었나 보다.

고블린 제너럴은 다른 고블린들과 함께 마을 사람들에게 달려들었다.

"도망쳐! 고블린 제너럴이다! 싸우면 죽어!"

"제길! 밖에는 아직 고블린 놈들이 있다고!"

"지금은 도망치고 밭의 문을 닫아! 이것들한테는 못 이겨!"

일기당천까지는 아니더라도 상위종쯤 되면 마물의 힘은 급격히 상승하며 위험도도 그만큼 높아진다.

마을 사람이 상대하기에는 아무래도 무리가 있었다.

"근접전은 잘 못하는데~."

스미카는 마도사 전문 직업이었지만, 근접 전투를 아예 못 하지는 않았다.

마을 사람들이 싸우는 것보다 훨씬 강한 것은 틀림없으므로 바로 밭으로 내려가서 【룬 우드 지팡이】를 들었다. 그리고 제 세상인

양 밭을 휘젓고 다니는 고블린을 후려쳐 쓰러뜨렸다.

여성 용병 2인조도 고블린들을 상대하는 모양이었지만, 워낙 수가 많다 보니 모든 고블린들을 대응할 여력은 없었다. 설상가상으로 바깥에 있는 고블린들도 침입해 오는 터라 이대로 가면 마을이 함락될 것 같았다.

무엇보다 고블린 제너럴이 있었다. 그 고블린 제너럴이 붉은 머리 여성에게 맹렬하게 돌진했다.

"쟈네?!"

"앗?! 칫!"

고블린 제너럴의 검을 가까스로 방어했지만, 그 일격은 무거웠고 붉은 머리 여성은 밀려 날아갔다. 동요한 틈에 공격받은 동료 여성은 간신히 피하긴 했으나, 이번에는 고블린들에게 포위당하고 말았다.

"【호밍 선더 애로】!"

얼마나 강한 전기가 응축되었는지 모를 유도형 번개 화살이 순식간에 고블린들의 숨통을 끊었다. 감전된 고블린은 몸이 마비되었고 쟈네라고 불린 붉은 머리 여성은 이 틈에 대검으로 고블린들의 목을 쳤다. 솟구친 혈액이 그녀를 붉게 물들였다.

"웁…… 징그러."

"덕분에 살았어. 나는 쟈네, 다른 한 명은 레나야. 이 마을 의뢰로 고용된 용병이지. 그나저나, 저 녀석은 귀찮을 거야."

"나는…… 이리스. 떠돌이 마도사야. 헤헷~, 그럼 보조 마법으로 강화할 테니까 두 사람은 계속 치고 빠져."

엉겁결에 게임처럼 이름을 대고 말았지만, 스미카는 아무렴 어 떠냐며 신경 쓰지 않았다.

지금은 이름이나 신경 쓸 때가 아니었다.

"알았어. 그래도 생각보다 맷집이 강할걸?"

"그야 고블린 제너럴이니까…… 아, 왔다!"

동료를 죽여 분노했는지, 아니면 단순히 자포자기한 것인지 모르 겠지만, 고블린 제너럴은 검을 마구잡이로 휘두르며 돌진해 왔다.

"흩어져!"

쟈네의 호령에 맞춰 세 사람은 각자 흩어졌다.

"【파워 부스트】, 【포스 실드】, 【스피드 인챈트】."

"저 나이에 다중 마법 전개?! 믿어지지 않아!"

"아무튼 잘됐어. 이야아아아아아아아아아아아앗!"

쟈네가 덤벼들자 고블린 제너럴은 칼을 막아 내고 횡 베기를 날 렸다. 하지만 쟈네는 그보다 조금 빨리 후방으로 물러나 고블린 제너럴의 참격을 막고 밀려나는 형태로 거리를 벌렸다.

"레나!"

"그래그래, 나만 믿어!"

쟈네가 이탈하자마자 레나라고 불린 여성이 등 뒤로 달려들어 공격하고 다시 이탈했다. 그 틈에 스미카는 마법을 발동해 견제했 다. 밭에서 화염 계통 마법을 쓸 수는 없으므로 땅 계통 마법 【락 불릿】으로 공격을 가했다.

그리고 다시 틈이 생기면 쟈네와 레나가 공격하고 스미카가 엄 호해 상위종을 농락했다.

'어? 이 고블린 제너럴…… 약하지 않아?'

게임에서 나오는 고블린 제너럴은 레벨 차이도 나지만 제법 강력한 몬스터였다. 그런데 지금 스미카에게는 뭔가 부족한 느낌이 들었다.

"으음, 아무럼 어때. 날아가라, 【플라스마 브레이크】!"

고블린 제너럴의 머리 위로 어마어마한 크기의 번개가 떨어졌고, 놈이 새까맣게 탄 순간 레나가 뒤에서 시미터를 찔렀으며, 쟈네가 지체 없이 목을 사선으로 내리쳤다.

게임과는 달리 자그마한 틈조차 놓치지 않고 공격을 가하면 설령 상위종이라도 쓰러뜨릴 수 있었다.

스미카의 공격으로 몸이 마비되어 고블린 제너럴은 속수무책이었다.

역시 게임과는 달리 현실에서는 고블린 사체가 사라지지 않고 그 자리에 남았다.

마을 밖에서도 전투가 끝났는지, 주위를 에워싼 방벽에서 마을 사람들이 내려오는 중이었다.

"오오, 제너럴을 쓰러뜨렸어?!"

"아저씨, 밖에 있던 고블린은 어떻게 됐어요?"

"죄다 줄행랑쳤어. 당분간은 평화롭겠어."

"고블린 자체는 약하지만, 머릿수가 모이면 귀찮죠."

"그러게 말이다. 이제 당분간은 두 다리 뻗고 자겠구만. 자, 그럼 후딱 정리해 볼까……."

마을 남자들은 나이프로 고블린의 배를 갈라 내장을 끄집어냈다. 너무나 끔찍한 광경에 스미카는 정신을 놓을 뻔했다.

하지만 이것은 마물을 해체해 마석 등 희귀 소재를 얻기 위한 중요한 행위였다.

고블린은 애당초 『쓸 만한 소재가 없는』 쓸모없는 마물로 불리며 기껏해야 마석을 구할 수 있으면 고마운 정도의 존재였다.

그 마석도 팔아 봤자 푼돈밖에 안 되지만, 그래도 다소의 돈은 들어왔다.

"쳇, 여긴 마석이 없어. 젊은 놈이군."

"이쪽은 마석이 있긴 있는데 작아…… . 이거, 팔 수는 있나?"

"내가 해체한 녀석은 제법 크던데? 운이 없군그래."

시시덕거리며 고블린을 해체하는 광경은 약간 호러였다. 웃으면서 인간형 생물을 해체하는 남자들의 모습은, 스미카의 눈에는 상당히 괴이한 광경으로 비쳤다.

두 여성 용병도 고블린 제너럴을 해체하고 있었는데 그것도 무슨 참극의 무대처럼 보였다.

"아가씨, 해체가 끝나면 사체를 태워줘. 거의 다 아가씨가 해치운 거니까."

"으…… 응. 나, 잠깐 쉬고 있을게요…… ."

"그래라. 마도사가 그렇게 마법을 연발했으니 마력이 고갈될 법도 하지."

스미카는 딱히 마력이 고갈되어 그러는 것이 아니었다. 마력은 아직 절반 정도 남았고 딱히 지친 기색도 없었다. 단순히 해체 풍경을 보고 속이 메스꺼웠을 뿐이었다.

해체가 끝난 뒤, 스미카는 고블린 사체를 한군데로 모아 태웠다. 참고로 고블린 사체는 고온으로 태우면 악취가 발생한다.

그야말로 구역질이 날 정도로⋯⋯.

30분 후.

"저기, 이리스⋯⋯ 너『떠돌이』라고 했지? 혼자 여행하는 이유라도 있어?"

"따분한 일상에서 벗어나고 싶었어⋯⋯. 자극적인 모험을 하고 싶어서⋯⋯ 우웨엑~!"

"【해체】도 못 해서 어쩌려고 그래? 용병에게는 필수 스킬이라고."

"나는 마법 전문⋯⋯. 이쪽으로 열심히 하니까 됐어⋯⋯. 해체는 못 해."

현대 사회에서 살아온 스미카가 조금 전까지 살아 있던 생물을 해체할 수 있을 리 없었다.

그러나 이 만남으로 세 사람이 팀을 맺고 행동하게 되리라고는, 지금 그녀는 생각지도 못했다. 선택지는 모르는 사이 지나쳐 가는 것이었다.

그 후, 뒷정리를 한 차례 마무리 지은 마을에서는 소박한 잔치가 열렸다.

◇ ◇ ◇ ◇ ◇ ◇ ◇

고블린 사체 처리가 이어지길 이틀째. 마을은 아직 축제 분위기였다.

오랜 기간 고블린에게 시달려 오기도 했고, 그것들이 사라진 덕분에 앞으로 도시와의 왕래도 잦아질 것이었다. 스미카도 겨우 도시로 갈 수 있게 됐다.

게다가 적지만 여비도 손에 들어왔다. 이 돈이면 며칠 동안은 여관에서 방을 빌릴 수 있을 것 같았다.

"이야~, 아가씨가 마을에 와줘서 천만다행이었어. 설마 제너럴이 나올 줄 누가 알았겠냐고. 정말로 대단해!"

"그 소리 어제도 들었어요. 그보다 돈까지 주시고, 괜찮아요?"

"해체를 못 한다며? 마을을 구해준 답례에 비하면 사소한 일이지."

모든 고블린에게서 마석이 나오지는 않더라도 양은 그럭저럭 됐다. 마을에 있는 유일한 잡화점이 통 크게 환금해준 덕분에 스미카의 주머니 사정도 조금 넉넉해졌다.

"아가씨는 이제 어떻게 할 거야?"

"음~, 쟈네 씨랑 도시로 가서 용병 등록을 하고, 실력을 쌓으면 던전에도 가보고 싶어요."

"일확천금을 노리려고? 그거 순 도박이야. 목숨까지 걸어야 해."

"돈보다는 모험이죠. 지금까지 보지 못한 세계를 보고 싶어요."

"모험이라…… 나도 왕년에는 그런 꿈을 꿨었지."

스미카는 내일 이 마을을 떠나서 도시로 갈 예정이었다. 그곳에서 용병으로 등록하고 새로운 세계를 자유롭게 돌아볼 생각이었다.

"산토르에 간다고 했지? 못된 어른도 많으니까 조심해야 한다."

"고마워요. 열심히 해 볼게요."

이틀 동안이기는 했지만, 마을 사람들과 교류도 나누며 제법 친해졌다.

막상 마을을 떠나자니 조금 쓸쓸하기도 했지만, 스미카가 처음으로 고른 자신의 길이었다.

"이리스, 레나 못 봤어? 아무리 찾아도 없는데……."

"응? 못 봤는데……. 레나 씨가 없어?"

"그렇다니깐……. 설마, 손을 댄 건가?"

"그게 무슨 말이야?"

스미카가 고개를 갸웃거리는데 숙소에서 레나가 나오는 것이 보였다.

피부가 탱글탱글해진 레나가…….

"지금 숙소에서 나왔는데…… 피부에 윤기가 자르르 흐르네?"

"그럼 그렇지……."

스미카는 갑자기 머리를 감싸 쥐는 쟈네를 이상하게 바라보며 다시 고개를 갸웃거렸다.

"뭐가 그럼 그렇지야? 쟈네."

"레나…… 너 또 했어?"

"응…… 해 버렸어. 귀엽더라~♡"

이때 스미카는 레나가 무슨 짓을 했는지 몰랐다.

그녀의 취향을 알게 되는 것은 조금 더 미래의 일이다.

"다들, 축제다! 축제를 벌여라아아아아아아아아아아!"

"장로님, 아주 신나셨네."

"또 혈압 올라서 쓰러지실라."

이렇게 오늘도 연회가 벌어졌고 그 열기는 심야까지 이어졌다.

그 다음 날, 스미카는 숙취에 시달리는 쟈네, 레나와 함께 마차에 올라 앞으로 거점이 될 산토르로 향했다. 약 닷새간의 마차 여행이었다.

앞으로 스미카는 이름을 이리스로 바꾸고 새로운 세계에서 살아갈 것이다.

작은 가슴에 꿈과 희망을 품은 그녀를 태운 채 마차는 가도를 천천히 나아갔다.

이리스의 이세계 생활은 이렇게 시작되었다.

그로부터 한 달 후, 이리스는 다시 새로운 만남을 갖게 된다.

최강의 자리에 군림하던 다섯 명의 마도사 중 한 사람이자 그녀도 동경하던【섬멸자】.

아저씨 마도사와의 만남이 오랜 인연으로 이어질 것을, 이때의 그녀는 아직 몰랐다.

아라포 현자의 이세계 생활 일기 1

1판 1쇄 발행 2018년 4월 10일
1판 3쇄 발행 2019년 4월 12일

지은이_ Kotobuki Yasukiyo
일러스트_ JohnDee
옮긴이_ 김장준

발행인_ 신현호
편집국장_ 김은주
편집진행_ 최은진 · 김기준 · 김승신 · 원현선 · 권세라
편집디자인_ 양우연
국제업무_ 정아라
관리 · 영업_ 김민원 · 조인희

펴낸곳_ (주)디앤씨미디어
등록_ 2002년 4월 25일 제20-260호
주소_ 서울시 구로구 디지털로 26길 111 JnK디지털타워 503호
전화_ 02-333-2513(대표)
팩시밀리_ 02-333-2514
이메일_ lnovelpiya@naver.com
ㄴ노벨 공식 카페_ http://cafe.naver.com/lnovel11

ARAFO KENJA NO ISEKAI SEIKATSU NIKKI Vol 1
ⓒKotobuki Yasukiyo 2016
First published in Japan in 2016 by KADOKAWA CORPORATION, Tokyo.
Korean translation rights arranged with KADOKAWA CORPORATION, Tokyo.

ISBN 979-11-278-4454-7 04830
ISBN 979-11-278-4453-0 (세트)

값 9,000원

금색의 문자술사 외전 1권

토모토 스이 지음 | 스마키 슌고 일러스트 | 김장준 옮김

4인의 용사 소환에 휘말려 이세계 【이데아】로 오게 된 오카무라 히이로.
훗날 영웅으로 추대받는 그도 여행 틈틈이 동료들과
자유로운 이세계 라이프를 만끽하고 있었다.
"그냥 못 넘어갈 말이군. 맛있는 음식은 진리라고."
도시 축제에서, 위험한 바다에서, 진미를 추구하는 요리 레이스 발발!
"내 이름은 2대째 와일드 캣! 대괴도다!"
희귀본이 숨겨진 탑에서 대치한 것은 소문 자자한 대괴도?!
그리고 일행의 여행과는 별개로 암약하는 그 인물과 뜻밖에 재회하게 되는데—.

히이로 파티의 일상과 모험을 가득 담은 단편집 등장!

© Hiro Ainana, shri 2017 / KADOKAWA CORPORATION

데스마치에서 시작되는 이세계 광상곡 1~11권

아이나나 히로 지음 | shri 일러스트 | 박경용 옮김

한창 데스마치를 치르던 프로그래머 스즈키 이치로(29),
『사토』란 닉네임을 쓰는 그가 잠시 잠들었다 깨어나 보니
듣도 보도 못한 이세계에 방치되어 있었다!
혼란에 빠질 틈도 없이 눈앞에는 처음 보는 괴물의 대군이 다가오고,
하늘에서는 유성우가 쏟아진다.
정신을 차리고 보니, 최강 레벨의 힘과 막대한 부를 손에 넣었는데……?!
이렇게 사토의 「유유자적, 가끔 시리어스, 그리고 하렘」인
이세계 모험담이 시작된다!!

최강 레벨과 막대한 재보를 가지고
시작되는 유유자적 이세계 관광!!

©Donabe 2016/Futabasha Publishers Ltd.
Illustration Inco Horiizumi

전직의 신전을 열었습니다 1~2권

도나베 지음 | 호리이즈미 잉코 일러스트 | 정금택 옮김

마을 사람으로 태어난 이는 아무리 노력해도
마을 사람에서 벗어날 수 없으며 결코 검사가 될 수 없다―.

모든 이들이 선천적으로 타고난 「고유직업」에 의해 인생이 결정되는 세계.
그리고 이 이세계에 한 사람의 젊은이가 특별한 능력을 지니고 소환된다.

이세계로 소환된 청년 모리모토 카나메가 지닌 능력은
사람들을 화려하게 「전직」시킬 수 있는 「잡 체인지 능력」이었다!!

이세계 직업 판타지!!

© Yon Kiriyama, Eight Shimotsuki 2016
KADOKAWA CORPORATION

공주기사는 오크에게 잡혔습니다. 1~2권

키리야마 욘 지음 | 시모츠키 에이토 일러스트 | 이승원 옮김

"나는 사회의 톱니바퀴가 되고 싶어…… 정사원이 되고 싶단 말이야!"
한창 불경기인 모리타니아 왕국에서 취직활동에 실패해
파견 오크로서 일하는 사토나카 오크 야타로.
창고 습격 업무 중이던 그는 여유 교육의 화신인 마법사 사사키,
엘프인 하루카와 함께 특별 보너스를 받기 위해 공주기사인 안쥬를 잡지만…….
「큭…… 죽여라!」「관심 없으니까, 입 좀 다물어 줄래요?」
초식계 남자인 야타로가 공주기사다운 대접을 해주지 않자,
안쥬의 불만은 쌓이기만 했다.
게다가 야타로는 혼기를 놓치는 걸 두려워하는 안쥬가
멋진 연애를 할 수 있도록, 그녀가 여자력을 갈고닦는 걸 돕게 되는데?!

평범해지고 싶은 오크와 공주기사의
마일드 사회파 코미디!

라이트노벨의 새로운 빛! L노벨의 신간은 매월 10일에 발매됩니다. http://cafe.naver.com/lnovel11

변변찮은 마술강사와 금기교전 1~10권

히츠지 타로 지음 | 미시마 쿠로네 일러스트 | 최승원 옮김

알자노 제국 마술 학원의 계약직 강사인 글렌 레이더스는 수업 중
자습 → 취침 상습범.
그러다 웬일로 교단에 서서 싶으면 칠판에 교과서를 못으로 고정해놓는 등,
그야말로 학생들도 기가 막혀 하는 변변찮은 강사다.
결국 그런 글렌에게 진심으로 화가 난 학생,
「교사 킬러」로 악명이 자자한 시스티나 피벨이 결투를 신청하지만—
이 해프닝은 글렌이 허무하게 패배하는 안타까운 결말로 막을 내린다.
하지만 학원에 닥친 미증유의 테러 사건에 학생들이 휘말리자,
"내 학생에게 손대지 마!"
비로소 글렌의 본성이 발휘된다!

TV애니메이션 방영 화제작!!

데이트 어 라이브 1~17권, 앙코르 1~7권, 머테리얼

타치바나 코우시 지음 | 츠나코 일러스트 | 이승원 옮김

4월 10일, 새 학기 첫 등교일.
이츠카 시도는 평소와 다름없는 일상을 보내고 있었다.
갑작스러운 충격파로 파괴된 마을 한가운데에서 소녀와 만나기 전까지는─

세계를 부수는 재앙, 정령을 막을 방법은 단 두 가지.
섬멸, 혹은 대화

정령과 만나게 된 시도는,
세계의 멸망을 막기 위해 데이트로 정령을 꼬셔야하는 운명에 처하게 되는데!?

세계의 멸망을 막기 위한 데이트가 시작된다─!!

ANIPLUS TV 애니메이션 방영 화제작!!